JN068262

いつもの明日

はじめに

平成28年10月から令和２年３月まで、毎週火曜日、河北新報の夕刊にて１７７回にわたって書いてきたエッセーから厳選した１３４編（河北新報出版センターの須永誠さんには大変お世話になった）に、書き下ろしの一編を加え、今回一冊の本としてお届けできる運びとなり、著者としては望外の喜びである。

本の顔とも言えるタイトルは、連載中と同じ『いつもの明日』とすることにした。新聞での連載がスタートした時期は、振り返ってみると、東日本大震災から５年と半年ほどが経《た》ったころだった。エッセーの通しタイトルをどうするか、あれこれ考えた末に、ふと思いついたのが『いつもの明日』だった。

当時は、まだまだ復興途上だったとはいえ、それでも少しずつ日常が戻りつつある時期でもあった。あの大震災で私たちが思い知らされたのは、いともたやすく日常が分断されるという残酷な事実だ。それゆえに、少々退屈であっても、今日と同じような明日がまたやってくることが、実はどんなに幸せなことか、その思いを込めたタイトルだった。

今回本にまとめるにあたり、自分が書いた原稿をあらためて読んでみてつくづく思うのは、人間って実に忘れっぽい生き物であるなということ。あれだけ大きな災害に見舞われたにもかかわらず、いつもの日常が戻っている日々に書いた原稿がほとんどを占めているせいか、書かれている内容が実に能天気なのである。能天気とまで言ってしまってはさすがに語弊があるかもしれないので若干言い直しておくと、この3年あまり、かなり平和な日々を送っていたのだな、というのが偽りのない実感だ。

ところが、わずか1年前には想像もしていなかった新たな日常の分断が、今度はウイルスという見えない脅威によってもたらされて現在に至っている。

このコロナウイルス禍が今後どうなっていくのか、今の段階ではまったく不透明だ。ではあるのだが、一日も早くいつもの明日が戻ってくるように願っているのは、わたしだけではないだろう。

このエッセー集を通して、いつものなにげない平和な日常のありがたさを、あらためてしみじみと実感してもらえれば、ひとりの物書きとして、それ以上に嬉《うれ》しいことはない。

令和2年7月

熊谷達也

目次

はじめに……2

第1章　震災と復興
港の朝市……8
久しぶりの緊張……10
いつもと違う日……12
復興の行方……14
気仙沼の内湾……16
7年目の被災地……18
ひとめぐりツアー……20
コンパクトシティー……22
貞山運河……24
防災グッズ……26
今年の震災の日……28
オリンピック……30
災害と気候変動（1〜2）……32
被災地の背景……36
フクシマと福島……38

第2章　サイクリストのまなざし
ツール・ド・東北……42
ツール・ド・三陸……44
エンデューロ……46
泉ケ岳……48
健康診断（1〜3）……50
ニセコクラシック（1〜4）……56
丸森のロングライド……64
蔵王のヒルクライム……66
ツール・ド・フランス……68
そらうみサイクリング（1〜2）……70
牡鹿半島のグループライド（1〜2）……74
ブームから文化へ……78
講習会……80
実業団のレース（1〜2）……82
応援ライド……86
ツール・ド・東北2019……88
運動とエコロジー……90
自転車と健康……92
ビワイチとカスイチ……94

第3章　歴史の中の東北
戊辰戦争（1〜7）……98
大政奉還と王政復古……112
訛っていたでしょ……114
昭和史……116
昭和史と戊辰戦争……118
維新再考……120
戊辰戦争150年展……122
戊辰戦争雑感……124
芦東山……126
江戸時代の出版事情……128

第4章　文学・創作を語る
せんだい文学塾……132
震災文学と戦争文学……134
高校生と小説……136
今どきの高校生……138
類語辞典……140
仙台短編文学賞……142
小説を書く人（1〜5）……144
新刊……154

第2回仙台短編文学賞……156
授賞式……158
授賞式のその後……160
梅雨空の週末……162
幽霊の視点……164
ゲラを読む（1〜3）……166
気仙沼図書館……172
SFを読む（1〜4）……174
言霊の国……182

第5章　科学・美術・映画
天気予報と地球温暖化……186
シャセリオーと暁斎、そして若冲……188
地球は温暖化している？……190
ゴッホと北斎……192
ゴジラ……194
ボヘミアン・ラプソディ……196
ムンク展（1〜2）……198
統計学……202
写実主義……204
ウイルスと進化論（1〜2）……206

量子力学と三つの謎……210
ウイルスの戦略……212

第6章　物書きの日常

紙の本と電子の本……216
蕎麦とお酒……218
仙台雑煮……220
本を買う……222
本を作る(1~2)……224
辞書で遊ぶ……228
辞書を買う……230
喪主体験……232
お墓の問題……234
お墓のあれこれ……236
戌年生まれ……238
高齢者ドライバー……240
塾頭ですと?……242
終末期……244
終末期のその後……246
その後のその後……248
なるほど……250

介護の10年……252
儒教と葬式(1~2)……254

第7章　世相を読む

Jアラート……260
空き家問題……262
株やら為替やら……264
国会中継……266
五輪とナショナリズム(1~2)……268
ネットニュース……272
激しい論戦……274
体育会系ってなに?……276
還暦と定年……278
観光客で閉店?……280
庶民の本音……282
バブル世代……284
中止が止まらない……286
アフター&ウィズコロナ……288

第1章　震災と復興

港の朝市

近年、わりと頻繁に閖上港の朝市に足を運ぶようになった。名取市閖上。2011年3月の東日本大震災で多くの尊い命が失われた場所である。震災によって途絶えた朝市だが、13年5月に復活して毎週日曜日と祝日に開催されている。

実は震災前、閖上港の朝市に足を運んだことはなかった。というのも、仙台市内の私の自宅からは近すぎるからだ。若いころから趣味で乗り続けているオートバイだとあっという間に着いてしまい、休日の日帰りツーリングの目的地としては物足りない。距離的には牡鹿半島を一周するだとか、磐梯吾妻スカイラインを走りに行くだとか、それくらいがオートバイの移動速度には合っている。ところが、自転車で行こうとするとちょうどよい距離なのだ。自宅からは片道で20キロほど。日曜日の朝、交通量の少ない仙台の市街地を抜けて広瀬川の河川敷に出たあとは、土手の上をのんびりと走っていく。ほどなく名取川に合流し、やがて行く手に閖上大橋が見えてくる。

ところで、広瀬川から名取川にかけての土手から眺める河川敷の光景、自転車で走ってみてあらためて気づいたのだが、実に風光明媚《ふうこうめいび》である。天気がよい日は穏やかな川面がきらきらと輝き、対岸に見える街並みの景色がほどよく調和していて、とても気分が和らぐ。街の真ん中にこんな風景を持っている都市は珍しいかもしれない。

閖上大橋を渡れば、すぐそこが閖上港だ。自転車で初めて閖上港の朝市に出掛けたのは一昨年、14年の春だった。津波に襲われて深く傷ついた閖上中学校のすぐそばを通って到着した朝市の周辺には何もなく、そのころの閖上は荒涼としていた。それから1年半が経過して、目にする光景はずいぶん変わってきた。中学校の校舎が解体されたと思ったのもつかの間、最近になって高台が整備され、きれいに区画されて電柱が立ち始めた。どこからこれだけ大量の土を運んできたんだ？　と首をかしげたくなる大規模工事であるが、閖上大橋の欄干とほぼ同じ高さまでかさ上げされている。なるほど、これなら確かに津波を免れることができるだろう。そして、何もなかった場所に水産加工会社らしき真新しい建物ができている。

いつ訪ねてもたくさんの人でにぎわっている朝市で、朝食と昼食兼用の食事を楽しみながら目を向ける先に、残念ながら海は見えない。建設中の巨大な防潮堤が視界を遮っているからだ。時折ニュースで報じられているように、防潮堤に関してはいまなお賛否両論さまざまだ。計画の見直しがなされた地区もあれば、そうでない地区もある。このままだと住民の間に禍根を残してしまうのではないかと心配になるような地区もある。

震災から10年後となる２０２１年の春、閖上のみならず被災地の海辺の光景はどうなっているのだろう。

（２０１６・10・25）

久しぶりの緊張

少し早めに目が覚めてしまい、起きようかどうしようか迷って（年のせいかそういうことが多くなってきた）いた時、細かい縦揺れが始まった。充電器につないであったスマホが緊急地震速報を鳴らし、「地震です、地震です」と警告（前とは違いしゃべるようになっている！）を発している。次いで本格的な横揺れがやって来て、布団の中で身構えた。そこそこ大きい揺れだが、「これだと震度4くらいだな」と思いつつ（東日本大震災以来、地震の震度を正確に当てられる体質になってしまった）揺れが収まるのを待った。じっとしていたのは、寝ている際に大きな地震に見舞われても大丈夫なように、寝室には背の高い家具を置いていないからだ。もちろん、先週の火曜日、22日の朝の話である。

揺れが止まったところで起き出し、テレビをつけてみると、津波警報が出ているではないか。ついこのあいだも震度4の揺れ（宮城県沖が震源地）があったが、その時は津波注意報も警報も出なかった。なぜ今回は？　と首をひねったのだが、震源地は福島県沖でマグニチュードが7・3（のちに7・4に訂正された）の地震とのことで、なるほど、と納得する。あちこちチャンネルを変えてみると、どの放送局でも「すぐにげて」あるいは「いますぐにげて」のテロップとともにアナウンサーが切迫した声で避難を呼び掛けている。福島県沿岸部で予想される津波の高さは3メートルだという。アナウンサーが「東日本大震災を思い出してください！」と原稿を読み上げているが、どこの視聴者に向かって言っているのだろう。東北に暮らす私たちは、言われなくても忘れるわけはないのだが……。

テレビの画面を注視しながら「沿岸部の人たちは大変だ」と心配になる。今ごろは警報のサイレンが鳴り響き、防災無線が懸命に避難を呼び掛けているに違いない。画面に映し出されている映像では、港に係留されていた船舶が沖へと向かって続々と移動を始めている。

その後、しばらくのあいだテレビを見ながらパソコンに向かっていた(実は、ちょうど締め切り日だったので、急きょ予定を変えてこの原稿を書き始めた)のだが、幸いなことに、交通機関に影響があった程度で、大きな被害は出ずに収束した。とりあえずやれやれ、ではあるのだが、こんな場合のテレビの報道は、ちょっとばかりちぐはぐだ。本当に避難が必要な場所に住んでいたら、テレビなんかを見ている場合じゃない。実際、東日本大震災の時は、地震後即停電という状況であったから、テレビは全く役に立たなかった。まあしかし、今の時代、スマホや携帯電話でもテレビを見ることができるのだから、無意味な報道とは言えないだろう。

それにしても、これだけ地震が頻発する上に、津波が来そうな場所に原発だらけの国で、オリンピックなんか開催していいものだろうか。などと疑問に思ってしまうのは、私だけでしょうかね？

（２０１６・11・29）

いつもと違う日

朝、いつものように起きて、いつものようにテレビをつけた途端、映し出された映像に目がくぎ付けになった。今からちょうど22年と2週間前の朝だった。どのチャンネルに合わせても、街が炎に包まれ、黒煙を上げている映像ばかり。1995年1月17日、阪神大震災があった日の話である。

目にしたニュース映像に大きな衝撃を受けたことは覚えているのだが、その日一日、自分が何をどうして過ごしたか、実のところ、よく覚えていない。当時の私は、まだ小説家としてデビューする前で、保険代理店になるための研修生として某保険会社に勤めていた。気になって調べてみたら、1995年のカレンダーは今年と全く同じで、1月17日は火曜日だった。だからその日はいつものように出社し、朝礼の後で外回りをして会社に戻り、営業日誌を付けてから自宅に帰ったはずなのだが、具体的にどんな一日を送ったのか、いくら思い出そうとしても記憶を呼び起こせなくてもどかしい。その一方、地震で肉親や友人知人を亡くした方々のみならず、実際に被災した多くの人々には、忘れたくても忘れられないものとして、あの日の記憶が深く刻み込まれているに違いない。

翻って、東日本大震災のあった日、大揺れに揺れた地震の後、自分が何をしてその日を過ごしたかは、かなりはっきり覚えている。まだ6年にも満たない時間しか経過していないから覚えているだけなのか、今後もずっと記憶に残るものなのか、実際のところはわからないものの、たぶん忘れることはないだろうな、というのが実感である。

この差は何なのか。やはり、自分が直接被災したか否かに尽きるのだろう。何かの出来事が、他人事《ひとごと》であるのか私事《わたくしごと》であるかの差は大きい。その差を埋めることができるのは、私たちの心の働きとしての想像力だ。他人の痛みや喜びを自分のことのように思い描いて心を寄せる働きこそが想像力で、それが人間に備わっていることで、私たちの社会は成立しているのであり、瑣末《さまつ》な話になってしまうが、小説家などという妙な職業も存在できるのだろう。

と、ここまで書いておいて、あれ?と首をひねった。１９７８年6月12日の宮城県沖地震である。その頃の私は予備校生で、仙台市内にアパートを借りてひとり暮らしをしていた。地震があった時、授業をサボって映画館(当時の東映)にいた。地震発生時の記憶はかなり鮮明なのだが、映画館を出た後、その日一日をどうして過ごしたかとなると、ぼんやりと霞《かすみ》がかかって、よく覚えていないのである。あの時もインフラが全て絶たれてかなり大変だったはずなのだが……。

記憶の風化は怖いものだとあらためて思った次第であるが、地下鉄サリン事件が起きたのは、阪神大震災があったのと同じ年の３月だったことは、皆さん、覚えておいでだろうか。

(２０１７・１・31)

復興の行方

だいぶ暖かくなってきたので、先日、久しぶりに自転車で閖上港(名取市)の朝市に行ってきた。

朝市は相変わらずのにぎわいだったのだが、その手前で驚いた。昨年の末ごろに整備が終わったかなり広い面積のかさ上げ地に、随分たくさんの建物ができている。ひときわ目立つのは、5~6階建ての鉄筋コンクリート造りの巨大な集合住宅だ。それが4棟ほども並んでいる。道路を挟んだ反対側には、一戸建ての住宅が数十戸あまりできつつある。こちらの多くも災害公営住宅のようで、同じような規格のコンパクトな造りだ。工事の進捗《しんちょく》状況を見ると、今年の春から夏くらいには全て完成しそうな様子である。閖上に限らずあちこちの沿岸被災地も同様だ。災害公営住宅への入居が既に始まっている地域もあり、ここまで随分長かったなと、あらためてこの6年間を振り返らずにはいられない。

ともあれ、この1年ほどで、ようやく目に見える形で復興が進み始めた感はあるのだが、東日本大震災からの復興が、本当に歓迎すべき方向へと進んでいるのか、この辺で一度立ち止まり、よく考えてみる必要があるような気がする。というのも、私の全く個人的な感想にすぎないのだが、今回の復興計画がスタートする時点で、ボタンを掛け違えていた部分があるのではないかという疑念が、どうしても拭えないのである。総額で25兆円以上にもなる莫大《ばくだい》な復興予算が国によって付けられたわけだが、早急に対策すべき部分と、自治体が住民と一緒になってじっくり時間をかけて考えるべき部分が、あの混沌《こんとん》の中でうやむやになり、補助金の形での復興予算の獲得競争になっていたのではないかと思わざるを得ないのである。そうなってしまうような仕組みが、国によって最初から作られていたのではないかと、これまた個人的に疑っているのだが、そのあたりをメディアはあまり報じてこなかったような気がする。

例えば、時折自転車で足を運ぶ、とある海浜公園がいい例だ。災害危険区域に指定されたことでそうなったのだとは思うのだが、いつ行っても人の姿は皆無に近く、本来の公園のありようにはなっていない。今後も維持管理費が相当かかるだろうに。あるいは、誰を守るのかよく分からない巨大な防潮堤が、今現在、あちこちの沿岸部において急ピッチで建設されている。地域によって防潮堤に対する議論はさまざまだが、防潮堤建設を進める根っこには、海を敵だとみなす発想が横たわっているとしか思えず、そこには潤いのようなものが微塵《みじん》も感じられない。もちろん、そのあたりをかなり柔軟に復興に生かしている自治体もあるにはあるのだが、全体としておかしな方向に進みつつあるのではないかと、最近、やたらと気になるのである。今現在が、引き返したり待ったをかけたりすることが可能な、最後のタイミングかもしれない。

いずれにしても、30年後に箱モノだけが残るゴーストタウンが出現するような未来がやって来ないことを祈るばかりだ。

（２０１７・３・14）

気仙沼の内湾

先日、久しぶりに気仙沼市に行って来た。前回足を運んだのは、自転車のロングライドイベント「ツール・ド・三陸」に参加した2016年の9月だったから、ほぼ半年ぶりの訪問となる。いつもなら1泊して、地元の誰かと飲みに繰り出し、新鮮な海の幸を堪能して仙台に帰って来るのだが、今回は仙台文学館の映像コーナーのロケが目的であったため、残念ながら日帰り。つまり、現地での食事は昼食のみということになる。しかし、おいしいものは食べたい。できれば海鮮系で……。

気仙沼に向かう途中、私の脳裏にさまざまな店がよぎったのだが、最終的に気仙沼の内湾が見渡せるカフェに決めた(他のお店の皆さん、申し訳ない!)。というのも、そのカフェのメニューに載っている一品が逸品なのである。同じ敷地内にある魚屋さん(カフェの大家さんでもある)の店名がついたまかない丼が、どうしても食べたかったのだ。魚屋さんのまかない、ということで察しがつくように海鮮丼なのだが、なかなかおしゃれな洋風の器で提供されるのが特徴で、他ではちょっと食べることのできない海鮮丼なのである。

そう決めたところで、ロケの合間に魚屋の社長に電話してみた。震災後に教え子の紹介(だいぶ昔の話になるが、以前、3年間ほど気仙沼市で中学校の教員をしていた)で知り合った人物なのだが、すこぶる魅力的なナイスガイ(これって、もしかして死語か?)で、地元ではかなりの有名人でもある。彼と一緒にまかない丼を食べながら（自分の店から調達してきた生ウニをサービスしてくれた！）、気仙沼内湾地区の復興計画について、あれこれ現状を聞くことができた。

時折ニュースでも報じられてきたように、気仙沼の内湾地区では、防潮堤に関して住民と行政の間でかなり突っ込んだ議論が重ねられてきた。私にとってもゆかりの深い土地なので、どういう結果になるのか注目していたのだが、16年、とりあえず結論が出て、いよいよ新たな街づくりが始まっているのが、今の気仙沼市の内湾地区だ。

昼食後、いつものように、気仙沼湾が見晴らせる安波山《あんばさん》に登ってみた。この日は、晴れていたかと思うと急に雪模様になったり、時折霰《あられ》までが舞ったりと、朝から天気が目まぐるしく変わっていたのだが、ちょうど晴れ間に恵まれた。

近代以降、日本の経済成長と歩調を合わせるように埋め立てが進んできた気仙沼湾であるが、先人たちは、安波山の麓に抱かれる内湾だけは、基本的な形を変えずに守り続けてきた。その独特の形状と立地が、気仙沼という港町にとってどれだけ貴重な財産なのか、肌で感じ、熟知しているからだ。

その内湾地区、実は、大正4（1915）年と昭和4（1929）年の2度にわたって大火に見舞われ、その都度街並みが焼失して壊滅状態になった。今回は、近代以降3度目の、ゼロからの街づくりになるわけだが、どんな内湾地区になっていくのか、これからも静かに見守っていいたい。

（2017・3・21）

7年目の被災地

東日本大震災から6年――そんな見出しやタイトルの新聞記事やニュース番組が一段落し、再び落ち着いた日常が戻ってきた感はあるものの、震災から6年の区切りの日を迎えたということは、7年目の始まりでもある。実際には明確な区切りなどないのが被災地の現実で、特に沿岸被災地に暮らす人々にとっては、あの日以来、今なおずっと被災し続けているというのが、正直な実感に違いない。それでも少しずついろいろなものが変化しているのは確かで、それは私も同様だ。

たまたまの巡り合わせでしかないのだが、宮城県に生まれ育ち、震災時は仙台に暮らしていて、かつて気仙沼市で教員をしていたことのある現役の小説家、という少々微妙な立場に置かれたことで、常に震災が身近にあった。違う言い方をすれば、私の仕事である小説によって私には何ができるのか、それをずっと考え続けてきた6年間だった。その結果、このところ書きつづってきたのが、気仙沼市がモデルの三陸の港町を舞台に、さまざまな人間模様を描いてきた「仙河海《せんがうみ》シリーズ」で、ちょうど発売になったばかりの最新刊で8冊目となった。シリーズ1作目の刊行は2013年の暮れだったので、3年とちょっとで仙河海の物語ばかり8作品を上梓《じょうし》してきたことになる。

先日、気仙沼に行った際、かつての教え子から「先生、本、出し過ぎ。ちょっと休んだほうがよくない?」と心配されて(当時の中学生がつくづく立派な大人になったと感心することしきり)しまったが、確かにそうかもしれない。という以上に、彼の気遣いがうれしかった。その言葉に一押しされた面もあるのだが、ここでこのシリーズをいったん中断することにした。

これまでの６年間を振り返ってみると、私なりの鎮魂だった一方で、とりわけ被災地の外側にいる（内と外を明確に区別はできないが）人々に対しての「この震災を簡単に忘れてもらっては困る」という思いが強くあり、それが仙河海シリーズを書かせる大きなモチベーションになっていたのは確かだ。そういう意味では、小説によって私は「語り部」のまね事をしていたようなものかもしれない。

震災後、各地で語り部をされているお一人お一人の胸中には、２度と同じ悲劇を繰り返さないために、という使命感と表裏一体で、忘れ去られることへの不安と寂しさ、置き去りにされることへの恐怖と孤独、そしていくばくかの憤りが存在しているように思う。

それを自分に言い聞かせた上で、このところの私は、少しだけ考え方が変化してきた。普段は震災を忘れてもらっていてもかまわない。何かの折りに（例えば節目の日に）そっと心を寄せてもらえるのであれば、それでいいような気が、最近ではしている。その方が日々を楽に生きられるだろうし、それ以上に、原発事故に起因した謂《いわ》れのない差別や、被災地を食い物にしようとしているような怪しげな事業の形を借りて震災を覚えておいてもらえるよりは、ずっとましである。

（２０１７・３・28）

ひとめぐりツアー

先日、とあるツアーに参加して、久しぶりにゆっくりと街を散策した。歩いた街は気仙沼市。小高い丘の上に位置する市民会館の前から出発して、裏路地的な下り坂を魚市場方面へ。特徴的な形の内湾を眺めつつのんびり歩き、昼食をはさんで、震災後、しばらくの間大きな漁船が打ち上げられたままになっていた鹿折《ししおり》地区が、この日のゴール。終了後に歩数計で確認したら1万2千歩ほどの距離であった。

「気楽会の観光案内課　ひとめぐりツアー」。私が参加したツアーの名称である。妙な名前だ。どこか冗談っぽい。観光案内課とあるが、市の観光協会とかお役所が主催しているものではない。企画、運営しているのは、地元の若者グループで、そのグループ名が「気楽会」なのである。なぜ「観光案内課」なのかは少々説明が必要だ。

さかのぼること今から10年と半年ほど前、2006年の10月に「気楽会」はスタートしている。「今ある気仙沼を積極的に楽しもう！」「気仙沼を自発的に楽しくしよう！」という共通の思いを持った、当時30歳前後の有志で結成されたものだ。で、震災前に、今はなきJR南気仙沼駅前のロータリーで「勝手に観光課」と洒落《しゃれ》っけたっぷりに自称し、駅に降り立った観光客に気仙沼市の観光案内をしていたのがそもそもの始まりだったという。

震災後、それが形を変えて生まれ変わったのが「ひとめぐりツアー」なのだが、その名の通り、メンバーの案内で街並みを徒歩で散策しながら、要所要所で地元の人から直接話を聞くことができるのである。たとえば今回は、魚市場、漁船員が通う理容店や雑貨店、地酒の醸造元、再建されて間もない酒屋さんなどに立ち寄って、商店主や経営者の生の声に耳を傾けることができた。震災後、実は何度かこのツアーに参加させてもらっているのだが、毎回さまざまな趣向が凝らしてあって面白い。過去には、新造されたばかりの遠洋マグロ船で気仙沼湾内を巡る体験乗船があったり、フェリーで大島に渡ったりしたこともある。

いずれにしても、時間を気にせずのんびり街を歩くという、車社会の今の時代にはなかなか経験できないゆったりとした時間の中に身を置ける貴重な機会であるとともに、地元の皆さんとの交流の場にもなっていて、普通の観光とは一味も二味も違う充実感が得られるのである。ツアー参加者の募集人数が10名程度とコンパクトなところもいいし、そして何より、街歩きを案内してくれる気楽会の面々が自らツアーを楽しんでおり、故郷《ふるさと》を愛している様子が伝わってくるのがいい。これで参加費が２千円（昼食代は別途）は安過ぎだ。

このツアー、４月から10月までの第２日曜日を基本として毎月開催されているので、興味のある方はインターネットやＳＮＳで「気楽会の観光案内課」とぜひ検索を。

（２０１７・５・２）

コンパクトシティー

ようやく暖かくなってきて、屋外で自転車に乗ることができる季節がやってきた。とはいえ、泉ケ岳や定義山方面はまだちょっと寒いので、春を感じながら快適にサイクリングができるのは海側だ。

ということで、先日、広瀬川から名取川沿いの土手を自転車で走り、久しぶりに閖上港の朝市に行ってみた。春めいてきたこともあってか、大変なにぎわいであった。その周辺はというと、かさ上げされた土地に新たな住宅や災害公営住宅が建ち並び、人の営みが戻ってきてはいるものの、朝市の周囲の殺風景な光景はほとんど変わっていない。であるのに、朝市がこれほどにぎわっているのは、やはり、仙台市にごく近いという周辺人口の多さの恩恵だろう。

閖上に限らず、沿岸被災地のあちこちでようやく復興後の街づくりが形を見せ始め、これまで仮設だった商店街が常設の商店街へと移りつつあるが、多くの商店街が集客に苦労しているという。先日見ていたテレビのニュースでは、仮設商店街で商売していた時よりも大幅に売り上げが落ちて、苦しい経営を強いられている商店主の様子が報じられていた。

だが、よく考えてみれば、目に見える部分での復興が進み、津波直後の悲惨な状況を思い出させるものが消えてゆくにつれ、復興支援的に訪れていた観光バスの数が減ってくるのは当たり前の話だ。これまでは津波の傷跡が観光資源であったわけで、その傷が癒えるに伴って観光資源を失っていくという皮肉な現象が起きつつある。記憶の風化、という言葉が以前にも増して口にされるようになっている今、観光客の減少になんとかして歯止めをかけようとしたくなる気持ちも、わからないわけではない。しかし、そろそろ発想の転換が必要な時期なのだろう。

都市部への人口集中と田舎のさらなる過疎化は、ずいぶん前からこの国の避けられない未来像として想定されていたはずだ。たとえ東日本大震災が発生していなくても、沿岸地域の人口減少は十分に予測できていたことである。あの大津波は、沿岸被災地の時間を数十年ほど進めたのだと考えればいい。数十年先の未来の日本を先取りしている先進地だと思い直せばよいのである。

その際の有効なモデルとして、いわゆるコンパクトシティー的な街づくりが、東日本大震災を機に可能だったはずだ。だが、どうも現実は違ってきているような気がする。コンパクトシティーの一番のポイントは、自動車に依存せずとも徒歩で全てが事足りる街であることを、不覚にも私たちは忘れていたのではないか。たとえば、私が子どものころに暮らしていた当時の宮城県登米郡登米町(現登米市)は、徒歩圏内でほとんど全ての経済活動が可能な、今になって振り返ってみれば、理想的なコンパクトシティーとして成立していた。昔に戻れという話ではなく、そのあたりに何かのヒントがありそうに思う。手遅れになる前に、今ならまだ有効な手だてが打てるような気がしてならない。

（2018・4・3）

貞山運河

ようやくやってきた春の日差しに誘われて、久しぶりに自転車で閖上港の朝市に行ったついでに、貞山堀の周辺を走ってみた。貞山運河とも呼ばれる貞山堀は、ご存じの方も多いと思うが、江戸時代から明治にかけて仙台湾の海岸線に沿って造られた、全長が50キロほどの日本で最長の運河である。その貞山掘も、東日本大震災の大津波によってめちゃくちゃに破壊されたのだが、7年の時を経て、少しずつ復旧されつつある。とはいえ、運河としての本来の役割(舟運)をずいぶん前に終えていたのだから、わざわざお金をかけて復旧せずともよいようにも思うのだが、宮城県のホームページで調べてみたところ、平成25(2013)年5月に策定された「貞山運河再生・復興ビジョン」というファイルにたどり着いた。

それによれば、「運河群(貞山運河・東名運河・北上運河)の歴史を未来へと繋《つな》ぎ、運河群を基軸とした〝鎮魂と希望〟の沿岸地域の再生・復興」を基本理念に、「人と自然が調和した、人々が集う魅力的な沿岸地域の復興」と「自然災害に対して粘り強く、安全・安心な沿岸地域の再生」の二つを基本方針として、四つの基本目標(これも書いているとそれだけで紙面を全部使ってしまうので、詳しく知りたい方は県のホームページを参照のこと)を策定したとのことである。

いかにもお役所的な堅苦しい文言だが、書かれている内容は悪くない、というか、大変立派である。全部で35ページにわたって具体的な内容が記載されており、私が個人的に気に入ったのは、再生される運河沿いに、どうやらサイクリングロードが整備されるらしいことだ。

で、閖上港の朝市の帰りに、名取川から北の堤防上（海沿いの巨大防潮堤の内側に、貞山掘の復旧工事用と思われるもう一つの堤防が造られている）を走ってみた。すると、工事中になっていてまだ走ることはできないのだが、確かに真新しいアスファルトが敷かれたサイクリングロードができつつあった。

実は、最近まで知らなかったのだが、震災前も貞山運河沿いにはサイクリングロードが存在していたとのことだ。どれどれということで、再びインターネットで検索してみると、震災前のサイクリングロードの画像がたくさん出てきた。なるほど、なかなか快適そうなサイクリングロードで、場所によっては松林の中を通り抜けていたようだ。そこまではよいのだが、ちょっと気になる画像もちらほら。整備が十分に行き届いておらず、マウンテンバイクでならまだしも、ロードバイクでここを走るのはちょっと厳しいかな、という荒れた路面の画像も散見されるのである。

貞山運河沿いに再びサイクリングロードができるのは、いまやすっかり自転車愛好家（ずいぶん古くさい言い方ですな）となった私としては大変喜ばしいことなのだが、完成した後の活用法を、ソフトウエアを含めて今からしっかり考えておいたほうがよさそうだ。

（2018・4・10）

防災グッズ

先日の震度7を観測した北海道地震のニュースをテレビで見ていて、東日本大震災の時の自分を思い出していた。厚真町の大規模な土砂崩れもさることながら、発電システムの「ブラックアウト」によって明かりが消えた札幌の様子は、当時の仙台市内の状況と重なるものがあった。水、電気、ガス、そして食料、これら人が生きるために必須の要素が、都市部の生活ではいかに微妙なバランスの上に保たれているかを、あらためて考えさせられた。

ところで、ニュースを見ていて気になったのだが、被害の状況を報じるアナウンサーが「情報がないことが最も不安を生じさせるので、視聴者の皆さんはSNSなどで情報を発信してあげてください」という趣旨の呼び掛けをしていた。確かにそうだとは思うのだが、東日本大震災の時の自分を振り返ってみると、情報がないことに対する不安は全くと言ってよいほどなかったことを覚えている。

なんでだろう、と当時の自分を振り返ってみると、震災当日の夕方から夜にかけ、せっせと調理をしていて、かなり忙しかったのである。

私の場合、仙台市内の自宅マンションで被災した。揺れが収まった直後、室内が悲惨な状況ではあったが、まずは水の確保をした。幸い、断水する前にありったけの鍋を水で満たすことができた。次いで、家の中に活動できるスペースを確保した後、キャンプ道具を引っ張り出してきて床に広げた。

かれこれ30年近くにもなるだろうか。毎夏、北海道をオートバイでツーリングしているのだが、基本的にはキャンプ生活である。積載能力の限られているオートバイなので、携帯ガスボンベを燃料源とするコンロとランタンを使っているのだが、震災の際、これが重宝した。あまり几帳面《きちょうめん》なほうじゃないので、使い残しのガスボンベが、かなりの数、たまっていた。つまり、明かりと煮炊きに困る状況には陥らないで済んだのである。停電した冷蔵庫には、冷凍食品を中心にまあまあ食材が入っている。お米と乾燥パスタもストックしてある。というわけで、妻が帰宅(当時勤めていた中学校が避難所になったため、確か夜の9時半ごろ帰ってきた)するまでの間、せっせと調理に励み、取りあえず4～5日くらいは食べるのに困らないな、という程度まで準備が整ったのだった。

寝るところと食料が確保され、明かりも得られる。となると、情報がないことに対する不安は、そもそも出てこないのである。したがって、人は情報がないことに対して不安になるのではなく、食糧や明かりがないことに対する不安と恐怖があり、その食糧や明かりを確保するためにはどうしたらよいかという情報が得られないことに対して不安を覚える、とするのが正しい。

ということで、防災グッズと水や非常食の備蓄がどうなっているか、この機会に各ご家庭でチェックしてみてはいかがでしょう。

（２０１８・９・18）

今年の震災の日

今回の原稿、タイトルをどうしようかと考えながら書き始めた。というのも、原稿を書いている今現在の日時は、3月11日の午後5時ごろ。東日本大震災からちょうど8年の節目の日に書いているのだが、最初「今年の3・11」というタイトルにしようとした。だが、3・11という記号化された単語はあまり使いたくなかった。なので何かいい案はないかと考えて、まずは「今年の震災記念日」というタイトルを思いついたのだが、どうも違う気がしてきた。「○○記念日」という呼び方は、どちらかというとおめでたいお祝い的な日を想起してしまう。だがそこで、「終戦記念日」と普通に言う(正しくは「終戦の日」であるが)ではないかと思った。それで違和感がないのは、戦争が終結した日というのは、私たちにとってよき日だった(それ以上戦争を続けるよりは)という、暗黙の了解めいた共通認識があるからかもしれない。などと考えているうちに、シンプルに「震災の日」でいいような気がしてきて、結局今回のタイトルとした。個人的には、これから毎年巡って来るこの日を、3・11ではなく「震災の日」と呼んでいくことにしようと思っている。

ということで、今年の「震災の日」は、朝から雨模様だったこともあり、終日静かに自宅で過ごした。もちろん追悼の意味合いもあったが、現実問題として確定申告書の提出期限日が近いため、震災関連のテレビ番組を見ながら、電卓を片手に終日数字とにらめっこをしていたのである。

だが、こうして一日がたとうとしているいま、８年目の震災の日の過ごし方として、これはこれでよかったなと感じているのも事実だ。もしかしたら、この８年間で最も静かな３月11日だったかもしれない。

ふとここで、これまではこの日をどう過ごしていたっけ？と振り返ってみて、あれ？と思った。震災翌年のことはよく覚えている。震災報道一色になる仙台にはいたくなくて、雫石温泉（岩手県雫石町）でゆっくり過ごしていた。ところが、次の２０１３年はどうしていたか、はっきりした記憶がないのである。スマホのスケジュール帳をチェックしても何も記録されていないので、たぶん自宅で過ごしていたのだろう。その翌年の14年は、３月10日にラジオ収録とあり、11日には気仙沼のホテル名がメモに残っている。それで思い出したのだが、ＮＨＫの「ラジオ深夜便」に出演したあと、気仙沼に行って昔の教え子に会っていた。

それじゃあ他の年は？と思い出そうとしてみたのだが、やっぱりスマホのスケジュール帳に記録が残っていない年は、その日自分がどうしていたか、具体的に思い出せないのである。たとえば毎年何らかの追悼式典に参列しているようであれば、思い出せなくてもどかしい思いをするようなことはないのだろうが、もしかしたら私と同様、記憶があいまいな皆さんが案外多いのじゃないだろうか。いや、これは私だけのことかもしれないし、果たしていったいどっちなのだろう？

（２０１９・３・19）

オリンピック

テレビのニュースで、オリンピック、オリンピックとやたら煩《うるさ》いと思ったら、東京オリンピックの開催までちょうど1年に迫っていたのだった。なるほど、と思いつつも、どこか人ごとのように感じている自分がいて、妙な心持ちというか、居心地が悪いというか、なんとなくもろ手を挙げては喜べない。とはいえ、来年実際に始まってしまえば、テレビを前に一喜一憂して観戦していることだろう。どうせそうなるのなら、今から大いに期待を寄せていたいのだが、やっぱりそうはならない自分がいる。

トレーニングではなく、のんびり自転車で走りたくなった時は、広瀬川から名取川の河川敷を経由して閖上方面に行くことが多い。名取川の最下流に架かる橋が、県道10号塩釜亘理線の閖上大橋である。そこから閖上方面には向かわずに県道を横断して土手の上を走っていくと、防潮堤を右手に見つつ、新しく造られたサイクリングロードへと至ることができる。このサイクリングロード、貞山堀の復旧工事のせいで開通が遅れていたようなのだが、最近になってようやく開通し、真新しいアスファルトの上を快適に走れるようになった。

それにしても、震災からすでに8年以上が経過しているというのに、やっとこれかいな、とげんなりすること甚だしい。そしてまた、閖上大橋が架かる県道塩釜亘理線の交通量がすさまじい。

ざっと見たところ行き交う車両のおおよそ7～8割が大型のトラックかダンプカーで、その多くが復興関連の車両だと思われる。仙台の中心部や内陸部にいると震災の爪痕などかけらも見いだせないが、沿岸部から復興関連車両が消えるのはまだまだ先になりそうだ。東京オリンピックと聞いてさっぱり浮き立った気分になれないのは、自転車で沿岸部を走るたびにそんな光景を目にしているからに違いない。

そういえば、復興五輪を謳《うた》った東京オリンピック開催決定のニュースを目にした時、本当に東京で開催していいのか？　と首をかしげたのを覚えている。震災からそれほど時間がたっていない時期だったので、報道する側は明るいニュースとして取り上げたのだろうが、オリンピックの開催期間中に首都圏直下型地震が起きたら、あるいは南海トラフ大地震が発生したらどうするんだろう、という心配が頭をよぎったのである。それが杞憂《きゆう》に終わることを願うばかりであるが、開催期間中の交通渋滞をどう緩和するかだとか、暑さ対策をどうするかだとかの前に、どれだけ震災に対する対策がなされているのか、ちょっと、いや、かなり疑わしい。

遠乗りをする際には閖上から南へと走り、新しく整備された荒浜(宮城県亘理町)の「鳥の海公園」で折り返すのだが、さらに先は福島県の新地町、相馬市、南相馬市へと続いている。その福島の漁業者は、今も謂《いわ》れのない風評被害で苦しんでいることを忘れてはいけない。

（2019・8・13）

災害と気候変動

1

東日本大震災以後、日本列島各地で相次ぐ地震や洪水など、大きな災害が頻発しているのは否めない。とりわけ２０１９年10月の台風19号は広域にわたり甚大な被害をもたらした。津波は地震、河川の氾濫や土砂崩れは台風による大雨と、災害をもたらした原因は違っているものの、人知を超えた自然災害の怖さをあらためて教えられたように思う。

この二つの種類の災害から、私たちは何を学び、何を考えるべきなのか。ハザードマップや避難所の再検討、高台への移転、防潮堤や堤防の整備などの対策は必要であるとして、それらはあくまでも対症療法にすぎない。ここで共通して見えてくるのはエネルギー問題ではないだろうか、というのが今回のテーマ。

地震や津波の発生は防ぎようがないものの、原発事故は防ぐことが可能かもしれない。究極の対策は原発を持たないこと。この原稿を書いている時点で、全国で17の原子力発電所中、運転中の原子炉は８基、停止中の原子炉は25基であるのが「原子力安全推進協会」のホームページで確認できた。全体の４分の１しか動いていないわけだが、電力不足には陥っていない。事実、震災後に全原子炉が停止した際も何とかなっていた。ということで「原発がなくても問題ないじゃないか、だったら原発なんかなくていい」という意見も多数出てくるわけだが……。

ネットで見つけた「環境エネルギー政策研究所」というＮＰＯ法人のホームページで２０１８年の発電状況を調べてみると、太陽光や風力、水力など、いわゆる自然エネルギーの発電割合は17・4％、原子力は４・７％だそうな。つまり、全体の８割近くを火力発電に頼っていることになる。石炭や石油、天然ガスを燃やして電気を得ているのである。よって電気と引き換えに、発電所の煙突からせっせとCO_2を吐き出していることになり、CO_2の温室効果による地球温暖化を引き起こす原因になっている。地球が温暖化すると、大気中の水蒸気量が増える。水蒸気量が増えると、熱帯低気圧が急速に発達するようになる。いわゆるスーパー台風ができやすくなるわけで、今回の台風19号もそうして発達したスーパー台風であったようだ。台風に限らず、何かにつけ大雨が降りやすくなり、私たちの暮らしが、常に大雨による河川の氾濫や土砂崩れの危険に晒《さら》されるようになる。

全体の８割も火力発電に頼っていてはまずいということで、政府は停止中の原発を稼働させたがっているのだろう。国内の原子炉がすべて運転されれば、全体の20％前後を賄えることになるので、それだけ火力発電の比率を下げることができ、CO_2の排出量を削減できるという計算だ。いやいや、原発ではなく、自然エネルギーの比率を上げればよいではないか、という意見も多いのだが、すぐには難しいようだ。

いずれにしても、CO_2の排出量を削減せねば、という点では一致しているのだが、事はそう単純ではない。

2

たまたまチェックしていたネットニュースに、共同通信の配信記事があって目を引いた。そのまま一部を引用すると次の通り。

——人類は地球温暖化による「気候の緊急事態」に直面しており、このままでは経済や社会に破局的な影響が生じる、と警告する論文を米オレゴン州立大の研究者がまとめ、趣旨に賛同する153カ国、約1万1千人の科学者の氏名と共に、生態学の専門誌に発表した——。

やはり、地球温暖化への対策は待ったなしの状況にあるようだ。と思いきや、そういえばつい先日、パリ協定からアメリカが離脱したというニュースを耳にしたばかりだった。自国の経済が最優先のトランプさんだからさもありなん、というのは決して間違った見方ではないだろうが、実はもう一つ、もっと大きな理由がありそうに思える。おそらくトランプさんや彼の支持者の多くは、CO_2排出による地球温暖化自体を信じていないのだろう(実際、そういう意味の発言をトランプさんはしていたはず)。というのも、ニュースにはなかなか取り上げられないが、CO_2による地球温暖化説を否定している科学者が、常に一定数、存在しているのである。

2年ほど前、地球温暖化関連の書籍を集中して読んだことがあるのだが、ある研究者によると、地球上の雲の全体量が増えると太陽光が遮られ、地球は寒冷化に向かうという。雲の発生量は、太陽から地球に届く宇宙線の強さによって変化し、これからは太陽活動が弱まる傾向にあるため雲が増え、今後の地球はむしろ寒冷化に向かうというのである。

また、これまで地球には温暖期と寒冷期が交互にやってきている。それは事実で、たとえば、７万年前に始まって１万年前に終わった最終氷期後に大陸上の氷が溶けて海面が上昇し始め、６千年ほど前にピークを迎えたことは、地質学の研究によって確認されている。日本においては縄文海進と呼ばれるものがそれで、当時は今よりも気温そのものが高かったようだ。そうした温暖期と寒冷期は何が原因でもたらされるのか。とある研究者によると、超新星の爆発や銀河系内の太陽の軌道が関係しているのだという。

CO_2に温室効果があるのは事実だとしても、地球温暖化をもたらす主要因ではない、あるいは、そもそもＩＰＣＣ（気候変動に関する政府間パネル）の報告そのものに疑問がある、といった主張が根強くあって、それなりに説得力があるのも確かなのである。こうなってくると、何が客観的な事実なのか判別がつかないというのが正直なところ。結局、何が真実かではなく、何を信じるかの話になってくる。

ともあれ、太古の地球においては大気の８割をCO_2が占めていた。それが植物の光合成により、長い年月を経て今の大気組成になったのは確かだ。自然のサイクルが海底や地中に閉じ込めた炭素をわざわざ取り出して燃やしているのだから、バランスがいつ崩れてもおかしくないと、個人的には思う。


（２０１９・12・10～17）

被災地の背景

宮城県丸森町をはじめとする台風19号の水害に関する報道を見ていて、東日本大震災の時と同じだなと思った。何が同じかというと、丸森に限らず、被災以前の当地が、どんな歴史や背景を持った町だったのか、どんな人々がどんな思いを抱きながら、どんな暮らしをしていたのか、そうした部分には思いを致すことなくメディアの人々は、速報をよしとするメディアの特性に忠実に、そして善意の使命感に駆られて、日々せっせと報道しているのだなと、ちょっと冷めたというか、ひねくれた目で(ひねくれているのは小説家の習い性なので仕方がない)見てしまうのである。

それがメディアの役割だと言われてしまえばそれまでなのだが、その一方で、何かの凶悪犯罪などが起きると、犯人の背景やら成育歴やらを、やたらと執拗《しつよう》に追いかける。

その差はどこから来るのか。たぶん、情報の受け手が何に関心があるのか、頭のよいメディアの人々は、それなりに見抜いているからに違いない。それを裏返せば、私たち情報の受け手が、凶悪犯の背景には興味を持つが、被災地の背景にはさして興味がないという理屈になってしまう。なので、メディアに問題があるとは一概には言えないのだが、もう少しじっくり腰を据えた取材や報道をしてほしいというのも、偽りのないところだ。

以前このコラム(64ページ)でも少し触れたが、今回の水害で孤立状態となった丸森町の筆甫《ひっぽ》地区は、戊辰戦争の最終局面における激戦地だった。しかも、海道筋の戦闘において、奥羽越列藩同盟側が唯一勝利を収めた場所だった。のみならず、その戦闘において最も活躍したのが、丸森兵であった。だが、悲しいかな、その時には仙台藩はすでに降伏を決めていた。勝ちはしたものの、本当だったらやる必要のなかった戦闘であり、40人あまりの尊い命が失われた。責められるべきは、降伏か抗戦かの議論をぐずぐずと長引かせた、当時の仙台藩の首脳陣である。

あるいは時代が下って太平洋戦争後、満州から引き揚げてきたものの、故郷には暮らせる土地がなく、新天地を求めて栗駒山の中腹に入植して原生林を切り開き、苦労して開拓に携わった人々がいる。彼らの故郷というのが、今回の水害でやはり甚大な被害に遭った、丸森町の耕野地区である。その「耕」の字を取った開拓村が、栗駒山の耕英地区なのだが、そう聞いて、２００８年６月の岩手宮城内陸地震で山体が大崩落を起こし、長引く避難生活で大変な苦労を強いられた地区だと思い出せる人は、いったいどれだけいることだろう。

被災地として一括《くく》りにするのではなく、そうした背景を知ることは、とても大事なことだと思う。それによって、そこに暮らす人々へ寄せる思いが、いっそう強くなるはずだからだ。被災地への支援の方法はさまざまだし、人それぞれでよいのだが、長く思いを寄せ続けることは、実はなかなか難しい。気仙沼をモデルにした仙河海の物語を書いてきて、つくづく私が実感したことである。

（２０１９・12・３）

フクシマと福島

新型コロナウイルス騒ぎで落ち着かない中で、9年目の3月11日を迎えた。いったい何をテーマに報道したらよいのかと、困惑気味に番組を制作しているように見えるテレビメディアを冷笑しつつも、とりあえず番組に見入ってしまう自分がいて、どことなく妙な気分になった3月11日であった。

マグニチュード（M）9の巨大地震に1000年に1度の大津波のみであれば、自然の力の前では人間なんてちっぽけなものだと、あらためて思いを致し、今後はいかに自然と折り合いをつけていくかと、ある種の諦観とともに次の一歩を踏み出せるだろうし、そうして災害列島に暮らす私たち日本人は、悲しみをのみ込んで生きてきた。だが、東日本大震災では人災としか言えない余計な災厄がついてきた。言うまでもなく原発事故だ。福島の沿岸被災地ではいまだ故郷に戻れない人々が何万人もいる。いや、正確にはそのうち相当数の人々が帰らないと決めている現実を直視した上で、どうしても容認できないのは「フクシマ」という記号で「福島」を見る、相変わらずの世の中の空気だ。とりわけ、いまだに震災前の2割の水揚げがやっとだという福島県の漁業に対する、誰とは特定できないためにいっそうもどかしい世間のまなざしは、「フクシマ」に対するあからさまな差別だ。

だいぶ前になるのだが、オートバイのツーリングで南相馬のとある民宿に宿泊した際、出てきた夕食に思わずのけ反ってしまった。あの値段であれほど豪勢な刺し身と魚料理が食べられる宿には、いまだに出合ったことがない。仙台に暮らしているので、新鮮な魚介類をまあまあ手ごろな値段で食べることができると、そこそこ満足できていた私であったが、福島の魚介は恐るべし（もちろんよい意味で）と、認識を新たにした次第であった。

そんな福島の漁業者が、あえぎながらも懸命になって次の世代にバトンを渡そうとしているいま、この夏には貯蔵タンクが満杯になるという理由で、原発から出た汚染水を浄化して海に放出する作業が現実味を帯びつつある。そのニュースを耳にしたとき、「あれ？　例の凍土壁作戦ってどうなったんだ？」とあらためて思い出した。それぞれに言い分はあるのだろうが、汚染水の増加を結局は食い止められていなくて、大気や海洋への放出という話になったのだろう。

現実的にはどうも海への放出のほうに議論は傾きつつあるようだが、それだけは絶対に許してはならないと思う。どんなに安全だと保証されたところで、新たな風評被害で福島の漁業が立ち行かなくなるのは火を見るよりも明らかだ。人間の心の奥底に潜む差別意識を軽く見てはいけない。どんなに科学的な根拠を示してもＮＯと横に首を振るのが、消えることのない差別意識の特質だということを忘れてはならない。と、ここで妙案を思いついた。本当に海洋放出しても問題ないのなら、パイプラインを２５０キロほど引いて……というのは、やっぱりダメなのでしょうかね。

（２０２０・３・24）

第2章　サイクリストのまなざし

ツール・ド・東北

今年で4回目の開催となる「ツール・ド・東北2016」を走ってきた。以前、本格的な自転車ロードレースとして「三笠宮杯ツール・ド・とうほく」が開催（1993〜2007年）されていたが、それとは違い、順位やタイムを競わないファンライド形式のサイクルイベントだ。私が走ったのは、今年新設された「牡鹿半島チャレンジグループライド」のほう。石巻専修大学を出発したあと、万石浦を右手に見ながら走って女川駅に立ち寄り、その後、時計回りに牡鹿半島を1周してスタート地点に戻ってくる100キロのコースである。

実は、エントリーしようとした時、とある知人から「かなりの難コースらしいけど……」と心配された。ロードバイクに乗り始めてまだ1年半の、もう少しで還暦に手の届く、不健康な生活をしている（に違いない）小説家に走り切れるのかいな、と思ったようだ。

牡鹿半島は震災前にオートバイの日帰りツーリングでしょっちゅう走っていた。なので、どんなコースかは分かっているつもりでいたのだが、わずか0・5馬力にも満たない人力でペダルをこいでみると、平坦《へいたん》路は皆無に等しく、登っているか下っているかの坂道だらけ。走り終えてからサイクルコンピューターで確認したら、獲得標高（自転車用語で、合計どれだけ登ったかを積算した数字）が1500メートル近くになっていた。

確かに走り応えがあって疲れたものの、とても楽しめた。地元のボランティアライダーにサポートされながら、1グループ12名で走ったのだが、次第に連帯感が生まれ、初対面同士が和気あいあいの雰囲気になってくるのである。参加メンバーの出身地もさまざまで、東京をはじめとした首都圏からはもちろんのこと、石川県や三重県、グループ内で最も遠くは長崎県からの参加だった。そのライダーは震災直後にがれき処理のボランティアで鮎川に来たことがあり、今の牡鹿半島がどうなっているか知りたくてエントリーしたとのことだった。震災からの復興支援としてスタートした「ツール・ド・東北」の全てを物語っているような、思わずじんとくる話だ。じんとくるといえば、エイドステーション(休憩スポット)で立ち寄った女川駅と鮎川浜では、大漁旗でのお出迎えを受け、これにはメンバー全員が感激していた。

久しぶり(2年ぶりくらい?)に足を運んだ牡鹿半島だったが、自転車で走りに行ってよかった。車やオートバイのスピードで走ると見落としたり気づかなかったりするような、震災後の小さな変化を肌で感じることができた。まだまだ道半ばの復興ではあるけれど、少しずつでも着実に前進している姿が見て取れた。何よりライダーたちを歓迎してくれる地元の人々の笑顔がとてもすてきで、また来年も走りたいと思った。いやいや、来年はサポートライダーとして遠方からのお客さまをおもてなしする側に回らなくては……。

(2016・10・4)

ツール・ド・三陸

「ツール・ド・東北」を走った翌週、今度は「ツール・ド・三陸」に参加して岩手県の三陸沿岸部を走ってきた。共に東日本大震災からの復興支援として始まったサイクルイベントだが、「ツール・ド・三陸」のほうが1年早く、今年で5回目の開催となる。私たち夫婦(あの手この手で妻にも自転車を始めさせた)が走ったのは、昨年完成したばかりの陸前高田市コミュニティホールを出発し、碁石海岸まで足を延ばしてスタート地点に戻ってくる全長50キロ弱のコースである。

震災後、何度か訪れている陸前高田だが、最後に足を運んだのは、かさ上げ工事用の土を運ぶベルトコンベヤーが空中回廊のように張り巡らされた、どこかSF的な光景が広がっている時期だった。そのベルトコンベヤーが今は消え、ライダーの目に最初に飛び込んでくるのは、ピラミッドの土台のような盛り土と、建設途中の防潮堤だ。新しい街並みがどうなるのか、市のホームページで確認できるとはいえ、工事車両が行き交う少々ほこりっぽい道路を自転車で走っていると、復興後の姿をイメージするのは難しい。という以上に、このところ頻繁にマスコミが取り上げる東京オリンピックの話題との落差に、なんだかなあ、という気分(明確にこれとは言えないもやもやした心持ちなので、なんだかなあ、なのである)になってしまった。

楽しいはずのサイクルイベントなのにこれはまずいぞ、と思いつつ走っていた私の気分を一変させてくれたのは、沿道で応援する地元の人々の笑顔であった。「ツール・ド・三陸」のコース設定は、幹線道路から外れて沿岸部の集落を巡る形になっている。家々の軒先で、大人から子どもまで、一生懸命手を振りながらライダーたちを迎えてくれる。いやほんと、自転車に乗っていてこんなにたくさん手を振ったのは初めてであった。いわゆるバイパス道路が全国のあらゆる場所に造られていることで、その存在すら知らないままに通過してしまう私たちの足元では、人の営みが連綿と続いている。その当たり前の事実に、あらためて意識が向く。そうした集落を抜けたあと、目の前に広がった海の光景がまた素晴らしく、おびただしい数の養殖いかだが浮かぶ(毎年いかだの数が増えているとのこと)穏やかな湾の美しい光景に、自転車を止めてしばし見とれてしまった。

震災後、海辺の集落のいっそうの高齢化や後継者不足による漁業の衰退、深刻化する過疎、そうしたニュースが、頻繁に報じられている。確かにそうなのだろう。だが、最近の私は、それってちょっと違うかも、と思い始めている。この先、この国全体でさらなる人口減少が進んだどこかの時点で、海の恵みとともに営まれる海辺の暮らしは、何らかの安定期に移行するような予感が(あくまでも予感にすぎないが)するのである。人口減少によって暮らしの維持が困難になるのは、むしろ大都市圏のほうかもしれない。

(2016・10・11)

エンデューロ

先日の文化の日、エンデューロに出てきた。エンデューロというのは耐久レースのこと。つまり、自転車の耐久レースに出場してきた。場所は栃木県の茂木町にある「ツインリンクもてぎ」。ふだんはレーシングカーやオートバイが走る1周4・8キロのロードコースを、この日だけは自転車で思う存分走ることができるという、自転車乗りにとっては夢のような一日なのである。

レースといってもエンデューロへの参加の場合、本格的なロードレースよりもずっとハードルが低い。自分のレベルや希望に合わせて参加クラスを選べるのが普通だからだ。例えば、今回私が参加した大会は、大きく6種目、全部で20ものカテゴリーに分けられていて、大人から子どもまで誰もが楽しめるようになっている。だから、レースというよりは自転車好きのお祭り的イベント、としたほうがよいかもしれない。今年で13回目を迎えるという大会への参加人数は3600あまり。ここ数年、仙台でもロードバイクをずいぶん見かけるようになったが、関東圏のロードバイク人口はさすがに多いと感心することしきりだ。実際、スタート時の光景は壮観ですらある。

ただし、アマチュアが楽しめるイベントとはいえ、そこはやっぱりレースである。決して楽なわけじゃない。私がエントリーしたのは4時間エンデューロのソロ。つまり、4時間を1人で走り切らねばならない（7時間のソロ、などというとんでもないカテゴリーもある）のである。何人かでチームを組んで交代で走るクラスもあるのだが、開催場所が少々遠いこともあって、チームを結成するには至らなかった（自転車友達がまだ少ないというのが実は本当）。

ともあれ、1人で走ると全てが自己責任なので気が楽だ。チームメートの足を引っ張る心配もない。それに、払った参加費の分だけ1人でたっぷり楽しめる、いや、苦しめる。いやほんと、実際に苦しいのである。4時間で140キ《キ》ロ《ロ》ちょっとの距離を走り終えてからサイクルコンピューターで確認してみたら、平均心拍数が毎分163、最大心拍数が184だった。一般的には、運動時の最大心拍数は「毎分220回マイナス年齢」とされている。私の年齢を当てはめると、死んでいてもおかしくない数字である。どうりで苦しいはずだ。しかも、3時間を過ぎたあたりから、脚の筋肉が悲鳴を上げ始めて痛くなってくる。運動中に常時筋肉の痛みを我慢している状態は、どう考えても普通じゃないような気がする。

周りを見回してみても、トップ集団を形成するような選手たちは別にして、上り坂に差し掛かると、ハアハアゼイゼイ、いや、ヒーヒー言いながら、凄《すご》い形相でペダルを踏んでいる。だが、みんな楽しそうだ。ゴール後は、誰もが実にいい顔になる。

ことほどさように自転車乗りは、難行苦行が大好きな、とても我慢強い人種なのである。

（2016・11・15）

泉ケ岳

アメリカの大統領選でトランプ氏が勝利した週末、今後の世界情勢や、それに伴って変わらざるを得なくなるだろう国際社会における日本の立ち位置等々、そうしたあれこれに深く思いを巡らせているべきところ、私は自転車で泉ケ岳を登っていた。

仙台市の北西部に位置する標高1172メートルの泉ケ岳は、ハイキングシーズンは登山客で、積雪時はスキーヤーやスノーボーダーでいつもにぎわっている。使い勝手がよさそうなキャンプ場もあれば、夏場はパラグライダーも飛んでいる。仙台の市街地からは車を使えば1時間以内で足を運べることもあり、さまざまなレジャーで親しまれている山だ。

実は近年、泉ケ岳の麓から南東斜面にある泉ケ岳スキー場までの7キロちょっととの上り坂が、自転車乗りのあいだでは、定番のヒルクライムコースとしてひそかなブームとなっている。天気のよい週末には、専用のウエアに身を包んだライダーが懸命にペダルを踏んでいる姿が見られる。しかも、スタートしてからフィニッシュするまでの基準タイム(この時間内で上ることができれば健脚ライダーとして胸を張ってもよいという、陸上競技の標準記録のようなもの)なるものがネット上では市民権を得ていて、それに挑戦するのがトレンドになっている、らしい。

などと他人事《ひとごと》みたいに書いている私も、今年の春からこれまで、10回あまり泉ケ岳のヒルクライムコースを走っているのだが、アメリカ大統領選の開票日、県内では初雪が観測され、泉ケ岳もうっすらと冠雪した。本格的に雪が降って自転車で登ることができなくなる前に、今シーズン最後の泉ケ岳ヒルクライムにチャレンジしておかなくては。そう思い立ち、自転車を漕《こ》ぎ出したのだ。

ロードバイクに乗り始める前から、登山やスキーで泉ケ岳には何度も足を運んでいるのだが、山そのものに特別な思いは抱いていなかった。便利な場所に手ごろな山があっていいなと、そんな程度の認識だった。

ところが、である。

私がロードバイクに乗り始めたのは、ちょうど今から2年前、２０１４年の秋だった。あっという間に初冬がやって来て、鼻水を垂らしながら自転車を漕いでいる先に、ある日、紅葉が終わって赤茶けた山肌の泉ケ岳が見えた。なのに、その姿が異様なまでに美しかった。車やオートバイで走っていたら、気にも留めずに過ぎ去っていた光景だと思う。それが、人力で進む自転車のサドルの上から見ると、全く違った神々しい山の姿に変貌していた。それ以来、私にとっての泉ケ岳は、特別な山になったのである。

私が今シーズン最後と決めて上った翌日、第1回となる「泉ケ岳ヒルクライム」が晴天のもとに開催された。泉ケ岳を彩る風物詩の一つとして今後も定着してくれればいいなと（自分が大会に出なかったのは棚上げにして）真面目に願う私であった。

（２０１６・11・22）

健康診断 1

「うーん、熊谷さん。そろそろお薬、飲んでみましょうか」

今から8年ほど前、とある医院で発せられたかかりつけ医の言葉である。医師が口にした「お薬」とは脂質異常症(以前は高脂血症と呼んでいた)を改善する薬のことだ。

最近になって脂質異常症のガイドラインが変わったようだが、その新しいガイドラインと照らし合わせても、当時の私の数値は立派に正常値から逸脱しており「要治療」の状態であった。実際、40代の後半から「要経過観察」状態だったのだが、「要治療」が3年連続となったところで(その間、なんだかんだと理由をつけて薬の服用から逃げていた)私の健康を深く憂えたかかりつけ医は、ついに痺《しび》れを切らしたのである。

「えーと、その薬、これから飲み始めたとして、数値が良くなればやめてもいいんでしょうか?」

「やめるとまた戻りますね。熊谷さんの場合、遺伝的な要素が大きいようですから」

確かに私の母は、50代の初めからコレステロール値を下げる薬を服用し続けていた。

「つまり、ずっと飲み続けなければならないわけですか?」

「そういうことになりますねえ」

「ちょ、ちょっと考えさせてください。食事に気を付けたり、えーと、少しは運動もしてみようかと……」

「そうですねえ。それじゃあ、半年後にまた血液検査をしてみましょう。それで改善されていなかったら、その時は……」

「あ、あきらめます。薬を飲みます」

「では、半年後に」

それからの私は、とりあえず努力した。１日に最低１時間、近所を散歩した。小学生の下校時刻にぶつからないように（何度か不審者に間違われた）して。青魚に含まれるＥＰＡやＤＨＡが良いというので、せっせとサバ（ノルウェー産のサバが安くてうまい）を食した。効果がありそうなサプリメントも試してみた。けれど、お酒はやめなかった（なぜか肝機能はいつも正常値なのである）。

で、半年後の血液検査で、真っ赤にともっていた危険信号が、黄色の点滅信号程度にまで数値が改善された。それで薬の服用はかろうじて免れた。ところが震災後、なぜか魚よりも無性にホルモンが食べたくなる時期がしばらく続いて、再び赤の点滅くらいになった。まずいなあと思いつつも（現実から目を背けたいという心理が働いたのだろう）３年間ほど健康診断をサボってしまった。今度健康診断を受けたら、絶対投薬開始になりそうだ。これは真面目に何とかしなくては……。

それが何とかなったのである。久しぶりに恐る恐る受けた健康診断で、かかりつけ医もびっくりするほど、コレステロールの数値が改善されていた。もちろん理由はある。

2

さて、何ゆえ健康診断で危険信号が灯《とも》っていた私のコレステロール値が劇的に改善されたのか。答えは自転車。あまりに予想通りで申し訳ないのだが、実際、自分でも驚くほどの効果があった。

体重がピーク時でも、身長はそこそこあるせいか、傍目《はため》には太っているようには見えなかったらしいのだが、実際には非常によろしくない状態にあった。一歩ごとにお腹《なか》の肉が揺れるし、左右の太ももの内側が擦れる。当然ながら階段は避ける。エスカレーターしか使わない。負のスパイラルに陥ったようなものである。おまけに、下あごから喉元にかけて肉が付きやすいようで、明らかに睡眠時無呼吸症候群でもあった（妻が発見した）。散歩をするだけではどうしても一定以上は体重が落ちない。かといってジョギングはちょっと（自分の足で走るのは嫌い）……。水が苦手なので水泳なんてもってのほか。

そんな折、何げなく見ていた健康番組で、脂質異常症の3名の被験者を対象に、どんな運動がコレステロール値の改善に役立つかの比較実験をしていた。結果はというと、コレステロール値を改善するのに最も効果があったのは自転車漕《こ》ぎだった。ちょうど同じ時期に、自宅にケーブルテレビを引いたことでいろいろなスポーツ番組が視聴できるようになり、世界最大のサイクルロードレースである「ツール・ド・フランス」のライブ中継を観戦していた。懸案であった健康問題とロードバイクが結び付いたのは必然である。これだ！と思った数日後、市内のサイクルショップを訪ねていた。

もとより、車輪が付いた乗り物が好きな私である。そういえば、小学生の頃「仮面ライダー」に感化されて自転車でジャンプをしまくり、着地の衝撃でフレームを折ってしまったほど自転車に乗るのが好きだった。これではまらないわけがない。それまで散歩にあてていた時間を自転車に切り替えた。しかし、最初はまともに漕ぐこともできなかった。10キロ走っただけで青息吐息。できる限り坂道を避けて走った。ピチピチのサイクルウェアを着た自分を鏡で見るなど恐ろしくて無理。だが、機械好きでもある私にとって、ロードバイクは最適のアイテムであったようだ。乗り始めて1年半で、気付くと15キロ近く体重が減っていた。久しぶりに受けた健康診断でコレステロール値が正常になり、うれしいことに睡眠時の無呼吸が少々の鼾《いびき》程度まで改善（完全に治ったわけではないようだが）され、さらには、ずっと悩まされ続けていた首や肩の痛みも、いつの間にか消えていた。いやあ、まったくもってめでたしめでたし、と言いたいところなのだが、そうは問屋が……。

3

自転車のおかげで危険信号が灯《とも》っていたコレステロール値が全て正常値になり、かかりつけ医もびっくり、というところまでは良かったのだが、そのかかりつけ医が「ん?」と眉をひそめる項目が二つあった。一つは赤血球の数とヘモグロビンの値。貧血の兆候があるという検査結果が出たのである。

それだけであれば、私もそれほど不安にはならなかった。何せ、雨の日以外はほぼ毎日、1時間半から2時間（自転車を始める前は散歩に充てていた時間）程度、大量の汗をかきながらガシガシ自転車のペダルを踏んでいる。運動性の貧血の可能性がほぼ100パーセントに違いないと、とりあえず予想できる範囲ではある。

ところが……。

検便で便潜血の反応が出たのである。その検査結果を見ながら、かかりつけ医が私に尋ねた。

「熊谷さん、痔《じ》とかかありますか？」

「あ、えーと、確かに、10年くらい前から、時折悩まされるように……」

少々恥ずかしかったのだが、正直に答えた私に、

「最近はどうですか？」と、かかりつけ医。

「あ、いや、最近は特に……」

実際、ロードバイクに乗り初めてから、お尻の血行も良くなったのか、以前のようにしょっちゅう悩まされることはなくなっていた。

しばらく難しい顔をしていた医師は、「とりあえず、大腸の内視鏡検査をしてみましょう」そう口にして、有無を言わさず大腸内視鏡検査の予約日を指定したのであった。

かかりつけ医が何を案じているのかは、あえて聞かなくても分かった。大腸癌《がん》の出血による貧血。それしかないではないか……。

指定された検査日は、ほぼ1カ月後。そんなに悠長にしてていいのかと思った半面、今すぐどうのということではないのかも、という期待もあったりして、実際、落ち着かないったらありゃしない。しかも、指定された検査日が、震災後に東北学院大で開講している「震災と文学」の市民講座で私が講師を務める翌日(検査の前日から、大腸内をきれいにしておくため、とにかくいろいろと大変なのである)ではないか。

いや、そんなのは些末《さまつ》な問題だ。やはり自分には癌の可能性がある、いやいや、絶対、大腸癌に違いないと、完璧なまでにマイナス思考に陥り、次の日から、殊勝にも日記をつけ始めた。いやしくも小説家であるからには、その日その日の揺れる心情を書き残しておかねば、と真面目に考えたのである。そうして不安を抱えたまま検査を受けたのだが、便潜血は癌によるものではなかったようで、まったくもってやれやれである。

その日記、いまだにパソコンのファイルに残っているのだが、内視鏡検査後、一度も開いていないのは言うまでもない。

（2017・1・10～24）

ニセコクラシック

1

今年の夏も、地球の反対側では、世界最大のサイクルロードレース「ツール・ド・フランス」が、3週間にわたって開催された。そんな中、7月の第2日曜日に私もレースを走ってきた。場所は北海道のニセコ地区。「ニセコクラシック」という名称の、今年で4回目の開催となる最近始まったばかりの大会なのだが、全国からサイクリストが集まってくる(今年のエントリー総数は昨年の1.5倍で900名近くになったらしい)人気のレースである。というのも、趣味で自転車に乗っている、いわゆるホビーレーサーにとっては、数少ない貴重なレースだからだ。

いったい何が貴重なのかと言うと……とここまで書いて、自転車を趣味としていない普通の読者に自転車レースのことを知ってもらうのはなかなか難しいことだぞと、あらためて気づいた。自分の趣味の話なので書いている私は楽しいのだが、果たして楽しく読んでもらえるだろうかと、はなはだ心配になってしまうのである。うーん、どうしようかとしばし迷ったものの、せっかくここまで書いたのだし、コラムのテーマは自由だと言ってもらっているし、愛すべき自転車の世界をできるだけ多くの人に知ってもらいたいし、いやいや、むしろ私にはその使命があるのではないか、などと完全に自分の都合でこじつけてこの先を続けることに(ここで察しの良い読者は、あ、こいつ、自転車の話題で何回分か原稿を持たせようとしているな、と気がついたはず)した。

ロードバイクに乗り始めたころは、のんびり広瀬川の河川敷でも走り、リュックに入れて持参してきたお弁当をどこかで広げてピクニック気分を味わうのもいいなあ、などと思っていたのだが、次第に長い距離を乗れるようになってくると、まずは昨年私も走った「ツール・ド・東北」のような、順位やタイムを競わないロングライドイベントに参加したくなる。で、実際にその手のイベントに参加してみると「あれ？　俺、結構走れるんじゃないか？」などとうっかり勘違いする初心者サイクリストが、結構な数、存在するようだ。私もその口で、初めて参加したロングライドイベントで、なかなか調子よく走れてしまった。比較的上り坂が多いコース設定だったのだが、そこそこしっかり（あくまでもそこそこなのだが）登れることに気付いたのである。

そうしたサイクリストを待っているのが「速くなりたい症候群」で、これに罹患《りかん》すると、時間を見つけては朝練やら夜練に励んだり、通勤を利用してのトレーニングを始めたり（ツーキニストと言う）と、まるで中高生が部活をしているような状況になってくる。そして、もうそのころには、レースに出て自分の力を試してみたいという誘惑を抑えられなくなっているのだが、問題なのは、どんな種類のレースにエントリーするか、である。

2

一度は自転車のレースに出てみたい。そう思い立ったのはよいとして、いったいどんな種類のレースに出るのか。学生や20代の若者であれば、自転車競技連盟で競技者登録をして本格的にレースを始め、やがてはプロを目指すというのもありだが、私のような中高年になってから自転車に乗り始めた人間には、その選択肢はあり得ない。もっと気軽にレースに参加したい（どこか矛盾しているい気がしないでもないが）のだ。

そんなサイクリストにとって最も身近なレースはヒルクライム大会だろう。ひたすら山道を登ってタイムを競うだけ（宮城県内では蔵王のヒルクライム大会が有名）の、傍らから見たら「何がそんなに面白いの？」と首をかしげたくなるような競技なのだが、全国各地、どの大会も大にぎわいらしい。人気の秘密は、自分の脚力がそのままタイムに反映されてわかりやすいのと、登り切った後の達成感が大きいところにあるらしい。などと他人事《ひとごと》みたいに書いている私だが、実は昨年、蔵王のヒルクライム大会に参加している。蔵王エコーラインから蔵王ハイラインにかけて18・7キ口を登るのだが、全国的にも難易度の高いヒルクライムだとは、後で知ったことである。

ヒルクライムに限らず、アマチュアが対象の自転車レースの良いところは、たいていの場合、表彰に年齢区分が設けられていることだ。で、昨年の私の成績はというと、50歳代のクラスで180人中50番目くらいという、ちょっと微妙なものだった。自分ではもっと上位にいけるかも、とひそかに思っていたのだが、ヒルクライム大会に参加するような人々はさすがに健脚ぞろいだ。私よりも後方からスタートした60歳代クラスや女子クラスの選手にも何人か抜かされたくらいである。

確かに登った後の達成感は大きかったのだが、ゴールした直後、お尻の筋肉が攣《つ》って大変痛い思いをした。臀筋《でんきん》が攣ったのは生まれて初めての経験だった。ふくらはぎよりはるかに大きな筋肉である。その大きさの筋肉が攣ると、それはもう痛いのなんのって……。

ともあれ、実際に参加してみて、苦しいけれども大きな達成感が得られるのがヒルクライム人気の理由であるのはよくわかったが、実はもう一つ、別の理由もあるようだ。ずーっと登りなのでスピードが遅く、たとえ転んでも大きなケガをすることはない。つまり、自転車レースの中で最も安全な競技だと言える。何せロードバイクに乗る際の服装といったら、ぺらぺらの生地のウエア1枚とヘルメット、それに指先の出る手袋だけという、極端な軽装(大量に汗をかくため)である。普通に走っていても、転んだら(自転車用語では落車と言う)ただでは済まない。よくてあちこち擦過傷だらけ。鎖骨の骨がぽっきり、ということもよくあるらしい。その心配がほとんどないのがヒルクライム大会なのだが、スタートからゴールまで延々と苦しい時間が続くという競技の性格上、本当に好きにはなれないかも、というのが実は本音である。

3

ヒルクライム大会に参加して自転車レースの楽しさや面白さ、そして心地よい苦しさを知ってしまった、初心者から脱しつつあるサイクリストの脳裏に次に浮かぶのは、ツール・ド・フランスのようなシチュエーションのレースを走ってみたい、という無謀な願望である。私自身、自転車にはまったきっかけは、ダイエットの目的もあったけれど、やはりテレビでツール・ド・フランスの中継を見たことが大きい。

とはいえ、それはあくまでも夢。ということで、ヒルクライムの次に現実的なのが、以前にもこのコラムで紹介したエンデューロ。決められた時間内、サーキット等のクローズドコースを周回する耐久レースである。これまたヒルクライム同様、自転車に興味関心のない人には「同じところを自転車でぐるぐる回って、いったい何がそんなに楽しいんだか」とあきれられると思うのだが、実際に走ってみると実に楽しいのである。

エンデューロレースのいいところは、自分の脚力や好みに合わせて、さまざまな参加形態を選べるところだ。4時間とか7時間を1人で走っても構わないし、チームを組んで仲間とわいわい楽しむのもよいし、夫婦やカップルで参加してもオーケーと、マイペースで楽しんだ者勝ちの、お祭り的な雰囲気がある。速度はそこそこ出るのでヒルクライムよりは危険度が増すものの、自動車やオートバイのレースを行うサーキットを使うことが多いので、道幅が広く路面の状態も良い。なので、極端に危ないということはない。事実私も、ヒルクライムよりもエンデューロへの参加の方がちょっとだけ先だった。

ヒルクライムとエンデューロ、この2種類のレースを経験すればとりあえず満足、というサイクリストがほとんどだとは思うのだが、さらなる野望を抱く者も少なからずいる。やっぱり、同じところを周回するよりは、変化の富んだ公道を走るレースに出てみたいと。しかし、その願望をかなえることができる市民レースとなると、極端に限られてしまう。まずはコースに使う道路の交通規制が必要、というところから始まって、運営がとても大変なのである。国内で最も有名なのは、今年で29回目の開催となる「ツール・ド・おきなわ」の市民レース部門(プロの国際レースも同じ日に開催される)なのだが、仙台からだとかなり遠い上に、全国のアマチュアレーサーの頂点を決めるようなレースとのことで、ハードルがめちゃくちゃ高そうである。

自分にはちょっと無理だなあと諦めていたのだが、そんな折に見つけたのが北海道で開催される「ニセコクラシック」というレースだった。開催場所は北海道のニセコ町、倶知安町《くっちゃんちょう》、そして蘭越《らんこし》町の周辺と、仙台から決して近くはないのだが、私にとってはなじみのある土地(夏はオートバイのツーリングで、冬はスキーで)だ。これはいいかも、と思い立ち、しばし迷った後でレースにエントリーしたのが今年の春のことだった。

4

紆余《うよ》曲折しつつ、ここまでかかって、ようやくタイトル通りの内容にたどり着くことができた、やれやれ……。

さて、そのニセコクラシック。今年で４回目のまだ歴史の浅い大会なのだが、昨年からＵＣＩ(国際自転車競技連合)傘下の公認市民レースである「ＵＣＩグランフォンドワールドシリーズ」として開催されるようになった。と言っても意味不明だと思うので簡単に補足しておくと、世界チャンピオンを決めるための予選として開催されるレース、という位置付けになった。それでもまだよくわからないと思うのでさらに補足を加えると、年齢別に細かく表彰区分が分かれており、各年齢区分の出走者中、上位25%以内に入ると、世界チャンピオン大会(昨年はオーストラリア、今年はフランスで開催)への出場権利を獲得できるのである。アマチュアのホビーレーサーが対象ではあるのだが、国際大会格式のレースであるとは、なんだかすごい話である。実際、アマチュアのレース界で有名な選手が何人もエントリーしているし、そんなのに自分が出ちゃっていいのか？　と当日が近づくにつれ腰が引け気味になっていたのだが、時間が止まるわけはなく、気付いてみたら自転車にまたがってスタート地点に立っていた、という次第であった。

　このレース、走行距離が１４０キロと70キロの２種類のカテゴリーに分けられているのだが、私が出走したのは、年齢が50歳以上の男子選手と女子選手が表彰対象となる70キロのほう。49歳以下の男子選手は１４０キロのほうにエントリーすることになる。とはいえ、ＵＣＩの表彰対象にならなくてもかまわないという選手は、年齢や性別にかかわらずどちらのレースにもエントリーが可能という、ちょっとややこしい仕組みになっている。

私が参加した70キロのレースで実際に出走した選手数を後でチェックしてみたら、50歳以上の男子が１３１名、女子が37名、ＵＣＩ表彰区分対象外となる16歳から49歳の男子が１７９名の合計３４７名がスタートを切っていた。この人数が一斉に走り始めるのだから、それはもう、なかなか壮観である。その中において、私の年齢区分（55〜59歳）の出走者は30名だったので、同じ年齢区分の選手中８位までに入ることができれば上位25％以内でのゴール（端数はたぶん四捨五入）となり、フランスのアルビ（南フランスにあるらしい）で開催される世界大会に出場することができる（出る出ないは自由）のである。

頑張ればもしかして、などと、一瞬、胸算用をしそうになったものの、世の中そんなに甘くはない。アマチュアとはいえ、かなり自信があるからこそエントリーして全国から集まってきた選手たちである。まずは完走を目指そうと自分に言い聞かせて北海道の大地を走り始めた。およそ２時間半後、ゴールしてみたら男子総合で３１０人中81位、55〜59歳の年齢区分では７位であった。フランス、行きたいなー。諸事情により無理だけど。

（２０１７・８・１〜22）

丸森のロングライド

北海道は美瑛町でのロングライドに参加し、帰って来たとたん飛び込んできたのが衆議院解散のニュースであった。現職の東京都知事による新党の結成、のみならず、野党第一党が公認候補者を立てないなどという話になり、と思いきや、リベラル系新党の結成などという事態になったものだから、このところのニュースは連日のように衆院選の話題が満載で、ほとんどエンタメの世界である。

以前の長老会議で全てが決まるような政治もどうかと思うが、世の中の気分で大事なことがなし崩し的に決まっていくのも果たしてどんなものかと首をかしげつつ、宮城県丸森町で開催された自転車のロングライドイベント「サイクルフェスタ丸森」を走ってきた。

今年で5回目の開催となる「サイクルフェスタ丸森」は、「ツール・ド・東北」と同様に大変人気のあるイベントなのだが、こちらは町内の有志を中心とした実行委員会形式の運営で、どちらかというと1週間前に参加してきた美瑛町のものに近い。全体的な雰囲気はというと、派手さはなくて、もっとのどかな感じ。とはいえ、エイドステーションでは「へそ大根の煮物」や「しそ巻きらっきょう」等々地元の食材が楽しめるうえ、今回も(今年で2回目の参加だった)すごい!と感心したのは、参加するともれなくもらえるお土産類である。なかでもうれしいのは、収穫されたばかりの丸森産ひとめぼれが付いてくること。さらには、仙台のスイーツ好きなら誰でも知っているに違いない「カズノリイケダ　アンディヴィデュエル」のクッキーがお土産袋に入っていて、おお！と思ったのだが、そういえば、オーナーパティシエの池田一紀さんは丸森町のご出身だった。

そうしたお楽しみが充実しているのも魅力だが、やはりコースがいい。私が参加したロングコース（約78キロ）は、走り始めてほどなく、標高が450メートル近い松ケ房ダムの駐車場まで登って行き、その後もアップダウンが連続するというなかなかハードなコース設定だ。そんな厳しい山岳路を走った後、比較的平たんな阿武隈川沿いを快走してゴールとなるのだが、周囲の自然の景観と相まって、緩急のあるコース設定が絶妙なのである。

ところで、今回の参加で個人的にとても感慨深いことがあった。前回参加した一昨年は気にも留めなかったのだが、コースを走っている途中で「筆甫《ひっぽ》」という地名が入った案内板を何度か目にできて心が躍ったのである。

あまり知られていないと思うのだが、戊辰戦争の際、仙台藩境においての最後の戦闘が筆甫で繰り広げられ、しかも（秋田方面での戦いは別にして）仙台藩にとっては初めての大勝利となり、その戦闘での丸森隊の活躍が目覚ましかった、という歴史がある。

どんな時代でも、戦争は避けるべき悲劇であるが、私たちの現在が度重なる戦争や戦闘の上にあるのも事実だ。その事実をきちんと見つめることなしに平和を語ってはならない。そんなことを考えながらペダルをこいでいた。

（2017・10・17）

蔵王のヒルクライム

蔵王山を登るヒルクライム大会当日(5月20日)の朝、午前4時に起きて準備を整え、車に自転車を積んで会場に向かった。自宅から小一時間ほどで現地に着いたところまではよかったのだが、あれ?なんだか様子が変だ。なんだろう、この違和感は……と思いつつ、指定された駐車場に車を乗り入れたのだが、参加者が乗ってきた車がずらりと並んでいるはずなのに、1台も見当たらない。

え?と思っていると、駐車場の係とおぼしき人が駆け寄ってきて「すいません。蔵王山頂付近が積雪のため通行止めとなって、大会は中止となりました。大変申し訳ありません」とのこと。前日から当日未明にかけての夜、仙台市内ではかなりの雨が降ったのだが、蔵王山頂付近では雨ではなくて雪になったのである。諸事情により大会が中止になる場合は朝の5時すぎに参加予定者にメールで知らせるとのことだったので、家を出る前に一応メールをチェックしたのだが、その時には特に何もなかった。なので意気揚々と出発したのだけれど、あれあれ……。

家に帰ってからパソコンでメールを確認してみたら、確かに5時23分に大会中止のお知らせメールが届いていた。一方で、私が家を出たのは5時20分ごろ。余裕をもって会場に到着したかったので少し早めに出発したのが、かえってよくなかったみたいだ。まあでも、自然が相手なのだから仕方がないやとあっさり納得したのであるが、遠方から泊まりがけでやって来ていた参加者にはかなり気の毒であった。

天気がよくなってきたこともあり、蔵王周辺のサイクリングに切り替えて楽しむことにした参加者の皆さんもいたようだが、取りあえずUターンして仙台に戻り、自転車用のウエアを着込んでいたのと快晴に近い青空が広がっていたこともあり、閖上港の朝市まで自転車を走らせて海鮮丼を食べてきた。

その途中、広瀬川の土手を走っている時にくっきり浮かび上がって見える蔵王連峰がとても綺麗《きれい》で、本当は今ごろあそこを必死になって登っていたんだなと想像すると、前日までは「あそこを登らなくちゃならないんだ」と腰が引け気味だったくせに「できれば登りたかったなあ」などと残念になるのだから、人間はわがままなものだ。

自転車のペダルを踏みながら、ヒルクライムの大変さやつらさを思い描いているうちにふと浮かんだことがあった。自転車に限らず、どうして私たちはスポーツをするのだろう。よく考えてみれば不思議な話だ。普通動物は、無駄にエネルギーを消耗するような行為はしない。それなのに動物の一員であるはずの私たち人間は、スポーツなどという、エネルギーを消費するだけで生存のためには何の役にも立たなさそうな行為を、どうして好きこのんでするのだろう。

実はそこにこそ、種としてのヒトを特徴づける本質的な意味が隠されているのではないかと思うのだが、果たして……。

（2018・6・5）

ツール・ド・フランス

この原稿が掲載されているころにはとっくに閉幕しているが、今年の夏も「ツール・ド・フランス」を楽しませてもらった。地上波ではなくケーブルテレビでの中継なので、視聴するためには少々お金がかかるのだけれど、日本全国ではどれくらいの人が見ていたのか、ちょっと気になるところではある。

毎晩、地球の裏側で行われているレースの模様がライブ中継で送られてくるのだが、それってあらためてすごいことだなと感心してしまう。自転車ロードレースに限らず、サッカーのワールドカップも、夏季と冬季のオリンピックも、あるいはF1を頂点としたモータースポーツも、さまざまなスポーツがライブ中継で楽しめるようになっているわけだが、放映権料をはじめ巨大なマネーが動くビッグビジネスとなっているのが現代だ。

それが最近では行き過ぎている気がしないでもない。普通だったらそろそろ寝ているぞ(現地時間で)という夜遅くに競技がスタートしたり、どこかの国のように熱中症続出が間違いない高温多湿の真夏にオリンピックの開催が予定されていたりと、実際に競技をする選手よりもお金の動きが優先されるのはどうかと思う。とはいえ、世界のどこかで行われているスポーツをリアルタイムで楽しめること自体は視聴者としてうれしいことなので、あまり偉そうなことは言えないのだが……。

話は戻ってツール・ド・フランスの魅力は、競技自体の面白さもさることながら（本当の面白さがわかるようになるまで2〜3年はかかる、というか、私はそれくらいかかった）、現地からの中継によって、フランスの都市だけでなく片田舎の町や村の美しい風景が、まるで現地に行っているように楽しめるところにある。3週間に及ぶツール・ド・フランスの映像を毎日見ていると、選手たちと一緒に旅をしている気分になってしまうのだ。

それにしても自転車ロードレースは不思議なスポーツだ。レース中に補給食によってエネルギーを補充しなければならない競技（選手は自転車に乗りながら食べたり飲んだりする）なんて、普通はない。しかも、街の周辺や有名な峠以外には、ほとんど観客がいない。常に落車（転倒）の危険がある。その上、プロスポーツのなかでは、えっ?とびっくりするくらい年俸が低いらしい。それなのに命を懸けて選手たちが走るのはなぜなのか。

世界最大最高峰の自転車レースであるツール・ド・フランスのもともとの成り立ちが、近代スポーツというよりはアドベンチャーとしての要素が強かったことにあるのではないかと思う。なにせ1903年の第1回は2428キロを6日間（1日に400キロ!）で走るという、信じられない過酷なレースであった。そういえば、モータースポーツのダカールラリーも発案者はフランス人だった。フランスといえば芸術の街としてのパリやパリジェンヌを思い浮かべがちだが、もしかしたら、それって正しい認識ではないのかもしれないぞ。

（2018・8・14）

そらうみサイクリング

1

そらうみサイクリング――インターネットで目にした瞬間に、センスのいい命名だなあと感心した。小説のタイトルもそうなのだが、何かに名前をつける際、問われるのはセンスである。センスのあるなしは、経験値だけではなんともならない部分があって難しい。ともあれ、冒頭で紹介した「そらうみサイクリング」というのは、そのホームページから引用させてもらうと――地元のガイドだからこそ知っているとっておきのローカルスポットを巡り、地域の人たちと交流し、「産地そのもの」の浜の旬の素材を現地で味わう、徹底的に「地元」にこだわったローカルアクティビティ――とのこと。で、そのローカルな舞台というのは、石巻と女川がベースとなる牡鹿半島である。

震災前、オートバイでの日帰りツーリングで何度となく走っていたのが牡鹿半島だった。震災後は「ツール・ド・東北」にエントリーして自転車で走ったことが(確か2016年だったはず)あるのだが、宮城県内でロケーションが素晴らしい場所の一つであるのは間違いない。ということで、先日、早速「そらうみサイクリング」のアクティビティに妻と一緒に参加してみた。

私たち夫婦で参加したのは、地元のガイドさんの案内で走る「浜めぐりポタリング」という、牡鹿半島の先端部分を中心に26キロほどを走る短めのコース。とはいえ、アップダウンが適度にあって、ロードバイク初心者にとっては達成感が十分に得られる、なかなか考え抜かれたコースであった。

参加した当日は天気がすこぶるよく、海と空が素晴らしく綺麗《きれい》（まさにそらうみサイクリング！）だったこともあり、本当に爽快なひとときであった。このところ、自転車に乗ることがトレーニングと化していた私であったが、久しぶりにのんびりとペダルをこいでいると、自転車ってやっぱり気持ちがいいなあと、あらためて認識した次第である。

で、この「そらうみサイクリング」は、美しいロケーションの牡鹿半島を走るだけでなく、浜辺ならではの体験プログラムが組み込まれているのが秀逸なのだ。時節によって変わるようなのだが、私が参加した当日は、なんと「ウニ剥《む》き」の体験が用意されていた。生きているムラサキウニを自分で剥いて、てんこ盛りの「ガゼウニ」と「ミニウニ丼」を食することができるという、限りなく贅沢《ぜいたく》な（痛風の人は無理だけれど）アクティビティが組み込まれていたのである。

この「そらうみサイクリング」は、今年の3月にLLP（有限責任事業組合）として立ち上がったばかりの、まだよちよち歩きの試みではある。ではあるのだが、これからの被災地の観光を先取りするモデルケースの一つになるのではないかと、僭越《せんえつ》ながら予想するとともに、心から応援したいと思った。東日本大震災からの本当の意味での復興がここにありそうだと感じながら、空と海が青く溶け込む牡鹿半島を私は自転車で走っていた。

2

「そらうみサイクリング」に参加した後で、あらためて主催者、副代表の庄子和行さんに話を聞く機会があった。

庄子さんの話を聞きながら、とても力強く思えたのは、ご自身の生まれ育った土地（女川町小乗浜）に対する愛着と、かといって、その愛着にからめとられているわけでもない、極めてニュートラルなスタンスだった。牡鹿半島を自転車で走って地元の旬の食に触れると楽しくてたまらないという、ある意味「お宝」のコンテンツを独り占めしていてはもったいないという、その気持ちが決して押し付けがましくなく、お話の端々からじんわりと伝わってきたのである。

そうした話を聞かせていただいた場所は、今年3月にJR女川駅前にオープンしたばかりの観光案内施設「たびの情報館ぷらっと」だったのだが、久しぶりに女川を訪ねてみて、さまざまな発見があった。

震災直後の、津波によって破壊されつくした瓦礫《がれき》の町の面影は、今となってはほとんどない。JR女川駅を中心にできたレンガ通りのモダンな街並みが、駅前商業エリアとして女川湾に面してたたずんでいる。

ここを訪れた旅人はどんな感想を抱くのだろう、と思いを巡らせて海を見ているうちに、自転車を持参して訪ねたせいもあるのだが、女川という町の立地と、新しく作られた街並みとのコンビネーションは、これってかなりすごいことかも、と気づかされた。

　たとえば、私が首都圏に暮らしているサイクリストだとする。だだっ広いくせに人口密度が超密な関東平野である。道幅が狭いうえに交通量が極めて多い。つまり、ロードバイクで気持ちよく走れる道が近場には存在しない。週末に走っているのは、せいぜい多摩川とか荒川の平坦《へいたん》なサイクリングロードくらい。そんな私がたまたま知った「そらうみサイクリング」の「浜ロングライド牡鹿半島一周（64キロ）」のサイクリングアクティビティに参加したとしたら……。

　たぶん、この世の天国に来たと思うだろう。いや、比喩でもなんでもなく本当に。

　このアクティビティのスタートとゴールは「たびの情報館ぷらっと」である。つまり鉄道の終着駅から先が絶好のサイクリングコースになっているわけで、こんなロマンがいっぱいのシチュエーションはめったにない。しかもである。女川駅前を出発して牡鹿半島先端の御番所公園まで足を延ばし、半島を一周して戻って来れば、これまたJR女川駅のすぐそばにあるトレーラーハウスのホテル（室内に自転車を持ち込める！）にチェックインが可能。その後は駅舎に併設されている温泉で疲れを癒やし、夕食はレンガ通りにある居酒屋でビールを傾けながら新鮮な魚介に舌鼓を打つなんて、サイクリストにとって至福の時間であるのは間違いない。などと書いているうちに、首都圏で暮らしているわけではない私だが、女川に一泊してサイクリングを楽しみたくなってきたのであった。

（2018・9・4〜11）

牡鹿半島のグループライド

1

今年も「ツール・ド・東北」を走ってきた。私が参加したのは「牡鹿半島チャレンジグループライド」。石巻専修大をスタート後、女川を経由して牡鹿半島を縦断する全長100キロ（アップダウンの連続でなかなか大変）のコースだ。実は一昨年も同じコースを走っているのだが、ここで話は、4カ月ほど前にさかのぼる。某出版社の担当編集者と私との間で、こんなやりとりがあった。

「熊谷さん、実は、私もこの春から自転車を始めました」

「おお、そうですか。交通事故にさえ気を付ければ、健康にはいいですよ」

「それでですね、今年のツール・ド・東北に、私も参加してみたいのですが」

「それはいい。ぜひおいでください」

「どのコースを選んだらいいでしょうかね」

「そうですねえ。グループライドがお勧めかも。10人くらいのグループにスタッフさんが2人ついてサポートしてくれるので安心です」

「そうですか。それ、よさそうですね」

「ホームページに詳しい情報が載っていますから、参考にしてみてください」

「分かりました、そうします」

それからしばらくして、

「熊谷さん、ツール・ド・東北、エントリーしちゃいました！」

「それはよかった。で、どのコースを？」

「牡鹿半島チャレンジグループライドです」

「えっ？　奥松島のグループライドじゃなくて？」

「そうですけど」

「えーと○○さん。あなた、週にどれくらい自転車に乗っていますか？」

「日曜日に多摩川の河川敷を30キロくらいですかねえ」

「河川敷、ふだんどれくらいの速度で走っているんですか」

「時速20キロちょっとくらいかなあ。みんなに抜かされちゃいます、あはは」

「あははって、○○さん。今の状態で牡鹿半島を走ったら、確実に死にますよ」

「そうですか？」

「そうです。とにかくこれから3カ月、頑張ってトレーニングしてください」

「はあ……」

　グループライドを勧めはしたが、平たん路がメインで初心者でも楽しめる「奥松島グレープライド＆ハイキング（70キロ）」または、今年から新設された「仙台発グループライド＆クルージング（60

キロ）」を、私としては勧めたつもりだったのである。なにせその編集者、年齢が私より三つだけ下のメタボおじさんなのだ。まずいぞこれは、と責任を感じた私は、その編集者と一緒に牡鹿半島チャレンジグループライドを走ることにしたのであった。

2

「ツール・ド・東北」初日の牡鹿半島チャレンジグループライド当日、少々メタボなおじさん編集者は知り合いから譲ってもらったという中古のロードバイクとともに、スタート地点にやって来た。サイクリングウエアに身を包んだその姿を目にして、うーむ、と考え込んでしまった。念のため「体重、少しは減りました?」と聞いてみたら「ええ、1キロくらい」と平然と答えるではないか。そんなのは誤差の範囲である。でもまあ、来てしまった以上は仕方がない、最後まで面倒を見てやらなくては、と覚悟を決めたのは、その編集者、職場の同僚だというなかなかかわいらしいお嬢さんを連れて（怪しい関係ではないようだ）来ていたからであった。

ともあれ、バタバタしながらも受け付けをすませたところで「タイヤの空気圧、大丈夫ですかね」と編集者に聞かれたので、どれどれと指でタイヤを押して確かめてみると、放置自転車並みに空気が抜けているではないか。「これじゃダメです、メカニックサービスでポンプを借りて空気を充填《じゅうてん》してください」と教えたのであるが、なんと空気ポンプの使い方がわからず悪戦苦闘しているではありませんか。こいつ、本当に自転車に乗っているのか？と思いつつ、空気を入れて差し上げると、今度は「サドル、いくらネジを締めても動いちゃうんですけど」と言い始めた。

はあ？と目が点になりつつ確かめてみると……いや、それを詳しく説明していると紙面がいくらあっても足りなくなるので書くのはやめておくが、スタート直前にこんなにあたふたしたのは初めてだという状況に陥りながらもなんとか問題は解決できて、ＭＣさんの「行ってらっしゃーい」の声とスタッフさんたちの声援を受け、私たちはスタートを切ったのであった。

ところが今度は、決して初心者じゃないはずのお嬢さんのほうが「なんかペダルがぐらぐらするんですけどぉ」と訴え始めるではないですか……。これも詳しく説明しようとするとあまりに大変なのでやめておくけれど、とりあえずトラブルの解決に至って走り続けることができた。ではあるのだが、坂道なんか走ったことのない二人である。実際どんなだったかは小説にしたほうがよさそうなのでこれまた割愛させていただくが、グループの仲間やスタッフのライダー（走行管理ライダーというのが正式な名称）に励まされ、あと5分遅れたら制限時間オーバーでタイムアウトというきわどいタイミングではあったものの、なんとか二人とも無事に完走を果たしたのであった。

ゴール後、疲労困憊《こんぱい》の編集者に「いやあ、よく頑張りましたね。このコースが完走できたんだから、たいていの大会は大丈夫ですよ」と褒めてはみたのだが「熊谷さんにいいネタが提供できてよかったです」と、恨めしそうな目で言われてしまったのであった。　（２０１８・９・25〜10・２）

ブームから文化へ

ツール・ド・東北を走った翌週、北海道に渡って、美瑛町で開催される「丘のまちびえいセンチュリーライド」に、去年に引き続き参加してきた。三陸の沿岸とは趣が違う、連なる丘をつないで走るロケーションはこれまた新鮮で、できれば来年も参加したいと、ペダルを踏みながら思っていた。

この美瑛のロングライドイベント、来年でちょうど10回目になるとのこと。実は、全国各地で開催されている自転車のイベントは、10年くらい前から始まっているものが多い。というのも、ロードバイクのブームがやってきたのがちょうどそのころであり、それを追うようにして各種のイベントが増えてきたとも言える。

ところで、ブームというのは廃れるものだ。というより、いつも使っている手元の辞書で調べてみると「急に盛んになって、ある一定期間、とにかくはやること」と書かれている。実際、お世話になっているショップで聞いてみると、一時期のようには新車が売れなくなっているという。ブームであるから、今後廃れるのも仕方がないと思う半面、廃れるに任せておくのではちょっと、いや、かなりもったいないかも、とも思う今回の自転車ブームなのである。私自身の趣味だから、というわけでもない。ブームが去ろうが廃れようが、それには関係なく、たぶん今後も自転車に乗っているだろう。第一に自転車によってダイエットに成功したことがある。自転車に乗らなくなったら、間違いなく生活習慣病予備軍に逆戻りするはずだ。

そして、そうした健康面以上に、自転車（ロードバイク）には、乗り物としての不思議な魅力がある。ものすごく簡単に言うと、乗っていてとにかく気持ちがよいのである。子どものころから乗り物が好きで、オートバイにはかれこれ40年以上も乗り続けているし、車もあれこれいじったりしている。けれど、どうも自転車のほうが乗っていてずっと気持ちがよいのである。なぜそうなのか、一度真剣に分析してみようと考えているのだが、それはさておき、この気持ちよさや楽しさを知らない人がいるのは、大変もったいないような気がする。しかも、オートバイや車とは違って、排ガスや騒音も出さない究極の省エネ移動手段なので、これからの社会にもマッチするはずだ。

というわけで、ブームで終わらせるのはもったいない、なんとか文化として定着していかないだろうかと、かなり強く願っているのが正直なところだ。で、文化になるかどうかの分岐点はたぶん二つある。一つは自転車ロードレースが、メジャーとまでは言わないまでも、スポーツとしての認知度がもっと上がること。そしてもう一つは、車最優先（時間効率最優先）であるかのような現在の交通環境が（法整備を含めて）もう少し自転車に優しいものになることである。自転車に優しい交通環境にあるということは、おそらく、人々の心にゆとりのある社会でもあるはずだ。

（2018・10・9）

講習会

成人の日の前日、早朝の新幹線に乗って東京へ行き、丸一日をかけてとある講習を受けてきた。講習とか研修とか、そうした場に出掛けたのは実に久しぶりである。何の講習会だったかというと、ＪＢＣＦ主催の「チーム・アテンダント講習会」。ＪＢＣＦとは「全日本実業団自転車競技連盟」の略称である。

発端は自転車ショップの忘年会だった。時折一緒に走ったりエンデューロなどのレースに参加したりしている自転車仲間の一人が、実業団レースに出てみたいと言い出した。その場の思いつきではなく、しばらく前から考えていたようだ。ただし、これまでに出ていたエンデューロやヒルクライムの大会と違って、ＪＢＣＦのレース（年間を通したシリーズ戦になっている）に出場するためには、正式にチームを作ってＪＢＣＦに加盟登録しなくてはならず、個人で勝手に出場というわけにはいかない。それで、忘年会で話題にしてみたらしい。実際、その話に興味を示す者もいた。とはいえ、お酒の場だったので「それ、いいかもねえ」くらいの話で、その日は終わっていた。

私自身はとっくに実業団のレースに出るような年齢ではなくなっているのだが、自転車ロードレースを題材に小説まで書いてしまった（2月下旬に単行本が発売予定）くらいなので、興味はあった。せっかくの機会なので、この際、チームを作ってみるのも面白いかもと思い、言い出しっぺのメンバーと相談をしてみた。その結果、あらためてライド仲間に声を掛け、年が明けてからミーティングをして、正式に実業団登録チームを発足させよう、ということになったのである。

それほどハードルが高い話ではないのだが、選手はＪＣＦ（日本自転車競技連盟）のライセンスを取得しなければならない（申請すれば誰でも取れるのだが）だとか、チームジャージーを制作して登録しなければならないだとか、ちょっとばかり手間のかかる準備が必要だ。そのうちの一つが、ＪＣＦ公認のチーム・アテンダント（監督やコーチ、メカニックなど、レースに出る際に選手の世話をする係）のライセンスを所持する者が必要ということで、そのための講習会だったのである。というわけで、都合のついたメンバー４人ほどで今回の講習会を受け、筆記試験に全員無事に合格して帰ってきたという次第であった。

実業団登録チームとはいえ、実際に話を進めてみると、思っていたほど特殊なものではないのがわかった。今回結成したチームも「誰でも入れるごく普通のクラブチームなのだけど、そのなかで実業団のレースに出たい人はぜひどうぞ、可能な範囲でそのサポートをしますよ」といったスタンスである。で、レースに限らずさまざまなチームの活動を通してよりよい自転車文化を仙台に根付かせたい、というのが基本的なコンセプトだ。という経緯で新たにできたチームの名前は「Ｔｅａｍ　ｎａｃｒｅｅ（チームナクレ）」なのだが、この名前、どこかで聞いたような気が……？

（２０１９・１・29）

実業団のレース

1

だいぶ前にＪＢＣＦ（全日本実業団自転車競技連盟）の登録チームを結成することになったと書いたが、先日、宇都宮に遠征してレースに参戦してきた。

私がＧＭ（ゼネラルマネージャー）として運営に関わって（と書くと大げさだが実際には、お世話係、としたほうが正確）いる「チームナクレ」は、あくまでも社会人と学生のアマチュアチームである。いわゆる「ホビーレーサー」として自転車レースを楽しみたいというメンバーの集まりで、プロの選手を目指しているわけではない。よって参戦するＪＢＣＦレースのカテゴリーは「ＪＢＣＦエリートツアー」というプロツアーの下に位置付けられているシリーズ戦で、年間40レースほどが組まれている。といっても、物理的（距離の問題）および経済的（遠征費用の問題）に参戦が可能なレースとなると、関東以北のものに限られてくる。それでも、4月から11月にかけてのシーズン中、参戦できそうなレースが15レースほどあり、なかなか忙しい。現在チーム員は18人いて、そのうちＪＢＣＦに選手登録しているメンバーは8人。つまり、実業団登録チームといっても、休日にのんびり走りたいメンバーや「ツール・ド・東北」のようなファンライドが好きなメンバー、あるいは女性の初心者等々、年齢層も20代から60代（最年長は残念ながらこの私）まで各年代が全てそろっている、なかなか間口の広いチームである。

話が横にそれてしまったので元に戻すと、8人の登録選手にしても、それぞれの都合に合わせてエントリーするレースを選ぶことになるので、どのレースに誰が出て、人や機材の運搬のための配車はどうで、連戦の場合の宿はどうするとか、なかなか準備と段取りが大変だ。で、そうしたお世話係を私ともう一人の50代のメンバー（一応役職は監督さん）とで、手分けをして行っているというわけ。先日の宇都宮への遠征の場合、2日間にわたる（コースが変わっての）連戦だったのだが、エントリーした4人の選手のうち、1日目と2日目に3人ずつ出走し、うち2人が2日連続の出走、残りの2人が初日と2日目に分かれての出走で、仕事の関係上、2人が遅れて新幹線で宇都宮入り、けれど帰りは全員車という、ちょっとしたパズルみたいな状況になった。で、レース前に行われる「マネージャーミーティング（監督会議）」には、JCF（日本自転車競技連盟）公認のチームアテンダントライセンスを取得している者が必ず出席（私か監督の役割）しなければならない規則があり、現地入りしたらしたで、なかなか忙しい。

以前、バンドリーダーとしてバンド活動をしていた時も、練習スケジュールを組んだりライブハウスの手配をしたりとけっこう忙しかったが、その比ではないくらいに大変である。ではあるのだが、自分がレースに出るわけでもないのに、なんだか妙に楽しかった。

2

ＪＢＣＦ主催の「エリートツアー」はアマチュア対象のレースなのは確かなのだが、実際にチームで参戦してみると、ヒルクライム（山をひたすら登るレース）やエンデューロ（サーキットなどを使っての耐久レース）とはだいぶ雰囲気が違っていた。どう違っていたかというと、出走の選手たちが相当マジなのである。

速度が遅いために最も安全なレースとされているヒルクライムは、その手軽さから人気があり、ごく普通のサイクリストの参加が多い。あるいはエンデューロにしても、皆でレースに参加して楽しもう、といった参加者が中心。つまり、どちらもいわゆる草レース的な雰囲気があるのだが、実業団のレースにはそれが全くなかった。

私たちのチームが参戦するエリートツアーは、Ｅ1を頂点として、Ｅ2、Ｅ3とピラミッド型に3段階のクラスに分けられており、新規の登録選手は全員が一番格下のＥ3のレースを走ることになる。そうして年間シリーズを戦い、レースごとの順位によって付与されるポイントの合計で、上のクラスへの昇格が決まる仕組みになっている。

Ｅ1まで昇格し、そこでさらによい成績を収めると、プロの選手たちが走る「Ｊプロツアー」参戦への可能性が開ける。つまり、一番格下のＥ3といっても、将来はプロに、という目的のもとに参戦している若い選手たちがごろごろしているのだ。事実、プロチームの若手育成チームの選手たちもスタートラインに並んでいた。そんな状況であるから、いわゆるガチなレースになるのは必然で、実際に出走したメンバーは「最初から最後まで限界を超えた強度」と、レースを終えてからひきつった顔で感想を述べていた。

そんな厳しいレースを走っている自チームの選手である。心から応援したくなるのは当然で、その姿に感動さえ覚えてしまった。自分でも自転車に乗るので、レースの最中、肉体的精神的にどんなに辛《つら》いかよくわかるのでなおさら感動が大きい。これはなかなかできない経験である。プロ野球やサッカーのJリーグでひいきのチームを応援するのも楽しいものだが、それとはまた次元の違う気持ちになった。選手もそうだが、チームの全員が忙しい仕事の合間を縫ってのレースへの参戦であるのは、むしろ充実感や楽しさを倍増させる方向に働くような気がするというのが、今の私の率直な感想だ。

思い出してみると、最初は健康とメタボ対策のために乗り始めた自転車だった。そのころは「お弁当でもリュックに入れて広瀬川沿いの土手をのんびり走り、河川敷でピクニック」している自分の姿を思い描いていた私であるが、まさか実業団レースの会場にいることになるとは、想像もしていなかった。などと感慨にふけっている場合ではなかった。実業団のレースにはさすがに出ないものの、7月上旬に北海道で開催されるロードレース「ニセコクラシック」には自分もエントリーしているんだった。

（2019・6・4〜11）

応援ライド

先日、宮城県亘理町荒浜の「鳥の海公園」の周回路で開催された「第１回クリテリウム　亘理・鳥の海大会」にチームのメンバー３人が出走した。クリテリウムというのは自転車ロードレースの一種なのだが、比較的平坦《へいたん》な道路を使って一周が２〜３キロ程度の短いコースを設定し、そこを周回して競うもの。普通のロードレースと比べて交通規制が必要な範囲が狭くて済むことと、何度も自分の目の前を選手が通過するので楽しく観戦できるのもあいまって、全国的に開催数が増えてきているタイプのレースだ。といっても、地元宮城県内で開催されるレースは寂しいくらいに少なく、新しくスタートした今回のクリテリウムは貴重なレースの一つである。

私がＧＭ（ゼネラルマネージャー）を務めさせてもらっている「チームナクレ」は、この春に９人でスタートしたＪＢＣＦ（全日本実業団自転車競技連盟）加盟登録チームであるのだが、現在は22人にまでメンバーが増えている。そのうち、ＪＢＣＦの年間シリーズ戦に参戦するシリアスなメンバーは実質的に６人のみで、他はヒルクライムやエンデューロなどの草レースを楽しみたいメンバー、ツール・ド・東北のようなファンライドに参加して楽しみたいメンバー、行き先でのグルメを楽しみにしているメンバー、さらには最近自転車に乗り始めたビギナーや女性まで、かなり幅広いメンバー構成になっている。というか、もともとそれをコンセプトにして立ち上げたチームなので当然なのだが、せっかく地元で開催されるクリテリウムなので、都合のつくメンバーで、応援がてらライドを実施しようという話になった。名付けて「鳥の海クリテ応援ライド」。

当日の朝、広瀬川の河川敷に集合し、閖上経由で鳥の海公園まで片道およそ30キロの平坦路は、初心者でも十分に走り切れるコースである。心配だった梅雨空の天気も問題なく、津波の傷跡がわからないほどまできれいに整備された「鳥の海公園」は、むしろ日差しがまぶしいくらいの青空に恵まれた。

応援ライドに参加したメンバーは、女性が３人と男性が私を含めて５人。チームの選手の応援に加えて「鳥の海ふれあい市場」でのランチのお楽しみもあり。これが楽しくないわけがなく、出走したメンバーも応援に駆け付けたメンバーも、それぞれに充実した一日を過ごせたようだった。そんな様子を目にしつつ、これだろうな、と思った。プロチームではないのにレース参戦のみを目的としたチームだと、たぶん長続きしない。あるいは、中途で分裂・崩壊するリスクも大きそうだ（実際、よく耳にする話である）。かといって、単なる仲良し愛好会的なチームではここまでの一体感は生まれないだろう。レースに真剣に臨んでいるメンバーとその応援団になるメンバーがいて、いい形でのパートナーシップを保つことで、そこから新たに何かが派生し、いい循環が生まれるのではないか。それが地域に密着したクラブチームの在り方なのかもしれない。（２０１９・７・９）

ツール・ド・東北２０１９

今年も「ツール・ド・東北」の季節がやって来た。秋雨前線がかかりやすかったり台風が来たりする季節なので、すっきり晴れないことも多いのだが、今年は晴天に恵まれ熱中症が心配されるほど気温も上がった。やはり自転車の大会は晴れるに越したことはない。

幸いにも抽選に当選したので、同じく当選したチームメートと一緒に今年は走ることになった。エントリーしたのは石巻から気仙沼まで行って戻って来る「気仙沼フォンド」というコース。走行距離が２１０キロ、獲得標高（登った高度の合計）が２３８０メートルと、なかなか大変なコース設定である。というか、よく考えてみたら、１日で２００キロ超えという距離は、これまで走ったことがなかった。それに加えて、前日に開催される「牡鹿半島チャレンジライド」も走ることになっていた。距離は66キロと短いものの、アップダウンが連続する上、スタート直後におよそ４キロのヒルクライムレース（タイムトライアル）が組み込まれたファンライドとレースが同時に楽しめる大会である。よって２日間の走行距離が２７６キロで合計獲得標高３５００メートルあまりをこなさなければならない。もうちょっとで富士山の頂上に達する高度である。

とはいえ、どちらもランチやエイド（休憩所での補給食など）が充実している大会で、シリアスなレースではない。なんとかなるだろう、というお気楽な気分でいた。だが、さらによく考えてみたら、結構ハードな牡鹿半島を走った翌日のツール・ド・東北の集合時刻（気仙沼フォンド）は午前5時。仙台から車で1時間とはいえ、あれこれ逆算してみると、午前2時半くらいには起きて準備をしなければならない。それはさすがに……と思っていたら、開催日の3日ほど前に、幸運にもキャンセルが出た石巻市内のホテルを確保することができた。ということで、当日は午前3時半に起床して準備を始め、まだ真っ暗な中を自転車で走って、スタート会場の石巻専修大に到着したのは午前4時半ごろ。それでもすでに１００人以上のライダーが列をなしていた。

ともあれ、チームメートと一緒に朝焼けの空の下を走り始めたのだが、さすがに気仙沼は遠かった。前を走る若いメンバーに風よけになってもらい、だいぶ楽をして走ってはいたものの、そこそこのペースで走り続けているとさすがに疲労が蓄積される。実際、途中で両脚が交互に攣《つ》り始め、それでも休むわけにはいかずに（休んでもいいのだが休みたくないという、自転車乗り特有の心理）ペダルを回し続けるので痛いのなんの……。

ではあるのだが、エイドステーションで地元の食材を地元の人々に笑顔で振る舞われると、頑張って走り切らなければ、という気持ちになれる。仙台在住の私でさえそうなのだから、被災地以外の遠方から参加したライダーは、いっそう感激したに違いない。ということで、無事に完走してサイクルコンピューターでチェックしてみたら、スタートしてからちょうど10時間が経過していた。

（２０１９・９・24）

運動とエコロジー

秋はサイクリングに最適な季節だ。春も気候的には同様に快適であるのだが、オフシーズンが明けたばかりで、身体がまだ出来上がっていない。簡単に言えば体重が絞れていないので坂を登るのがとても大変。加えて心肺能力や筋力も冬場の間に若干落ちている。私の場合、７月に北海道で開催される「ニセコクラシック」に合わせてコンディションをピークに持って行く。などと書くとまるでアスリートみたいに聞こえてしまうが、本人はけっこう真剣なのである。なので、その後の秋口は自転車乗りとしての身体がまあまあ出来ている。気候もよし、身体的なコンディションもよしとなれば、サイクリングイベントに参加するのが楽しいのは当然である。

ということで、９月に入ってから「ツール・ド・東北」の気仙沼フォンド２１０キロを走り、翌々週には仙台発苫小牧着のフェリーに乗って北海道に渡り「おかのまちびえいセンチュリーライド」に参加して美瑛の丘を１００キロほど走り、仙台に帰ってきた週末は、地元宮城県の丸森町で開催される「サイクルフェスタ丸森」にチームの仲間たちと一緒に参加して80キロ弱の山岳コースを走りと、サイクルイベントがめじろ押しだった。

このところどれだけ走っていたのか気になり、サイクルコンピューターの記録をチェックしてみたら、この１カ月間で１２００キロほどを自転車で走っていた。ロードバイクに無縁な人から見たら、意味不明な数字に違いない。真面目に考えれば、エネルギーの無駄な消費だと思う。それだけのエネルギーを生み出すためにはそれ相応のカロリーを摂取しなければならないわけで、そのカロリーを含む食材を作るためにはどれだけのエネルギーが必要で……と考え始めると、全くエコじゃない。そうなのである。自転車に限らず運動は、基本的にエコロジーとは相反した行為なのである。よって運動など全くせずにナマケモノのような生活をしたほうが地球には優しい、はずである。

ここで「はずである」と留保が付くのにはいくつか理由がある。私の場合、自転車を始める前までは、気分転換にオートバイか車を運転することが多かった。月に1000㌔くらいはエンジン付きの乗り物に乗っていたのが、今は必要な時以外はほとんど乗らなくなった。同じ気分転換や趣味であれば、どう考えても自転車のほうがエコである。

そしてもう一つの理由だが、実はこちらのほうが大事かもしれない。定期的に運動を、しかも有酸素運動をすることで、以前よりも明らかに健康になっている。自転車に乗っていなければ、たぶん今ごろは、メタボなおなか周りを抱えつつ、コレステロールを下げる薬を飲まざるを得なくなっていたに違いない。病院にかからずに済むということは、薬の製造量を減らせるということで、回り回ってエコロジーに結び付く。日本全国、薬のお世話にならなくて済むシニア層が増えれば、結果的にそれだけエコが進む。というのは「風が吹けば桶屋《おけ》が〜」の話と一緒かも知れないけれど。

（2019・10・15）

自転車と健康

先に自転車に乗り始めたら健康になったと書いたが、体重が減って筋肉量（主に足腰）が増えたことが大きい。

ロードバイクに乗り始める前、一時期体重が80キロを超え、これはいかんと、1日1万歩を目標に散歩を始めたのであるが、どうしても75キロ止まり。それ以上はいくら頑張っても減らないのである。適正体重の指標として使われるBMIを計算してみると、23・7。適正が22とされているのでややオーバー気味。しかも、ちょっと油断すると2～3キロはすぐに増えてしまう。毎晩の晩酌をやめればいいのはわかっているのだが、それでは生きている意味がない。これは、個人的な実感なのだが、散歩だけでは体重が減らないし、足腰の筋肉量もたいして増えないようだ。事実、散歩中になんでもない場所でつまずいて顔面着地をしてしまい、このままどんどん衰えていくしかないのかと暗い気分になったのが5年ほど前のことである。

そこで幸運にもロードバイクというアイテムに巡り合ったわけだが、有酸素運動としては大変な優れものであった。それまで毎日の散歩にあてていた2時間を自転車に切り替えただけなのだが、見る間に体重が減っていくではないか。1年もしないうちに、63キロまで体重が減り、ジーンズやジャケットが、うれしいことに（悲しいことに？）ぶかぶかで着られなくなった。その結果、健康診断の血液検査の数値が全て正常値になった。それまで悩まされていたひどい肩凝りも解消された。傍目《はため》には前傾姿勢で苦しそうに見えるロードバイクのポジションなのだが、実際には肩甲骨周辺の筋肉が動いているので、血行がよくなったのだろう。さらには、若干歪《ゆが》んでいた背骨が矯正され、だいぶ真っすぐになった。常に左右対称の運動をしているからだろう。実は、自転車に乗る前、立ったまま片足立ちで靴下を履くのが難しかったのだが、今は普通に履けるようになっている。小説家という座業の典型のような仕事のせいで、よほど筋力が低下していたに違いない。一番驚いたのは、街に出て地下鉄の階段を登ろうとした時である。体がうそみたいに軽いのだ。そりゃそうだろう。体重がＭａｘの時と比べれば、灯油のポリタンク一つ分近く減っているのだから、軽やかに感じないわけがない。とはいえ、体重63㌔というのはさすがに減りすぎだった。自転車乗りとしての筋肉がつく前に脂肪だけがどんどん落ちた数字だったようで、レースに出るには65㌔ぐらいが本当はベストなのだが、取りあえず今は68㌔前後（ＢＭＩは21・5）で安定している。ただし、普段の飲み食いの量を変えずにこの体重を維持するには、ほぼ毎日、距離にして40～50㌔はペダルをこぐ必要があるので、それはそれで大変ではあるけれど。

かように健康と体重の維持にはいいことずくめの自転車だが、積極的には人に勧められない。どうしたって交通事故に遭うリスクがあるからだ。それがわかった上で乗るのであれば、ぜひどうぞ。楽しいですよ。

（２０１９・11・５）

ビワイチとカスイチ

「ビワイチ」に「カスイチ」。一般には馴染《なじ》みのない奇妙な言葉に違いない。何かというと、それぞれ「琵琶湖一周」と「霞ケ浦一周」の略語。ロードバイク愛好家によって自然発生的に使われるようになったものである。たとえば「来月ビワイチに行きます」と言えば、「来月、琵琶湖を一周するサイクリングに行きます」という意味になる。そういえば、しばらく前に茨城県の知事さんが、（カスイチを）ほかの名前にしていただけるとありがたい、といった内容の感想を述べたとか、そんなニュースがあったようだが、湖や島、あるいは半島などの地図を眺めると、そこを一周してみたいという欲求が膨れ上がってくるのがサイクリストの性《さが》である。たとえば、能登半島一周は「ノトイチ」、佐渡島一周は「サドイチ」、四国一周は「シコイチ」といった具合なのだが、なかでも「ビワイチ」と「カスイチ」は、比較的アクセスしやすく、１日で一周が可能なサイクリングコースとして人気があるようだ。それに加えて、琵琶湖と霞ケ浦が日本で１番目と２番目に大きな湖ということもあって、両方を達成できればちょっとした征服感に浸れるのである。これまで私は、どちらも走ったことがなかったのだが、一度気になりだすと止められなくなる性分なもので、わりと最近、２泊３日で「ビワイチ」を、その翌週に日帰りで「カスイチ」を走ってみた。

ビワイチのほうは妻と大阪在住の友人の３人で、わりとのんびりしたペースで走った。琵琶湖大橋の北側の北湖《ほっこ》一周約150キロを走るのに、休憩時間を含めて9時間近くかかった。さすが日本で最大の湖である。湖畔を走っていると、湖というより海に見えてしまう景観には恐れ入った。しかも、面白いのは琵琶湖の北側は大変のどかで落ち着いた雰囲気なのだが、南に行くにつれ都会になってきて、そのギャップもまた面白い。車で走っただけでは知り得ない心地よさや驚きを味わえるのは、サイクリストならではの特権である。

その翌週に走ったカスイチは、チームのメンバー8人で遠征してきた。こちらのほうは、観光というよりはトレーニングと言ったほうがよいかもしれない。案の定、霞ケ浦一周約130キロを、中間地点のコンビニで一度休憩を取っただけで、あとはひたすら時速35キロ前後で走り続けるサバイバルライドと化した。霞ケ浦を一周しても獲得標高はわずか130メートルちょっとという、完全にフラットなコースなのだが、サイクリングコースが整備されている信号のない平坦《へいたん》路というのは、休みどころがなくて実はきつい。しかも大きな湖にはたいてい強い風が吹いているので、一周の半分は風との戦いになる。とはいえ、ある程度の人数で助け合いながら（交代で先頭を走って風よけを引き受ける）走るグループライドはやはり楽しい。

ビワイチとカスイチ、どちらも感心したのは、サイクリングロードや自転車用のブルーゾーンがきちんと整備されていることだった。

（2019・11・12）

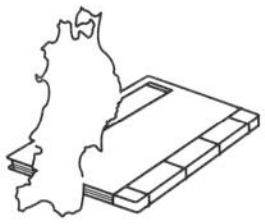

第3章　歴史の中の東北

戊辰戦争 1

訳あってこのところ、幕末から明治の初め、特に戊辰戦争に関連した本を読んでいる。西暦１８６８年が明治元年であるから、来年でちょうど明治維新１５０周年であることを、実はわりと最近知った。というほど歴史に無頓着な私なのだが、子どものころから典型的な理科系人間だったせいで、歴史にはまったく興味関心を持てずに成長してしまった。事実、高校時代の私は、日本史、古文、漢文は常に赤点（成績表に本当に赤い数字が記入されているのを見て、なるほどこれが赤点か、と妙に納得した）であった。

そういう私が、この年齢になってから戊辰戦争の勉強を始めようというのだから、いやもう、それは大変なのである。まずは歴史アレルギーの克服から始めなければならなかった。どういうことかというと、集めた資料を読もうとしても、読めないのである。本に手を伸ばそうとするのだが、表紙に触っただけで気分が優れなくなり、まさしく触らぬ神にたたりなし（比喩としては違うような気がするが）で、簡単に言えば、読む気すら起きない状況がしばらく続いたのだ。

ところが、捨てる神あれば拾う神あり（これも適当な例えではない気がする）で、ある時「あれ？なかなか面白く読めるじゃないか」という本に出合うことができた。半藤一利氏の『幕末史』がそれ。内容が面白いのはもちろん、文章の佇《たたず》まいの素晴らしさは、さすがとしか言いようがない。読んでいて、とにかく心地よいのである。通常、学者さんが書いた研究書の類いは、文章が硬過ぎて読むのに難儀することが多い。自分が興味関心のある分野ならまだしも、今回の私のように、苦手な分野の本に挑戦しようとした場合、とっかかりの段階で放棄してしまうことになる。実際「同じことをもっとわかりやすく書けるのに、なんでまた、こんなに小難しく書かなきゃならないんだろ？」と首をかしげざるを得ない本が山ほど存在する。実にもったいない話である。

閑話休題。戊辰戦争の話であった。幕末から明治維新にかけて、歴史音痴の私でもとりあえず思い浮かべることのできる人物となると、坂本龍馬や西郷隆盛、大久保利通や岩倉具視、あるいは徳川慶喜や勝海舟、そしておなじみ新選組の近藤勇や土方歳三といった有名どころがせいぜいである。白虎隊の悲劇があった会津藩の藩主は誰だっけ？というお粗末なレベルであるから、自分が暮らしている仙台の、当時の藩主の名前が容易には出てこない、というより、まったく思い浮かばないのは当然である（偉そうに述べることではないけれど）。そもそも、当時の仙台藩は何をしていたのだ？　一体どんな人物（仙台藩士）がいたのだ？となると、自分のあまりの無知さ加減に、がくぜんとしてしまったのであった。ところが……、とここで紙面が尽きてしまったので、例によって以下次号、となるのだが、しばらくはこの周辺の話にお付き合い願うことになりそうだ。

2

半藤一利氏の『幕末史』のおかげでようやく興味をかき立てられた私は、とりあえず手当たり次第に、めぼしい本に手を出していくことになる。来年が明治維新150周年に当たるせいか、最近の書店さんには、戊辰戦争関連の本がかなりの数、並んでいる。

そうした本を読んでいると、学校の授業で教えられた(といっても、私の場合、まともに授業を聞いていなかったので、曖昧模糊《もこ》とした記憶が残っているにすぎないのだが)明治維新とはだいぶ違った風景が見えてくるようになる。どうやらそれほど単純な話ではなさそうで、「あれ？　それってどういうこと？」だとか「一体なぜ？」だとか、あるいは「えっ、本当にそうだったの？」等々、さまざまな疑問が出てきて、頭の中が疑問符だらけになった。そして気づくと、私の歴史アレルギーはいつの間にか治っていたのである。よく言われることだが、勉強を始めるのに年齢は関係ないし、遅きに失することもないのだなと、あらためて感じ入った次第だ。などと、喜んでばかりはいられない現実が、次に待ち構えていた。

いわゆる「候文」がそれである。幕末期に関してあれやこれやと資料をあさっていると、当時の誰々がなにがしに宛てた手紙だとか、勅書だとか建白書だとか、そういう文書に直面することになる。比較的最近になって書かれた啓蒙《けいもう》書の類いであれば、そうした文章を現代文に意訳してあったり、そこまでではなくても読み下し文に書き直してあったりするのでまだいい。ところが、初版が明治時代の本となると「〜は左記の如《ごと》きである」などと述べて、原文がそのまま載っているだけ。読み下し文はおろか、ルビも一切なしというのが普通で、書物によっては、著者の文章そのものが「えーと、これって江戸時代にお書きになられたのですか？」と真顔で問いたくなるような、漢字とカタカナだけの表記だったりするのである。

だからといって放り出すわけにもいかず、漢和辞典を手元に置きながら苦心惨憺《さんたん》して読み進めるという、何かの修行をしているような状況にしばらく身を置いていたのだが、驚いたことに、ある時、変化が訪れた。何かに例えるならお経のようなもので、最初は意味すらわからなかったものが、ぼんやりと輪郭を持ち始め、いつの間にか、いちいち辞書を引かなくてもまあまあ意味がわかるようになってくる。あれほど苦になっていた候文の独特の言い回しが気にならない、どころか、むしろ心地よくなってきたのである。

元々が日本語なのだから当たり前と言えば当たり前の話なのだが、学生時代はこの状態になれる前に勉強を放棄してしまったのだなと、少々後悔したのであった。

3

戊辰戦争に関連する本を読み進めていく中で「候文」に対する極端な苦手意識を何とか克服しつつある私であるが、それにしても、といたく感心するのは、当時の日本の、時間の流れ方のゆっくり加減である。通信手段が手紙しかなかったのだからさもありなん、とは思うのだが、それにしても……。

飛脚や早馬があったとはいえ、江戸から京都までは、どんなに早くても3日から4日程度は要したようで、今で言う速達便でも通常は6日から10日、普通便(「並便り」と呼んだらしい)だと1カ月あまりを費やしてようやく到着、というのんびりぶりであったようだ。平和な時節であればそれでもいい。だが、明日の日本がどうなるかわからない幕末の動乱期にそれではちょっと……。

事実、幕末期の資料を読んでいると、通信遅延(当時としては決して遅延ではないのだが)が原因となった行き違い的な出来事が頻繁に起きていて、もどかしい思いがする。

慶応4(1868)年の正月3日、京都で鳥羽・伏見の戦いが勃発して戊辰戦争へと突入していくことになるわけだが、当時の仙台藩主伊達慶邦がそれを知るのは、国元に危急を知らせるため、1月5日に京都を発《た》った仙台藩士が仙台に到着した1月15日のことである(京都から仙台まで10日あまりで移動しているのだから相当速くはあるのだが)。

そこでわが慶邦公は、朝廷に建白書(意見書)を提出することにした。内容はなかなか悪くない。要点を簡単にまとめると、「鳥羽・伏見の戦いの直接のきっかけとなった発砲は、政府軍側と幕府勢のどちらが先なのか、はっきりしていないよね。それに、大政奉還(前年の10月)をした徳川慶喜に謀反の意思があるとは思えないんですがねえ。そもそも、万民を苦しめることになる戦争が幼帝

（当時15歳）の決定によるものなんでしょうか。謹慎中の慶喜には、以前の長州藩と同様、寛大な処置をすべきではないかと思うんですけど。何より、内乱に乗じて外国が干渉してきたら、世界に恥をさらすことにはなりませんか？　こうした五つの疑問点がある以上、追討軍の派兵は差し控えておき、朝敵をどうするかは、諸藩で集まったうえ、正大明白で偏りのない公論で決定すべきじゃないでしょうか」と、まあ、そういった内容である。

この建白書の完成には１カ月近くを要して（完成は２月11日）いるのだが、そのずっと前に京都では仙台藩に対して会津征討の命令が下り（１月17日）、慶邦の建白書を携えた使者が京都に到着したころ（２月26日）には、既に奥羽鎮撫《ちんぶ》使（実質的には会津征討指令本部の御一行様）のスタッフが最終的に決定していよいよこれから京都を出発、という段取りになっていたのである。結局、慶邦の建白書は、こうなってしまってはいまさら手遅れだし、そろそろ国元でも京都の情勢を把握したころだろうから、藩内の意見が一致するまで建白書の提出は見合わせようか、という話になったのであった。いやはや……。

4

鳥羽・伏見の戦いで朝敵となった徳川慶喜や会津藩をはじめとする幾つかの藩への処置は、諸藩で話し合って決めましょうよ、という伊達慶邦の建白書は、結局採用には至らず、やがて東北戦争へと戦火が拡大していくことになる。ところで、慶邦の建白文、なぜか民間に漏れて、日本で最初の新聞と言われる「中外新聞」に掲載された。まさにスクープである。それを読んだ薩摩藩はカンカンに怒ったようだが、一般庶民の間では、薩長に媚《こ》びようとしない仙台藩はたいしたものだと評判になったらしい。というのは余談で、ここからが今回の本題。

実は、もしかしたら東北戦争は回避できたかも、という非常に際どい、サスペンスドラマのような数日間があった。届くのに時間を要する手紙しか通信手段がなかったことが運命のカギを握っていた。そしてここでも、慶応4年（1868年）閏《うるう》4月（当時は太陰暦を使っていたのでこの年は4月が2度あった）に起きた、奥羽鎮撫《ちんぶ》使の参謀を務めていた長州藩士（世良修蔵）の暗殺事件のことである。

そのころの仙台藩は、何とかして会津追討を実行に移すことなく事態の収束を図れないかと懸命だった。会津との国境に出兵しながらも「早く会津を討て！」という鎮撫総督府からの催促をのらりくらりとかわしていた。その傍ら、白石に奥羽列藩会議所を設け、奥羽諸藩の代表者を集めて会津救済の嘆願書を作成して、仙台・米沢両藩主が鎮撫総督に提出した。だが、総督府の実権を握っているのは参謀（正確には下参謀）の長州藩士である。嘆願書を受け取った総督は、「参謀にも聞いてみるからちょっと待ってね」と結論は保留にした。ここから先、話はややこしくなってくるのだが、会津征討を急《せ》かし続ける長州藩の参謀、仙台藩士からは相当嫌われていたようで、暗殺を企てる動きがあった。実際、暗殺の許可もひそかに下りていたのだが、その直前になって会津救済が可能かもしれないという政治的状況が出てきたのである。その一方、当時白河城にいた参謀は、手元に届いた嘆願書を見て「こんなものは却下だ！」という沙汰書を既に書き送っていた。だが、本陣の白石にはまだ届いていない。という状況下で、参謀の説得役となった2人の仙台藩士が白河城に急行して暗殺計画に待ったをかけ、懸命に参謀を説得した。

どうやらこの説得は成功したようだ。「白石に戻って御沙汰を待て」と申し渡して仙台藩士を帰した後で、「嘆願書の件は京都に持ち帰って検討してみる」という内容の新しい沙汰書を実際に書いている。ところが、説得に当たった仙台藩士が白石に戻ってみると、届いたのは嘆願書却下の最初の御沙汰であった。やっぱり説得は無理だったのか、と落胆していたところで参謀の暗殺事件が発生。もはや後戻りできなくなって東北戦争に突入していくのだが、肝心の2度目の沙汰書が白石に到着したのは参謀が暗殺された後だった、という顛末《てんまつ》なのである。やれやれ……。

5

戊辰戦争における東北戦争は、時代の流れから言って、あるいは、当時の政治的な大勢においては、どうあっても避けることのできないものだったのかもしれない。実際、仙台藩士によって暗殺された長州藩の参謀は、会津救済の嘆願書の件は京都に持ち帰って検討するという沙汰書を書いた一方で、奥羽は皆敵であるから今のうちに何とかすべきだという趣旨の密書（これが仙台藩士の手に渡って暗殺の直接の原因となった）も書いている。

とはいえ、負けた側の立場としては、釈然としない思いが残るのも事実である。例えば、先ごろの復興大臣の「あっちのほう（東北）でよかった」発言には「白河以北一山百文」という言葉が、いや応なく重なってしまう。たぶん、彼のような人間の頭の中では、戊辰戦争に関しても「封建制度を維持しようとする旧態依然の奥羽越列藩同盟を、薩長を中心とした新政府軍が制圧して日本に近代化をもたらした」程度の認識なのだろう。

だがしかし（とあえて強調しておく）……。

奥羽越列藩同盟は徳川幕府の存続を支持する、いわゆる「佐幕派」の集合体のように見られがちだが、実際には決して佐幕ではなかったようだ。つまり、徳川幕府の存続などどうでもよかった、とまで言っては乱暴かもしれないものの、目指すところは、朝廷の存在を尊重（その意味では勤王と言える）しつつ、共和国的な連邦政府を北日本あるいは東日本に樹立することだったように思われる。それはちょっと誇大妄想なんじゃないか、と言うことなかれ。八箇条からなる列藩同盟の盟約書からもそれは読み取れるのだが、盟約作成の中心人物が残している覚書から、いっそう鮮明に浮かび上がってくるのである。

その中心人物は仙台藩士の玉虫左太夫。経歴の詳細は省くものの、万延元（1860）年、日米修好通商条約批准書交換のために幕府がアメリカに送った使節団の一員として渡米し、その際の詳細な体験記『航米日録』を残している。帰国後、これからの日本はどうあらねばならないかをつづった玉虫のメモでは、和こそが天下を治める要法なり、と最初に記した後で、言論の自由、賄賂の禁止、賞罰の明確化を挙げ、さらに軍艦の建造による軍備の充実（外国からの侵略を防ぐため）、蒸気機関による産業の振興、万国との交易により国を富ませること等が強調されている。

幕末期のわが仙台藩には、これといった人材がいなかったのだろうかと思いきや、よくよく調べてみると、玉虫左太夫のような、なかなか優れた人物がそこそこの数、存在していたのである。そうした人物の背景や動きがわかってくると、奥羽越列藩同盟の意味そのものが違って見えてくるから面白い。

いやはや、この調子で書いていると延々と続きそうな気配である。さすがにそれは……ということで、あと1、2回くらいで、この話題はいったん締めくくろうかと思う。

6

京都での出来事が2週間後になってようやく伝わるような遠隔地にあったせいで、幕末期の政治情勢に疎かった。それが仙台藩をはじめとした東北諸藩が時流に乗り遅れた原因だとは、よく言われることであるらしい。ぼんやりしているうちに気づいたら負け組になっていたと、そういう話だ。

確かにそういう面はあるかもなあ、と思いつつも、同じような話をどこかで聞いたことがあるぞと、既視感のようなものを覚えていたのだが、実は、他人事《ひとごと》ではなかった。というのも、ずいぶん前の話になるが『まほろばの疾風《かぜ》』という古代蝦夷《えみし》を扱った小説を自分で書いていたのだった。発刊は2000年7月。デビュー後3冊目の本である。学生時代、歴史が嫌いだった私がなぜそんな本を書いたのか今もって不可解な部分もあるのだが、歴史(勝者が書いた)の中に埋もれていた人物を掘り起こすことで、価値観の変化がもたらされるところが面白かったのだと思う。そういう意味では、歴史を学ぶという行為はサイエンスと一緒であるかもしれない。

その当時(8世紀前後)の東北は、蝦夷という未開の部族に支配されていたのだが、坂上田村麻呂が野蛮な蝦夷を征伐して日本を統一したのであった、めでたしめでたし……。というのが、勝者の側から書かれた歴史であった。だが、実際のところは、文化や価値観の異なる民族(蝦夷と大和)間の民族紛争であった、というのが真実だったのではないかと思われる(少なくとも私はそう考えている)。そういう立場に身を置いてみると、古代蝦夷連合の首長とされる阿弖流為《アテルイ》なる人物が、私たち東北人にとっては一躍ヒーローの座に躍り出るのだ。

戊辰戦争における奥羽越列藩同盟の立ち位置をあらためて検討してみると、1200年前の状況とかなりの部分重なるものがあり、そうした視点で光を当て直せば、単にぼんやりして時勢に乗り遅れただけではない、ヒーローになり得るような人物が、仙台藩に何人も存在したことに気づくのである。その一人が前回このコラムで挙げた玉虫左太夫であるのだが、彼以上にドラマになるような仙台藩士を、実は最近発見した(今は内緒)。とここまで書いてしまうと、私が何をたくらんでいるのかバレバレだと思う。

東日本大震災以後、被災地の内側に生まれ育った一人の小説家として、あの未曽有の災害と悲劇にどう向き合うかを絶えず考え、物語を書く日々がしばらく続いていたのだが、自分の中で止まっていた時計の針をそろそろ動かしてもいい時期なのかもしれない。そう思えるようになってきた時に、とある編集者から「幕末期の仙台藩をテーマにした小説をそろそろ書いてみませんか?」というリクエストがあったのだった。当然ながら「え?　歴史もの?」と最初は及び腰になったのであるが、嫌々ながらも資料を読み始めてみたら、いつの間にか、幕末期のとある仙台藩士に、すっかり取り憑《つ》かれていたのであった。

7

過去の歴史から私たちは何を教訓とするのか。よく言われることだが、その問い掛けなしに歴史を学んでも意味がない。このところテーマにしてきた戊辰戦争を振り返って、私たちは何を学び、何を教訓とすべきなのか、最後に少しだけ触れておくことにしたい。

まずは、どんな戦争でも、戦争とは人と人との殺し合いであること。その事実をいや応なく思い知らされる。戊辰戦争は日本が経験した初めての近代戦(内戦ではあるが)である。つまり、槍《やり》と刀ではなく大砲と小銃が主役となった戦であったのだが、旧来ながらの白兵戦の要素も残っていた。それだけに、実際の戦闘の様子は極めて凄惨《せいさん》で生々しい。例えば、どうしても退却せざるを得ない状況で味方が倒れると、遺体を運ぶ余裕がない際には、倒れた仲間の首を切り落とし、その首を持って敗走したらしい。敵側によって首を落とされ、晒《さら》し首にされるのを防ぐためだったという。あるいは、腹部に銃弾を受けると、当時の医療では助からなかった。腹膜炎を起こし、苦悶《くもん》のうちに死ぬしかなかったのだ。よって腹部を撃たれた兵は、自ら短刀で喉を突いて果てたという。どちらにしても、あまりにも血なまぐさい情景である。その情景をリアルに想像できれば、戦争をしたいなどとは誰も思わないだろう。

他にも、兵士ではない農民が強制的に使役に使われたり戦闘に巻き込まれたり、日本の内乱に乗じて外国の武器商人が大もうけをしていたりだとか、熟考すべき教訓が山ほどあるのだが、仙台藩の戊辰戦争を振り返った時、どうしても避けられないものがある。

それは何かと言うと、戦後処理のまずさである。慶応4(1868)年9月15日、仙台藩は降伏することになるのだが、戦時中に主導的な役割を担っていた2人の奉行(家老)が藩主に代わって「叛逆首謀《はんぎゃくしゅぼう》」の罪により有無を言わさず処刑された。今の時代では考えられない乱暴な処罰だが、当時の日本においては仕方がないものであった。そこまではとりあえず理解できる。問題なのはその先だ。

仙台藩は62万石から28万石まで封土が削減された。そのためにはさまざまな事務処理や折衝が必要になる。その際、実務能力優先で人事が組まれて処理に当たっていたのだが、それを良しとしない者たちがいた。戊辰戦争に至る前から存在していた藩論を二分する勤王派（会津討伐派）と主戦派（会津救済派）との対立が再燃して、敗戦により藩政の中心に返り咲いた勤王派が、旧主戦派を一掃する動きに出たのだ。

それによって仙台藩は貴重な人材を失うことになった。玉虫左太夫を筆頭に７名の藩士が切腹させられており、捕縛を逃れるために地下に潜伏せざるを得なくなった者も多い。藩内での権力争いが、必要のない悲劇と混乱を招くことになったのである。この一連の騒動が「仙台騒擾《そうじょう》」と呼ばれるものなのだが、組織の維持を目的とした組織内での権力闘争の愚かさや醜さという、現代社会にも通じる教訓が、ここには数多く含まれている。


（２０１７・５・23～７・４）

大政奉還と王政復古

幕末時の仙台藩は何をしていたのだ？という疑問がきっかけで、しばらく続いていた戊辰戦争の話題、前回で一段落のはずだったのだが、往生際が悪いのも小説家（私だけか？）ということで、最後にもう一押し。

そもそもなにゆえ戊辰戦争は勃発したのか。やはり、引き金となったのは嘉永6（1853）年6月3日の黒船来航のようだ。その際、最初に対応した浦賀の奉行所が「外国船はとりあえず長崎に行ってくれ」と言ったものの、全く聞き入れてもらえない。結局、日本側（幕府）はアメリカ大統領からの国書を受け取ることになり、「来年また来るからさ、その時には正式に回答してね」と言い残してペリーさんは帰っていくのだが、その時の江戸幕府の対応がその後を決めることになった。どうしたらよいか困ってしまい、朝廷に「黒船がやって来て開国を迫られました（どうしましょう）」と報告（奏聞）した上で、全国の大名に今後の対策について意見を求めた（諮問）。それだけじゃなく、江戸市中の役人、藩士、御家人、さらには町民にまで妙案があれば進言するように布告（この時の意見書で、やがて勝海舟が政治の表舞台に登場することになる）したのである。

政府が広く意見を求めるという行為、今の時代であれば当たり前だが、これが江戸幕府の命取りになった。日本という国を統治する一切を朝廷から委任されている、というのが、江戸幕府の権力の根拠（政体委任論と言う）だったのだが、それを自ら崩してしまったのである。「あれ？　幕府、全然ダメじゃん」という認識が広がり、「これじゃあ、権力を朝廷に返したほうがよくないか？」という発想が出てくるわけで、それが尊王攘夷運動や公武合体運動と複雑に絡み合い、やがて大政奉還に至るのだが、この間、あらゆる手段（公家さんへの賄賂やら脅迫やら、京都や江戸市中でのテロやら、それはもうてんこ盛り）を使って政治工作をしていたのが、長州藩と薩摩藩（この2藩を同盟に導いたのが坂本龍馬なのはご存じの通り）、あるいは土佐藩の尊王攘夷派（勤王党）であった。

ただし、ここまでであれば戊辰戦争には至らなかった。一時期、今後の政治は諸藩の話し合いで進めましょうよ、というムードが支配的（公議政体論）になった。そこであくまでも武力討幕の姿勢を貫いたのが薩摩藩と長州藩、朝廷内の討幕派（いやはや、すさまじいまでの執念である）で、仕方ないかとそれに付き合ったのが土佐藩や安芸藩、そして尾張・越前の両藩だった。結局、慶応3（1867）年12月9日の王政復古のクーデターにより薩長が政治権力を手中に収め、翌年正月の鳥羽・伏見の戦いへと時代の奔流が雪崩打っていく。そこでの敗戦で会津藩は徳川幕府と共に朝敵とされてしまうのだが、薩長両藩があれこれ画策していた時期、仙台で様子見なんかをしていずに、伊達の殿様が中央政界に乗り込んで行ったらどんな未来になっていたか、それを想像するのも面白い。

（2017・7・11）

訛っていたでしょ

ここ最近、悩んでいることがある。戊辰戦争時の仙台藩を題材にするのは良いとして「当時の仙台藩士はどんな言葉遣いをしていたのだ？」という疑問で悶々《もんもん》としているのだ。端的に言えば、訛《なま》っていたのかいなかったのか、である。小学校の教科書で標準語教育が進められるようになるのは明治の中頃からだ。その状況を考えると、当然のことながら仙台藩士もしっかり訛っていたに違いない。

だが……と、そこで別な疑問が出てくる。江戸や京都には仙台藩邸があって出張中の藩士が駐在しており、何かにつけお上から呼び出されて指示を受けたり会議に参加したりしていたのも事実である。あるいは、幕末の動乱期には京都の情勢を探るための密命を帯びた仙台藩士が「探索方」として入洛し、他藩の志士と交流を持っていた。そうしたあれこれの際に「お国言葉」しか解せない話せないでは、意思の疎通が不可能（津軽弁と鹿児島弁で会話をしようと苦心惨憺《さんたん》している津軽藩士と薩摩藩士を想像してみるといい）である。

時代劇や大河ドラマでよく使われる「～でござる」のような、いわゆる武士言葉が一種の共通言語として用をなしていたのだろうなとは思うものの、何となくすっきりしない。全国の視聴者が理解できるようにアレンジが施されているに違いないと、そんな疑いが頭をもたげてしまう。それは小説においてもしかりで、方言満載の時代小説や歴史小説はまず見かけない。例えば、仙台藩の伊達騒動を描いた山本周五郎の『樅《もみ》の木は残った』においても、お侍さんは全く訛っていない（お百姓さんは少しだけ訛っているが）。まあでもそれは、全国の読者を想定している以上仕方がない（というよりは当然の）ことではある。

実際どうだったかとなると、おそらく、状況によって使い分けていた、というのが正解なのだろうが、ここでさらに話をややこしくするのが、候文に代表されるような書き言葉だ。日本の文壇において言文一致運動が展開されるのは明治になってからであり、それ以前は、話し言葉と書き言葉がかなり違っていたため、当時の人々がどんなふうにしゃべっていたか、なかなか容易に推察することができず、それを知っておきたい小説家としては大変由々しき事態に陥るのだ。実際に小説を書く時にはいい塩梅《あんばい》にバランスを取って処理することになるにせよ、実際にどうだったのか、やはり気になって仕方がない。

そんな折に見つけたのが、勝海舟の父、勝小吉《こきち》の『夢酔独言《むすいどくげん》』である。あの時代にもかかわらず口語体で書かれていて（下級武士だった小吉は文語を書けなかったらしい）、当時の人々が（江戸の人々が、ではあるが）普段何をどのように考え、どのような言葉を使っていたか、実にリアルにわかるのである。これはすごいものを見つけた、と小躍りしたものの、この本の存在、文学や歴史学の世界では当たり前に知られていたようで、自分の勉強不足を反省することしきりであった。

（２０１７・７・18）

昭和史

最近、昭和の歴史があらためて気になりだしている。わかっているようで、さっぱりわかっていないのが昭和の歴史である。この場合の昭和とは１９４５年以前、つまり戦前の昭和史のことだ。大正デモクラシーという言葉に象徴されるように、民本主義や自由主義がある程度進展していたはずの日本だったのに、なぜ１８０度大きく舵《かじ》を切って、日中戦争、そして太平洋戦争へと突き進み、国を滅ぼすような愚を犯したのか……。教科書や年表に書かれているような通り一遍のことではなく、その時期の普通の人々はどうだったのか、国民の間に漂っていたいわゆる空気感めいたものはどのようなものだったのか、それが気になって仕方がない。

その点について、どうしてもぬぐい切れない疑念が、個人的に二つばかりある。

一つ目は、先の戦争が何だったのか、実は生の声できちんと語り継がれていないのではないか、という疑念だ。原爆、大空襲、沖縄戦、そして特攻隊で命を散らした若者たちなど、折に触れて私たちが接してきたものは、ある意味、戦争被害者としての悲劇や、悲劇の裏返しの美談が圧倒的に多い。そして、それらのほとんどは、あえて活字資料と向き合おうとしない限り（普通の庶民には、そんな悠長なことをしている暇はない）、映画やドラマ、あるいはテレビの特集番組によってもたらされるものである。

私の両親は昭和一桁生まれなので、若いころに戦争を体験している。祖父母となると、戦争真っただ中の世代であった。ではあるのだが、なぜか子どものころ、戦争の話を聞かされたことはほとんどない。せいぜい母親から、戦後の買い出しの苦労話を聞かされた程度である。どうもそれは、私の家に限ったことではないような気がする。もしかしたら、語り継ぎたくない何かがあったのではないか。その疑念がぬぐえないのである。

もうひとつの疑念は、先の戦争において描かれる一般国民は、あくまでも犠牲者として語られることだ。軍部の暴走によって国民が望んでいない戦争に突き進み、言論や思想の統制によってマスコミも自由を奪われ、無理やり一億総玉砕への道を歩まされた、というステレオタイプなシナリオである。果たして本当にそうだったのか。むしろ当時の国民は、戦争を歓迎していたのではないか、当時の新聞やラジオ、つまりマスコミは、軍部に強制される以前より、自らそれを煽《あお》っていたのではないか、という疑念である。それが当たっているのならば、先の戦争が正しく語り継がれていない理由がよくわかる。戦争における被害者であった国民が、実は同時に首謀者でもあったとすれば、自分たちのしてきたことを、容易には次の世代に語ることができない。口をつぐみたくもなるだろう。

その私の疑念が的を射たものかどうかを確かめるために、あらためて昭和史を勉強し直しているのだが、そのきっかけとなったのが、戊辰戦争時の仙台藩の動向だったのである。

（2018・5・22）

昭和史と戊辰戦争

戦前の昭和史をあらためて勉強し直してみようと思い立つきっかけとなったのが、戊辰戦争時の仙台藩の動向だった。いったいどういうことなのか、もう少し補足しておこうと思う。

戊辰戦争時における仙台藩は、いわゆる佐幕派（幕府を補佐する、の意から生まれた言葉らしい）として一般的には分類されているようだが、実際にはそんな単純なものではなかった。そもそも「討幕派」と「佐幕派」の二項対立で物事を単純化しようとするところに無理がある。

攘夷《じょうい》か開国かで揺れた当時の仙台藩の立ち位置をできるだけ簡潔な言葉で表すならば「勤王開国派」とでもするのが妥当だろう。実際に、鳥羽・伏見の戦いによって、徳川とともに会津が朝敵とされた際、新政府の実権を薩摩や長州が握っていることに対しては疑念を持ちつつも、当初の仙台藩は新政府と事を構えるつもりはなかったようだ。とはいえ、奥羽の大藩としての立場上、会津を簡単に見捨てるわけにもいかない。

ということで、藩内においても、会津を討つべしとする討伐派と、会津を救済しようとする救済派に分かれてしばらくごたごたが続いたものの、最終的には救済派が実権を握り、なんとかして会津を説得して恭順謝罪にもってゆき、新政府（奥羽鎮撫使《ちんぶし》）との間を取り持って（そうした動きや活動を周旋という）穏便に済ませようとしていたというのが、実際のところのようだ。

つまり最初のうちは、会津と戦うか否かが問題だったのであり、仮にも天皇を担いでいる新政府軍を相手に戦争を始めようとは、誰も考えていなかったのである。したがって、仙台藩と米沢藩が中心となって成立させた奥羽列藩同盟も、会津救済を嘆願するための平和同盟であった。ところが、いつのまにか軍事同盟へと変貌を遂げ、さらに北越諸藩も加わって奥羽越列藩同盟となり、新政府軍と戦い、結局は敗戦の憂き目を見るのである。その際の経緯をつぶさに見ていくと、藩内の指導層が率先して主導し、東北戦争に突き進んだというよりは、当時の仙台藩士や城下の庶民の間に「薩長憎し」の空気が蔓延《まんえん》し、それが最大の要因となって全面戦争に踏み切ったように思われる。

確かに奥羽鎮撫総督府の実権を握っていた長州藩士(世良修蔵)は相当厄介な人物だったようで、直接の憎悪の対象になったようだ。とはいえ、指導層だけがいくら戦争をしようとしても、実際に戦場に行く下級武士や、農兵隊に組みこまれることになる領民の支持や同調なしには、大きな犠牲を強いられるのが自明な戦争を始めることは、事実上、不可能なように思えるのである。

この戊辰戦争時の東北戦争へと至る過程が、どうしても昭和の戦争に重なってしまうのだ。もしかしたら(むしろ、やっぱりと言うべきか)私たち日本人は、歴史に学ぶことがきわめて苦手な民族なのかもしれない。

(2018・5・29)

維新再考

今年の新年号から某月刊小説誌に仙台藩の戊辰戦争を描いた作品を連載中なのだが、あれこれ紆余《うよ》曲折しつつも、ストーリーが白河城を巡っての奥羽越列藩同盟軍と新政府軍の攻防戦に差し掛かるに至って、執筆のモチベーションを保つのに少々、いや、かなり苦労するようになってきている。

今の時代から振り返ってみると、明らかに負け戦にしかならないような状況で、列藩同盟は東北戦争に突入している。負けるのがわかっていて、それでも負け側の視点に立って物語を進めていくのは、なかなか大変な仕事なのである。

負けた原因はいくつかあれども、まずは列藩同盟軍と新政府軍との火器力には、決定的といえるほどの大きな差があった。たとえば小銃。薩長を中心とする新政府軍は、いち早く元込め式のライフル銃を導入していた。連続射撃が可能な連発銃も、かなりの兵に行き渡っていたようだ。それに対して同盟軍の小銃は、洋式銃といっても、先込め式の銃が主流であった。つまり、一発撃つごとに銃を地面に対して垂直に立て、筒先から火薬と弾を込めなくてはならない(格好の標的になってしまう)のである。それだけでなく、同盟軍では和式銃、つまり火縄銃で戦っている兵も多かったようだ。戊辰戦争の年は梅雨時から夏にかけての天候が相当不順だったようで、肝心な時に雨にぬれて発火せず、銃が使用不能になる事態が頻発したらしい。それに加え、洋式軍隊としての訓練も不十分で、戦略的にも稚拙さがあったようだ。

といっても、そうしたことは今の時代から見るから言えることであって、当時の列藩同盟側の指導者たちは、よもや負け戦になるとは思ってもいなかったのだろう。いや、それとも形勢不利だとわかっていて、それでもあえて戦うことにしたのか……。

その本当のところが、どうも判然としないのである。

ところで先日、面白い資料が手に入った。戊辰戦争から50年の節目に出版された本の復刻版であるのだが、戊辰戦争に身を投じた仙台藩士の回顧談がいくつか収録されていたのである。たとえば、藩主伊達慶邦の建白書を携えて上洛した仙台藩士が、生の声で当時を語っているのであるから、興味深いという以上に、ちょっとした感動であった。

そうした資料から一足飛びに結論付けることはもちろん無理なのだが、それでもどうやら、当時の仙台藩士たちは、自分たちは正義の戦いをしているのだと疑いなく信じ切っていたようだ。それを素朴と見るのか、無知と見るのかは、立場によって変わってくるのだが、いずれにしても同情を禁じ得ない話ではある。

でも待てよ、とここで思った。先の日中戦争、そして太平洋戦争へと突入して行った際も、この国の指導者たちと多くの国民は、自分たちは正義の戦争をしているのだと思っていたのじゃなかったっけか……。


（2018・10・16）

戊辰戦争150年展

先日、12月9日をもって、10月の下旬から仙台市博物館で開催されていた特別展「戊辰戦争150年」が終了した。見に行かなくてはと思いつつも、忙しくてなかなか足を運ぶことができず、結局展示を見たのは、12月1日に開催された記念講演会当日のことだった。

記念講演会というのは、僭越《せんえつ》ながら私の講演のことである。今年になって幕末の仙台藩士を描いた小説『我は景祐』を小説誌に連載していたせいだと思う。だいぶ前のことになるのだが、特別展の開催期間中に何か話をしてもらえないかと、知人を通して打診された。その時は知り合いからの紹介ということもあって、気軽に「いいですよ」と引き受けたのだが、当日が近づくにつれ気が重くなってきた。会場にお運びくださる皆さんの多くは、おそらく私などよりずっと歴史に詳しいに違いない。普段の講演会とは訳が違う。なにせ戊辰戦争である。奥羽越列藩同盟を主導した仙台藩の藩士について語ることになる。もしかしたら会場に、鹿児島や山口、あるいは秋田ご出身の方がいらっしゃるかもしれないぞ、うっかり迂闊《うかつ》なことをしゃべってしまって顰蹙《ひんしゅく》を買ったらどうしようと、あらぬ心配が頭をもたげてきたのである。

今年、書店さんには、タイトルや帯に明治維新150年、あるいは戊辰戦争150年と入った本がずいぶん並んだ。傾向として面白いなと思ったのは、いわゆる薩長史観の見直しをテーマとしている著作が多かったことだ。なかにはかなり過激な謳《うた》い文句がプロパガンダ的に踊っている書籍もあり、この本、本当に大丈夫かいなと、人ごとながらあらぬ心配をしてしまうものも目についた。

さて、いったい何を話そうかと、講演会の数日前まで悶々《もんもん》としていたのであるが、開き直ることにした。会場に足を運んでくれるお客さんの多くは、戊辰戦争において仙台藩がどんな動きをしていたのか、こと細かに解説してもらうのを期待しているわけじゃないだろうと思うことにしたのだ。そうした部分は、私のおしゃべりよりも、企画展をじっくり見てもらったほうがずっとよくわかる。実際、今回の企画展はかなりよくできていた。もともとわかりにくい戊辰戦争、さらにわかりにくい仙台藩の動向が、大変わかりやすく展示されていて、戊辰戦争の流れがとりあえず頭に入っていた(小説のために1年半ほどかけて勉強せざるを得なかった)私などは、もろもろの書状をはじめとした実物の資料に、興奮のしっぱなしであった。

ということで、そうした部分は展示に任せて、執筆の動機や勉強中の苦労話、そして、どういう経緯で主人公を決定したかなどなど、執筆の裏話や雑感を中心に話をさせてもらうことにした。そうして臨んだ講演会当日だったのだが、ふたを開けてみればなんとやら。当初の心配は杞憂《きゆう》だったようで、つたない話にもかかわらず、温かい視線に見守られて楽しい時間を過ごすことができたのであった。

（2018・12・18）

戊辰戦争雑感

前回話題に取り上げた、仙台市博物館の企画展「戊辰戦争150年」にての講演会にからめ、連載はまだ終了していないのだが、戊辰戦争時の仙台藩士の活躍を描いた小説をここまで書いてきて感じた、あるいは考えた、雑感めいたことをこの機会に備忘録的に書き留めておこうと思う。雑感なので今現在の私の個人的な感想であり、連載が終わったころには変わっているかもしれないのであまり真剣に受け取ってもらっても困るのだが、とりあえず。

学生のころ歴史の授業が嫌いだった私であるが、年齢を重ねるとともに、歴史を学ぶことの意味や意義が少しずつわかってきたような気がしないでもない。どんな歴史にも、フェルメールの絵のように光と影がある。最近「ダークツーリズム」という人類の悲しみや死(災害被災地跡や戦争跡地)を対象にした観光の形態が脚光を浴び始めているが、そうした影の部分を見ずに済ませたのでは、歴史を学ぶ意味も意義もないだろう。過去の栄光を賛美しているだけでは意味がない、というより、弊害さえ引き起こすという話だ。過去の過ちを繰り返さないために、あるいは、無意識にからめとられていた因習から自由になるためにこそ、私たちは歴史を学ぶ。

そんな視点で戊辰戦争を振り返ったとき、ちょっと面白い事実が見つかった。結局仙台藩は、戊辰の年(1868年)の9月10日に降伏を決定するのだが、その前、8月末に相馬藩との国境付近に進軍していた新政府側の熊本藩陣営まで使節を送っている。西南諸藩のなかでも比較的関係がよかった熊本藩を通し、新政府の要職に就いていた宇和島藩（伊達政宗の長男が初代藩主）に、伊達家が存続できるようにうまく取りなしてもらいたい、というのが目的だったらしい。

ここで興味深いのは、熊本藩隊長の尋問に対する仙台藩士の回答である。「会津を討伐しろと命じたのに、なんでまた君たちは奥羽越列藩同盟まで結成して新政府に逆らったのだ？」と聞かれたのに対し、「いやいや、藩主（伊達慶邦）は会津を討つためにちゃんと国境まで兵を進めたんですよ。で、あとは家老ら部下に任せて仙台に帰っていたので、その後のことは全く知りませんでした。列藩同盟も、会津討伐の連絡調整のために各藩の使者が仙台に集まっていただけなんです。そしたら、いつのまにか仙台藩が中心になったみたいに見られて、これまた藩主のあずかり知らぬことでございまして云々《うんぬん》」と、全てがこの調子なのである。そんなのは真っ赤な嘘《うそ》である。今の時代の視点で見ると、藩政トップの責任逃れの詭弁《きべん》だとさえ見える。つまり、何があっても君主だけは守り通してお家を存続させねばならぬという、封建制度下の武士の意識が如実に表れているのである。

なるほどなあ、と時代を感じさせるエピソードではあるのだが、あれ？　それって今でも政治の世界ではあまり変わっていないのじゃないか？　と、ふと思ったのであった。

（2018・12・25）

芦東山

芦東山《あしとうざん》――18世紀に活躍した仙台藩の儒学者である。と言われても、たぶん、ほとんどの人が知らないと思う。実は私もそうだった。そんな私が、その人物をモデルにした小説を現在進行形で書いているのだから、小説家というのは奇妙な商売である。

そもそものきっかけはというと、とある月刊誌からエッセーの依頼があったのが発端だった。それまでお付き合いのない雑誌だったので「はてな?」と首をかしげたのだが、どう考えてもむちゃなものは別として、原稿依頼は断らないのを旨としてきた私であるので、二つ返事で引き受けた。それが2年ほど前の話である。それから2~3カ月後だったと思う。エッセーを担当した編集者から、仙台に参りますのでぜひともお会いしたいのですが、と連絡が来た。ぜひとも会いたい、しかも直接会いたいというのは、ほぼ100パーセント、小説の執筆依頼である。大変ありがたい話だ。ということで、約束の日時にホテルメトロポリタン仙台のティーラウンジへいそいそと出掛けた。そしたらなんと、担当編集者だけでなく、社長さんが自らお出ましになっているではないですか。で、この時になってようやく頭の中で少しばかり警報が鳴りだしたのであるが、会ってしまってはもはや手遅れだ。「実は、江戸時代中期の仙台藩に大変興味深い人物がいるのですが、小説の主人公にどうでしょう?」と提案されたのが芦東山だったのである。

生まれは元禄9(1696)年で、没したのが安永5(1776)年であるから、当時の仙台藩でいうと伊達吉村から宗村、そして重村(5〜7代藩主)の時代に活躍した学者さんである。没年齢が80歳になるので、当時としては長生きだ。ではあるのだが、その生涯のうち二十数年ものあいだ幽閉生活を強いられていたという。そして、その幽閉期間のあいだに執筆した「無刑録」という著書が、近代刑法の原型となるような偉大な業績であったとのこと。それにしても、二十数年ものあいだ幽閉生活を強いられていたとはただ者ではない。まるでアウン・サン・スー・チーさんみたいな話である。ある意味、思想犯だったのかもしれない。などと、話を聞いているうちに俄然《がぜん》興味が出てきた。

で、その話を持ってきた社長さんが言うには、生まれが現在の一関市大東町渋民だった(当時は仙台藩の一部)とのこと。そこにもってきて「土地勘があって東北の風土を熟知している熊谷さんにこそ書いてほしい小説なのです」などと言われたら、犬もおだてりゃ(本来は豚であるが、私が戌《いぬ》年生まれなもので)木に登るのたとえ通り「分かりました、書きましょう。ぜひ書かせてください」となってしまうのが普通だ。

というわけで、今年の新年号から連載がスタートしたのだが、20年以上もひとところに幽閉されていた学者さんの話である。あまりに地味で、なかなか小説になりにくい。いったいこの先どうなることやら……。

(2019・1・22)

江戸時代の出版事情

少し前にこのコラムで、江戸時代の仙台藩に芦東山《あしとうざん》という儒学者がいて、その人物をモデルにした小説を連載することになって大変だという話を書いたが、実際に大変なのである。何がというと、勉強が。

別の連載仕事で、幕末の仙台藩士の活躍を描いた『我は景祐』をしばらく前から書いていたので、仙台藩の歴史そのものは、まあまあ詳しくなっていた。あくまでも、ほどほどにではあるけれど。江戸時代の物語に適した文章も、一応これでもプロなので、そこそこ書けるようにはなってきている。ではあるのだが、芦東山という今度の主人公は、学者さんである。しかも儒学者。ということは、最低限の儒教に関する知識が身に付いていないと、書けるわけがないのである。

儒教に朱子学に陽明学？　何ですかそれ？　というのが、正直なところ。なにせ、自慢じゃないが、高校時代、日本史と漢文と古文が軒並み赤点だった私である。儒教も朱子学も、基本的なことを何も知らないまま大人になってしまった。けれど、小説を書く以上、勉強しないわけにはいかない。というわけで、還暦を過ぎてから儒教や朱子学の入門書を買って来ては、ひいひい言いながら一から勉強している次第なのだが、まあでも、こんな機会がなかったら一生勉強しないまま終わっていたはずなので、これはこれでよしとするかと、最近では楽しくすらなりつつあるのだから、人間、気の持ちようというか、考え方次第である。

ところで、江戸の末期になるまでグーテンベルクの活版印刷が本格的に導入されなかった日本(漢字を使うため活字の数が膨大になってしまうのが、早くから普及しなかった要因のようだ)であるが、瓦版に象徴されるように、木版印刷による出版活動はかなり活発だったようだ。とはいえ、それはあくまでも時代劇などで見るお江戸の話であって、仙台藩では果たしてどうだったのか。実は、芦東山の小説を書いていて、それを調べる必要に迫られた。とりわけ、きちんとした本の体裁をしている出版物はどうだったのか、自分の職業柄、個人的にも気になりだした。

ということで、実際に調べてみると、江戸時代における本の出版は、やはり、江戸、京都、大坂、そして名古屋が中心だったようだ。そんな中、地方で出版を行った本屋が10人以上確認される場所として、仙台の名前も挙がっていた。さらに、10点以上の出版物を刊行している地方の本屋は22人。その中に仙台の本屋が3人入っていて、そのうちの一人、伊勢屋半右衛門《いせやはんえもん》という人物が、最多の出版点数を誇っていたとのこと。結局、なんだかんだで、仙台には40人以上の出版関係者がおり、５００点以上の出版物が刊行されていたようで、地方にあってはかなり活発な出版活動が行われていたらしい。

小説執筆の必要に迫られて、やむなく調べてみたことではあるのだが、なんだかちょっと嬉《うれ》しくなってしまうような発見であった。

（２０１９・２・19）

第4章　文学・創作を語る

せんだい文学塾

小説を書く新人としてデビューする前の自分がどうだったか、久しぶりに思い出した。冒頭からやけに回りくどい言い方になってしまったのは、出版社の新人賞をもらっただけでは「私は小説家です」とは決して言えない厳しい現実があるからだ。ともあれ、かれこれ20年も前の話である。そのころの私は保険代理店をしており、営業の仕事をしながらせっせと出版社の新人賞に応募していた。

当時の自分を思い出させてくれたのは、先日、講師として招いていただいた「せんだい文学塾」の生徒さんたちだ。毎月第4土曜日を基本として、仙台文学館を会場に開催されている講座である。お隣、山形市にある東北芸術工科大学が2007～09年まで開講していた「小説家・ライター講座」が前身の市民講座で、10年度からは、受講生有志による自主運営に切り替わって現在に至っている。

講座の世話役は、山形市在住の文芸評論家、池上冬樹氏である。氏の幅広い人脈を生かし、毎回、著名な作家や評論家、あるいは編集者を講師として招いており、そうした講師陣の話(時には生々しい話も?)を直接聞くことができるのが大きな魅力であり、目玉ともなっているようだ。私も地元在住の小説家として、年に1回程度、常連講師の一人としてお手伝いをさせてもらっている。事前に受講生から提出してもらった作品（短編小説やエッセー）3〜4本をテキストに、池上冬樹氏がコーディネーターとなって受講生が感想や意見を述べ合った後で講師による講評があり、その後、後半の1時間程度で、ゲスト講師による講義やトークショーが行われる、という形式である。

受講されている生徒さんはさまざまだ。プロの作家を目指している人もいれば、趣味の範囲で創作活動を楽しんでいる人もいる。あるいは、自分では書かないものの、とにかく本が好きだという愛好者もいる。中には、受講後の懇親会（たいてい講師も参加する）がお目当て、という受講生もいるようだ。

年に1度、この講座に呼んでもらえるのが、実はひそかな楽しみともなっている。読者と直接触れ合うことのできる貴重な機会であるとともに、大いに刺激になるからだ。先日の講座では「げげっ。この人、デビューした時の俺より、ぜんぜん文章が上手《うま》いじゃん！」といたく感心した、というよりは「こりゃあ、うかうかしていられないぞ」と内心で焦ったテキスト（作者は20代の女性）があって、初心を思い出させてもらえた次第である。

この講座、1回ごとに個別の参加も可能なようなので、興味のある方は、パソコンやスマホで「せんだい文学塾」を検索してみるといい。もしかしたら、そこから新しい世界が開けるかもしれない。20年前、私が新人賞に応募していたころ、仙台にこの講座は存在しなかった。当時を振り返ってみると、いやはや、なんと孤独な日々であったことか。

（2016・11・1）

震災文学と戦争文学

先月末、ちょうどプレミアムフライデー（という日があったことをすっかり忘れていたのだが）の日に、東北学院大学の真新しいホールにおいて、とある市民講座の講師をしてきた。正式には「東北学院大学地域共生推進機構　連続講座　震災と文学——危機の時代に——」という硬い名称なのだが、誰でも無料で参加できる気軽な講座だ。とはいえ、著名な講師を迎えて毎回興味深い講義を聴講することができ、そんな場で私なんかが話をしてもよいのだろうかとかなり気が引けるのだが、気づいてみたら、今回で5度目のお勤めであった。

今回話をさせてもらったテーマは、演題こそ「〈仙河海《せんがうみ》シリーズ〉第1期を書き終えて」であったものの「震災文学」と「戦争文学」の対比が骨子だった。実は前回、昨年の10月に同講座で話をした際に「果たして震災文学なるものは、例えば戦争文学のように成立し得るのか？」という問い掛けをしてみたのだが、「現段階では何とも言えない」という大変曖昧な結論で話し終えるしかなく、ある意味、宿題のような状態となっていた。そもそも震災文学とは何かという定義がいまだに確立されていないのだが、話をややこしくしないために、私が直接かかわっている範囲、つまり小説の分野に限定したうえで「震災を直接的に描いた小説、あるいは重要な背景として書かれた小説」というくくりで話を進めたい。

震災文学に限らず「〇〇文学」なるものが成立するための最大の要件とは「文学(小説)の対象となる事象が、その後の社会に大きな変化をもたらしたか、しかも、社会システムそのものが変容するようなダイナミックな変化を促すものであったか」に尽きるのではないか、というのが最近の個人的な仮説である。一般に「戦争文学」と呼ばれる著作を振り返ってみると、そのほとんどが、先の戦争、つまり太平洋戦争を描いたものだ。そこでの敗戦により新憲法が制定されたように、日本という国の社会システムが大きく変容することになった。ところが、その前の日露戦争や日清戦争の場合、勝ち戦であったこともあり、戦争をきっかけに社会が大きく転換することはなかった。むしろ、それまでのシステムが強化される方向に向かった。そうした状況下では戦争がテーマの文学は生まれ難いのではないか。事実、とりあえず思い浮かぶのは司馬遼太郎の『坂の上の雲』くらいのもので、他の著作となると(私の勉強不足もあるが)なかなか容易には出てこない。

その一方で、戦国武将や明治維新時のヒーローを描いた小説は、かなりの数、存在する。それらの小説群も大枠で戦争文学とみなすことが可能だとすれば、どちらの時代も確かにその後、社会のシステムが大きく変容、あるいは転換している。というような私の仮説が妥当なものであるならば、「震災文学」なるものが成立するか否かの答えがおのずと出てくるように思う。それじゃあ答えになっていないじゃないか、とお叱りを受けそうだが、この先は機会を見ていずれまた、ということで。

（２０１７・７・25）

高校生と小説

年に1度、高校生が書いた小説を読むことができるという、貴重な機会を頂戴している。名称が少々長いのだが、10年ほど前から「宮城県高等学校文芸作品コンクール小説部門」の審査に(一応、審査委員長として)関わらせてもらっているからだ。で、つい先日、本年度の審査を終えたのだが、毎回のように「自分が高校生のころ、こんな小説は絶対に書けなかった」と感心させられる。それほど、今の高校生の書く小説のレベルは高いのである。

本が売れない時代と言われるようになって久しい。確かに数字的にはそうなのかもしれないが、本離れしているのは大人の方で、子どもたちは以前と変わらず、いや、むしろ昔よりも本が好きで、たくさん読んでいるのかもしれない。普通の文章とは違い、小説を書けるようになるためには、やはり、ある程度若い時期に数多くの小説を読む体験がどうしても必要(まれに例外はあるにせよ)になるからだ。私も、最も大量に小説を読んでいたのは、15歳から21歳(高校生から浪人生時代にかけて)のころだった。

とはいえ、これだけでは今の高校生がなぜこれほど小説を巧みに書けるのか(プロの小説家を目指すかどうかは全くの別問題として)という疑問の答えにはならない。昔とは違う環境や原因が、何かあるに違いない。

一つ考えられるのは、やはりパソコン（ワープロソフト）の普及だろう。手書きには手書きの良さはあるものの、ワープロソフトを使ってキーボードで文章を書く最大のメリットは、推敲《すいこう》作業が劇的に楽になることである。実際に時間を計ったことはないが、原稿用紙1枚分の文章を書く際、パソコンに向き合っている時間の8割は、一度書いたものを削除してまた書いて、さらにまた削除しては書き換えて、という推敲作業に費やされている（あくまでも自分の場合は、であるが）と思う。私が新人賞に応募し始めたころは、ワープロソフトが普及し始めた時期とちょうど重なっているのだが、手書きのままだったら、デビューできていたかどうかははなはだ怪しいと、正直なところ思う。

それにしても、人間はどうしてこれほど小説を書きたがるのだろうと、自分がこの仕事をしていながら不思議で仕方がない。ではあるのだが、新人賞に応募していたころを思い出してみると、小説を書いていること自体が純粋に楽しかった。今よりもずっと楽しく書くことができていたと断言できる。

実は、その疑問に答えてくれる本がある。イスラエル人の歴史学者ユヴァル・ノア・ハラリの『サピエンス全史』がそれ。昨年かなり話題になった本なので既読の方も多いと思う。私たち人間は言葉によって創られた虚構の世界に生きている、とハラリは言う。確かにそれは真実を突いている。言葉を使って創る虚構の世界の最たるものが小説であるならば、人間がこれほどまでに小説を書きたがるのも自明のことだと言えそうだ。

（2017・9・26）

今どきの高校生

今どきの若者はなっとらん、だとか、今どきの高校生はまったく○○などと、否定的な内容を口にしたくなるとしたら、それは今どきの若者や高校生をきちんと見ていない証拠だと思っていい。

今どきの高校生は、少なくとも私が高校生の時より、あらゆる面で素晴らしい。それをしみじみ実感する機会が年に1度やってくる。このコラムで、コンクールの審査で高校生の書いた小説を読む機会が年に1度あると紹介したが、その際の審査で選ばれた優秀作品を、高校生と一緒に合評する機会がそれ。正式名称は「宮城県高等学校総合文化祭文芸部門　小説分科会」と、ちょっと長くなってしまうのだが、堅苦しい名前とは裏腹に、なかなか楽しいひとときである。

今回の小説部門の研修会への参加人数は県内各地から総勢で77名だった。合評でテキストとして使う作品は3作品。1班につき6～7名のグループを12班作り、3作品を分担して合評する形式となる。つまり、一つの作品に対して四つの班がグループ討議をし、その後全ての班に感想を発表してもらい、意見交換をすることになる。

まずは班ごとに25分間ほど(全体で2時間のプログラム)ディスカッションしてもらうのだが、基本的に初対面同士の文芸部の生徒さんたちなので、最初は非常におとなしい。なのだが、よく見ていると、自己紹介をした後自分たちでグループリーダーを決め、次第に打ち解けて会話がスムーズになってくる。なかには笑い声が上がる班もちらほら。そういえば、以前は参加者のほとんどが女子生徒だったのだが、最近は男子生徒の数も多くなってきており、この傾向は今後も続きそうだ。

ディスカッションの終了後、テキストとなった作品の作者３名に、前方のステージに登壇してもらう。班ごとの発表の際、作者に聞いてみたい疑問点を質問してもらうことになっているのだが、書いた本人との一問一答の時間がなかなか興味深くて面白い（その時、講師の私は何もしていないわけじゃなく、時折コメントを挟みながら、一応、交通整理的なことをしている）のである。

実際、小説を書くことを仕事にしている私でも、驚いたり感心したり、あるいは考えさせられるような質問や発言があって、とても勉強になる。高校生の感性や発想ってすごいなあと、つくづく思う。とりわけ、テキストとなる作品を提供してくれた作者の言葉には、いつものことながら、興味津々で聞き入ってしまう。そうしてあっという間の２時間がすぎるのだが、最後の方で全体の講評をさせてもらっている時の、彼ら彼女らの目は真剣そのもので、しかも比喩ではなく、本当にキラキラと輝いている。

普通に仕事や生活をしていると、そんな高校生たちと接する機会はなかなか持てないだろう。けれど、何かの時にそうした機会に恵まれれば、今どきの高校生がいかに素晴らしいかがわかってもらえると思う。

（２０１７・11・７）

類語辞典

既に昨年の12月15日をもって応募原稿の締め切り日はすぎているのだが「仙台短編文学賞」という新たな文学賞が創設された。詳しくはウエブサイト、またはポスターやチラシ（書店さんなどにまだ残っているかも）を参照していただくとして、仙台の活字メディア（荒蝦夷《あらえみし》・プレスアート・河北新報社）による実行委員会形式の、仙台から発信する新たな文学賞の創設は、大変喜ぶべきことである。選考結果の発表は今年の3月ということなので今から楽しみだ。

ところで、こういう話題があると、自分が新人賞をもらってデビューした当時のことを思い出して、必ず恥ずかしくなってしまうのだが、これから公募の文学賞に応募しようとしている未来のお仲間に、小説を書く上でこれはやめておいた方がいいという例を、老婆心ながら一つ挙げておこうかと思う。

何かというと「類語辞典」を執筆アイテムに加えることである。

実はデビューして間もなく、自分の語彙《ごい》のあまりの少なさにがくぜんとして、生まれて初めて類語辞典を買いに行った。選んだのは、尊敬してやまない国語学者、故大野晋氏が著者の一人となっている『角川類語新辞典』である。この辞典、さすがに素晴らしく出来がいい。その点は疑いようがないのだが、デビューしたばかりの新人作家にはＮＧであった。役に立ち過ぎて使えないのである。

どういうことかというと、まずは、何かふさわしい言葉はないかと一度手に取ると、面白過ぎて没頭してしまい、肝心の原稿がさっぱり進まなくなる。それだけならまだよいのだが、これはいい！と思って使ってみた単語は、あとで推敲《すいこう》すると、ことごとくダメなのである。そこだけ妙に浮いてしまって、大変読み心地の悪い文章になってしまっている。身の丈に合っていない（自分の体に染みついていない）単語を無理に使うとボロが出るわけで、それがわかってから、類語辞典はずっと（20年近くも）封印してきた。

その封印を、最近になって解いた。解かざるを得なくなったからである。

前に仙台藩の戊辰戦争を題材に新連載をスタートする予定だと、何回かにわたってこのコラムでも書いたが、いざ執筆の段になり、今の自分の文章があまりに現代小説寄りになっていて、うまく幕末の雰囲気を出せないことに気づいたのであった。うっかりすると、会話文においても近代語を平気で使ってしまいそうになる。それが全てダメというわけでもないのだが、こんな時、重宝するのが類語辞典なのである。

買ったままになっていた類語辞典がようやく役に立つ時がやって来た。そしてそれ以上に今、時代小説を書くための文章訓練としてお世話になっているのが、山本周五郎と藤沢周平という、時代小説の巨匠の手になる作品たちだ。端正で美しい日本語とはどんなものか。偉大な両先輩作家の仕事を追うことで、読書をとても楽しめている今日この頃である。

（2018・1・23）

仙台短編文学賞

先日、産声を上げたばかりの第1回仙台短編文学賞の授賞式に出席してきた。仙台の活字メディアである「荒蝦夷《あらえみし》」と「プレスアート」そして「河北新報社」が主催する、実行委員会形式(実行委員会形式ということも、実はまれであり貴重)の新たな文学賞の誕生を素直に喜びたい。という以上に、個人的にとても感慨深いものがある。

私がデビューしたのは1997年だったので、20年以上も前のことになる。実はその当時、仙台は文学不毛の地と言われていた。実際には、今回の選考委員をされた佐伯一麦さん、そして佐佐木邦子さん(残念ながら故人)のお二方の先輩作家が仙台にはいらっしゃったのだが、いわゆる一極集中のご多分に漏れず、小説家として身を立てるには、東京で暮らすことが前提条件となるように思われていた時代であった。事実、新人賞をいただいてデビューした時、地元メディアのインタビューを受けた際に「東京には出ていかないんですか?」と質問されて「なんでそんなことを聞くんだろう?」と内心で首をかしげた記憶がある。

そんな経験をしていただけに「仙台」の名前を冠した文学賞が誕生し、しかも、地方の文学賞としては異例とも言える600編近い応募作があったうえ、大賞を受賞された岸ノ里玉夫さんの「奥州ゆきを抄」をはじめ、河北新報社賞の「あわいの花火」(安堂玲さん)、プレスアート賞の「ごく限られた場所に降った雪」（村上サカナさん）、東北学院大学賞の「賽《さい》と落葉」（芽応マチさん）、東北学院大学奨励賞の「河童《かっぱ》の涙」（藤沢佳子さん）の各受賞作は、それぞれに巧みで書き手の思いが込められた、いずれも粒ぞろいの作品であった。

実行委員会の代表を務めた荒蝦夷の土方正志氏によれば、応募作の8割ほどは何らかの形で東日本大震災をテーマにしたものだったという。震災後7年が経過したところで、あの震災と向き合える地に足をつけた言葉が、ようやく生まれつつあるということなのかもしれない。

とはいえ、応募要項には、仙台・宮城・東北となんらかの関連がある作品、とあるだけで、震災をテーマや題材にする必要は全くない。そこが実は、この文学賞の今後が興味深いところである。震災後、被災地で立ち上がったものだということで、ある意味、十字架を背負わざるを得ない文学賞として仙台短編文学賞は誕生した。その十字架を背負い続けることになるのか、それとも十字架を降ろす時がやって来るのか、おそらくは被災地に暮らす私たちの、あるいは、被災地を見つめる人々の意識を映す鏡になるのだろう。そこには、何がよくて何が悪いという杓子《しゃくし》定規な価値判断は全くなく、しかし本物なのか偽物なのかは如実にわかるはずであり、それが文学の本質でもある。

ということで、来年の仙台短編文学賞の選考委員は私、熊谷達也が務めさせてもらうことになったので、ぜひともふるってご応募を。

（2018・5・1）

小説を書く人

1

先日、東北学院大学地域共生推進機構主催の特別講座〈震災と文学〉――とても長くなるのだが、正確を記そうとするとこうなる――で、講義というよりは、おしゃべりをさせていただいた。演題は「仙台短編文学賞をめぐって」。だいぶ前にこのコラムで書いたはずだが、昨年度が第1回となった「仙台短編文学賞」の第2回の選考委員を仰せつかったこともあり、それに関してあれこれおしゃべりする機会を頂戴したというわけ。

で、これがなかなか自分でもびっくりするほど新鮮な時間であった。というのも、小説家としてデビューする前の投稿生活時代の話を、本当に久しぶりにさせてもらったからである。デビューした当時は、講演会などで話をする機会があれば、当たり前のように投稿生活からデビューに至るまでの自分史をしゃべっていた(それくらいしかネタがなかったとも言える)が、さすがに最近は、その手の話からは遠ざかっていた、というより、デビュー当時の話なんか恥ずかしくてできたものじゃないというのが実際のところである。

その当時の自分を久しぶりに振り返ってみて、あらためて考えたのは、なぜ私たちは小説を読みたがるのだろう、あるいは、小説を書きたがるのだろう、そもそも小説って何なのだろうという、素朴ではあるが、そう簡単には答えが出そうもない問い掛けである。

それにしてもなぜ私、熊谷達也という人間は、小説家なるものを志したのだろう？

記憶をさかのぼってみると、就学前の絵本から始まって、確かに本が好きな子どもではあった。そういえば、小学4～5年生のころになると、本を作って遊んでいた。ノートのページを四つ切りにしてホチキスで留め、10ページくらいの小さな冊子を作り、そこになにやら物語的な文章を書いた後、表紙にタイトルを書き入れ、その下に熊谷達也著と著者名を入れ、裏表紙には50円とか、自分で作った本の値段を入れていた（さすがに誰かに売るなんてことはしなかったが）。はっきり言って変な子どもである。変ではあるが、確かに私は物心ついたころから本フェチであったようだ。少々気持ち悪いけれど。

そうした遊びの範囲を超え、大人になったら物書きになりたいと明確に思ったのは、中学2年生、14歳のころだった。ただしそのころは、小説家という方向性はまだ定まっていなかったと思う。で、結局なにをしていたかというと、ガリ版刷り（懐かしい、というか、今の若い人はなんのことだかわからないだろう）の20ページくらいの文集を作って悦に入っていた。やっぱり、相当変な中学生である。などと書いているうちに、かなり恥ずかしくなってきた。とはいえ、それがなかったら、今の私はいないはずだ。

自分の名前が著者名に入った本を、本屋さんでどうしても見たい。それが偽りなく、私が小説家を志した最大の理由なのは間違いない。

2

前回のこのコラムで、私自身が小説家としてデビューするまでの経緯を振り返ってみたのだが、そうかなるほどと、あらためて気づいたことがある。どうやら、かなり妙な本好きの子どもだった私の中では、だいぶ早い時期から自分が小説を書くことと小説家になること、もう少し正確を期すと、職業作家になることが延長線上にあったようだ。だがそれは、よく考えてみると、かなり特殊なケースだと言えるかもしれない。などと言うと、なにをいまさら、と突っ込まれそうなのだが、ここで趣味の話を少々してみたい。

たとえば「趣味は読書です」と言った場合、対象となる本の種類は「小説」であることが暗黙の了解になっているように思う。では、なぜ小説なのか？　なぜ小説でなければならないのか？　ビジネス書や啓蒙《けいもう》書、ノウハウ本、あるいはノンフィクションにはない何かが、フィクションである小説には、必然として、あるいは宿命的なものとして内包されているからかもしれない。ならば、フィクションでしか語れないものは何か？　あるいはフィクションであるからこそ伝わるものは何か？　実はここで、自然主義リアリズムを追求してきた近代の小説(文学)は、ある種の壁にぶつかる。それはどういうことかを論じ始めると、このお気楽なコラムにはなじまない話になるのでやめておき、もう一度、趣味の話題に戻ったほうがよさそうだ。

ここでいつものように愛用の辞書で「趣味」の項目を引いてみると「自分が楽しむためにやって

いること」とある。実にわかりやすいではないか。つまり個人的に楽しいから、私たちは本を、つまり小説を読むのである。そしてここで、小説を読むことと書くことが緩やかにつながる。

面白いと思ったことを真似《まね》てみたくなるのが人間なのである。事実、さまざまな「学び」は「真似る」ことから始まっている。とはいえ、小説を読むのが好きな人が、誰でも小説を書いてみたくなるかというと、それもなさそうだ。ここで、小説を読むことと小説を書くことの間に断絶がある。その断絶をここでは仮に「第一の断絶」としておこう。

第一の〜、としたのは「第二の断絶」があるからだ。つまり小説を書くことと小説家になることは、緩やかな延長線上にあるものの、ここにも明らかな断絶がある。たとえば、学校内の部活やサークルで小説を書いたとしても、その書き手を小説家とは周りの誰も思わないだろうし、書き手自身も思っていないはずだ。ここに「第二の断絶」がある。断絶の原因は、誰だかわからない不特定の多数に向けて書いているわけではなく、部活やサークルという、直接顔を知っている内輪の読者に向けて書いている(結果的にではあるが)からである。つまり、不特定多数の読者が存在するか否かが、小説家であるかどうかを決めると言っていい。一昔前までは、そこに横たわるハードルは限りなく高かった。だが今は事情が違って……と、例によって次回に続く。

3

「小説を書く人」というタイトルの3回目である。これまで何を書いたっけ?と過去2回を振り返ってみた。なんだか、話がどんどんややこしくなってきている。

とりあえずダイジェスト的にまとめておくと、小説を読むことと小説を実際に書くことは、延長線上にあるものの、どうやら断絶がありそうで(小説を愛読する者の全員が小説を書こうとするわけではない)、それを「第一の断絶」とした。そして、小説を書くことと小説家になることはやはり延長線上にあるものの、ここにも確かに断絶があって(単に小説を書いただけでは小説家になったとは言えず、不特定多数の読者に作品が読まれる必要がある)、それを「第二の断絶」と、少々乱暴ではあるが定義してみたのであった。

当然ここで、なにがそれぞれの断絶を作るのだろう?　なにが断絶の原因なのだろう?という疑問が出てくる。

第一の断絶については、さほど難しくない。小説を読んでいるだけでは飽き足らず、自分でも小説を書こうとする者は、ほぼ間違いなく「満たされていない」人なのである。今の自分を取り巻く環境(それが何かは人によって違うが)を素直に受け入れることができず、かといって、小説を書くこと以外に自己表現の手段を見いだせない、少々心の闇の深い(と言い切ってしまうのも問題だが)人間なのだ。

もう少し別の角度から見ると、小説を書くことは、自分の手で一つの仮想世界を作り上げる行為である。つまり小説の書き手は、小説という限られた空間の中で全能の神でいられる。登場人物を生かすも殺すも、宇宙を生み出すのも消滅させるのも自分次第。砂の城のようなものではあるが、その快感は一度でも味わうと、容易には忘れられないものとなる。冷静に考えてみると、そんなことに快楽を覚える人間は、どこか確実にずれている。ずれているということは、明らかにマイノリティーなのである。だから「第一の断絶」が生じて当然なのだ。

さて、では「第二の断絶」をもたらすものは何なのか。小説家であるかどうかは、不特定多数の読者に開かれているかどうかで決まるのであり、それが第二の断絶をもたらすのだと、前回のコラムでは便宜的に書いた。便宜的に、というのは、一昔前まではその定義で大きな問題はなかったからである。端的に言えば、活字の印刷物という、それ相応にコストのかかる媒体によって複製がある程度大量に作られ、不特定多数の読者に向けて開かれているかどうかが、書き手が小説家か否かの分岐点であった。明確なハードルがそこには存在していたのである。だからこそ、近代文学の黎明期には、いわゆる「同人誌」が重要な役割を果たしていた。

ところが平成も終わろうとしている今現在、不特定多数の読者に開かれているかどうかは、何のハードルにもなっていない。インターネットがハードルを下げ、あるいは取り払い、小説の書き手に新たな扉を開いたからだ。

4

インターネットの登場が、小説の書き手を取り巻く環境を大きく変えたのは事実だ。書かれた作品が不特定多数の読者に開かれているかどうかが小説家であることの条件だとすれば、今は誰でも小説家になれてしまう。実際にそれでよいのかもしれない。なろうと思えば誰でも小説家になれる時代がやって来た。事実、Ｗｅｂ小説の投稿サイトは大人気のようで、そこからプロの書き手も育っている。

今ここで「プロの書き手」と何げなく書いたが、誰もが小説家になれる今の時代、私たちの暗黙の了解として「小説家＝職業作家」という共通概念が以前よりもより明確に横たわっているように思う。下世話な話になってしまうが「書いたもの（小説）がお金になるかならないか」が、近代日本文学の草創期とは違い、書き手が小説家として認識されるかどうかの判断基準になっていると言っていい。これを前回までの「第一の断絶」「第二の断絶」に続く「第三の断絶」としておこう。

ところで、職業作家と小説家は全く同じかというと、それも違うだろう。たとえば、インターネットに投稿した小説が数千人の読者を獲得したとしたら、その書き手に一銭もお金が入ってこなかったとしても、十分に小説家として存在している（読者から認められている）と言っていい。そうした作品が出てくると、出版社なりなんなりが放っておかず、お金が回るシステムの内側にすぐに取り込んでしまうというだけの話だ。

ここで一つの事実に気づく。大手の出版社が中心となって主催している各種の文学新人賞は、先に挙げた「第三の断絶」を埋めるための、比較的効率のよいシステム（新人の小説家としてデビューした後、どれだけ長く生き残れるかは別の話になる）なのである。

では「第二の断絶」を埋める仕組みやシステムは存在するのか、存在するとすれば何なのかというと、繰り返して述べているように、一つはインターネット、具体的には「ケータイ小説」や「小説投稿サイト」であるのだが、実はもう一つ、別な仕組みが存在している。

地方自治体や地方新聞社、地方の文芸協会や実行委員会などが主催する「地方文学賞」と呼ばれるものがそれである。大手出版社の新人賞が「将来企業（出版社）に利益をもたらすかもしれない小説の書き手の発掘と育成」を目的（あからさまにそうは謳《うた》っていないが）に創設されているのに対し、地方文学賞には、通常、その前提が存在しない（必要ない）。ではあるのだが、選考過程においてそれなりに厳しい目にさらされて生き残った作品が受賞作として世に出てくるため、作品に対する信頼性は、とりあえず担保されている。それこそが「第二の断絶」を埋める存在としての地方文学賞が持つ、大切な意味と意義だろう。

ここで話はやっと最初に戻るのだが、昨年産声を上げたばかりの「仙台短編文学賞」も、その一翼を担う貴重な存在に育ってほしいと心から願うばかりなのである。

5

「小説を書く人」というタイトルで前回まで書いてきて、これで一段落と思ったのだが、この際やはり語っておいたほうがよさそうなことが残っていた。小説とはそもそも何なのだろう、という問いに対してのあれこれである。以下に述べる内容はあくまでも私個人の見解、というよりは、雑感めいたものなので鵜呑《うの》みにしてはいけないし、それは違うだろうと指摘されても、どうなんでしょうねと肩をすくめるしかなく、あまり真剣に読んでもらっても困るのだが、とりあえず。

私たちが日常的に親しんでいる「小説」は、ごく最近の表現形態であると言っていい。ごく最近というのはシェークスピア以後の時代を指すのだが、私たちが生きている今現在を、情景描写や心理描写といった形で、可能な限りリアルに描写しようとする試みである。そして、その試みのなかで、おそらく小説は神話ではなくなった。たとえば、ギリシャ神話にしても古事記にしても、あるいは旧約聖書やアイヌに伝わるユーカラにしても、そこで語られる魅惑的な物語は、私たち生身の人間のリアルな現実とは、かすかなつながりを認めつつも相当程度かけ離れた、神の存在が人間の実在よりも優先される、ある意味、荒唐無稽なファンタジーとも言えるものだった。

そして、その神話が私たちを支配していた時代は、気の遠くなるほど長きにわたって（ホモ・サピエンスが登場した20万年ほど前から）続いて来た。つまり、私たち現生人類にとって、物語のスタンダードは、神話に代表されるようなファンタジーだったのである。そういう見方をすれば、自然主義リアリズムを追求しようとする近代の、さらには現代の文学、つまり「小説」という表現形態は、人類の歴史にとっては、かなり異質な、もしかしたら一時のあだ花のような(後の時代に振り返ってみれば)存在なのかもしれない。

実際に指摘してされている事かどうかは勉強不足でよく分からないのだが、近代文学は明らかに自然科学への信頼に立脚している。コペルニクスからガリレオ・ガリレイ(シェークスピアと生まれ年が同じ!)、そしてアイザック・ニュートンに続く、この世の出来事が神の仕業かどうかはいったん保留としておくなかで、物語の書き手は、私たち人間そのものをいかにして描こうかと苦心し始め、それが近代文学を生んだと言っていい。

だがその信頼が、ここにきて揺らぎ始めている兆候が、ちらちらと見え隠れしつつある。その典型が、いわゆる「ライトノベル」の隆盛だ。ライトノベルと呼ばれる小説群は、自然主義リアリズムの文章作法を借りつつも、その土台のところで神話的ファンタジーが成立要件となっている。簡単に言えば、精霊の世界や天使や悪魔、あるいはこの世にあらざるものが現実世界を侵食している。この潮流を違った角度から見れば、私たち人類が有史以来、いや、もっと前からなじんできた、本来の物語世界に回帰しようとする揺り戻しなのかもしれないと、最近の私は考えている。

(2018・10・23～11・20)

新刊

ついこの前、久しぶりに新刊を上梓《じょうし》した。前作の『鯖立《しびたち》の海』が2017年3月の刊行だった（いつのことだったか自分でも忘れていたので奥付を調べてみた）ので、ほぼ2年ぶりの新刊になる。そんなに時間がたっていたんだと、自分でも少々驚いた。いや、どうりで最近、懐具合が寂しかったわけである。

あらためて自分の著作歴を調べて（ずいぶん暇なことをしているものだ）みたら、デビューから5年目までは、保険代理店の仕事をしながら、書き下ろしで本を出していたので、年に1冊ずつのペースであった。デビュー後6年目くらいで、確か保険の仕事をやめて専業作家になり、雑誌に連載をしながら本を出し始めた。それによって、年に2冊から3冊といったペースで、ずっと仕事をしてきた。だから、ほぼ2年間、本を出していないのは、小説家になってから初めてのことである。

「ことである」などとのんびり感慨にふけっている場合じゃなかった。一冊出せばベストセラーでしばらくは食うに困らない、などという小説家は、ほんの一握りの話であって、もちろん私は（偉そうに言うことじゃないのだが）そのカテゴリーには入っていない。つまり、日々せっせと原稿を書いていないと生活がままならなくなる。なのに、2年間も本を出せていなかったというのは、その間、小説の原稿を書いていなかったから、というのが単純な理由である。

冒頭に挙げた『鮪立の海』は、気仙沼市をモデルにした架空の港町「仙河海市」の一連のシリーズ（「仙河海サーガ」とも呼ばれているらしい）の８作目で、とりあえずそれによって震災をテーマにしたシリーズが一段落した。で、次に何を書こうかとなった時に、とある編集者からリクエストされたのが、幕末の仙台藩の話だったのである。

じゃあ書いてみましょう、となったのはいいのだが、恐ろしいまでに歴史音痴の私であったため、そこから幕末の勉強を始め、これなら何とか書けそうだとなるまでに１年半もかかってしまった。そのあいだ、１行も小説を書かない日々が続いていた。デビュー以来、初めて経験する大事件である。

そんなに長い期間、小説を書かないでいて、小説の書き方を忘れているんじゃないかと思った。実際に書き始めてみるとそんなことはなかったわけで、それでスタートした『我は景祐』の連載がいまだに続いている。実はそれとほぼ同時期にもう一本、別な小説を別な雑誌で書き始めていた。こちらのほうは歴史ものではなく現代小説だ。題材は自転車ロードレース。こう書くと「趣味を仕事にしやがって」と叱られそうだが、自分が好きだったり興味を持ったりした世界をほかの人にも知ってもらいたい、というのが大きな執筆動機なのは、デビュー作の『ウエンカムイの爪』でも、私の代表作となっている『邂逅《かいこう》の森』でも、まったく一緒なのである。ということで、今回の新刊『エスケープ・トレイン』は、数えてみると通算40冊目の本になった。

（２０１９・２・26）

第2回仙台短編文学賞

一昨年仙台で立ち上がった新たな文学賞「仙台短編文学賞」の、第2回の選考を先日終えた。この文学賞の特徴の一つは「ひとり選考委員」形式であること。たとえば日本国内では、パリのドゥマゴ賞に倣って創設された「Ｂｕｎｋａｍｕｒａドゥマゴ文学賞」がその形式を取っている。で、今回2回目の選考委員を私が仰せつかったという次第である。

ひとり選考委員とはいえ、私一人で数百編の応募作を全部読むのは、どうしたって無理。多くの公募の文学賞と同様、厳しい事前選考を潜《くぐ》り抜けた15編の作品（４００字詰め原稿用紙換算で25〜35枚程度の短編小説）が私の手元にやってきた。

最終選考に残った作品のうちちょうど8割が、なんらかの形で東日本大震災をモチーフとして取り込んだものだった。募集要項には「ジャンル不問。日本語で書かれた自作未発表の小説に限り、仙台・宮城・東北となんらかの関連がある作品」とあるだけなのだが、やはり震災は避けて通れないとの思いに至る書き手が、圧倒的多数ということなのだろう。そしてまた、これは昨年と同様の傾向でもあったようだ。震災から8年という時間の経過とともに、語られるべき言葉が蓄積されていたのだなと、あらためて思った。違うとらえ方をすれば、7年から8年という時間があって、ようやく震災を小説という形で語れるようになってきたのかという感慨もある。

どのような書き手のどのような作品が、といった具体的な部分は正式な発表媒体に譲るとして、候補作を読んでいて嬉《うれ》しく思ったのは、10代、20代といった若い書き手の作品が、それなりの数、最終選考に残り、どの作品も(上から目線で申し訳ないが)出来栄えがよいことであった。上手《うま》い下手はもちろんなのだが、それ以上に、東日本大震災という1000年に1度の出来事を、それぞれの体験として身体の中に蓄積し、自分なりに向き合い、葛藤していることが、抑制された熱量を伴って伝わってきた。それは、自身が被災したか否か、被災地にいたかいないかにかかわらず、自《おの》ずと運命としてその時に生き、やむにやまれず言葉を探し始め、それを語る方法として小説を選んだということになる。

そこが私のような、すでに(曲がりなりにも)プロの小説家として震災を体験した者とは決定的に違う部分である。つまり私のような既存の書き手は、小説家というフィルターを通してしか、あの大震災を体験できていない。そこにはおそらく、自ずと限界が横たわっている。決して超えることのできない何かが立ちはだかっている。それが何なのかはどんなにあがいても、私には知り得ない。だが、これから出てくる若い書き手は、それを軽々と乗り越えていくのだろう。既存の小説家が思いも寄らない方法と言葉で震災と向き合い、震災を自身の体の中に、自分の一部として取り込んでいくに違いない。そんな希望を持てた今回の第2回仙台短編文学賞であった。

(2019・3・12)

授賞式

少し前のことになるが、このコラムでも何度か書いた「仙台短編文学賞」の授賞式があり、選考委員という大役を無事に果たし終えることができた。

どちらかというとあまり緊張はしないほうなのだが、今回は少々緊張した。というのも、選考にあたっての講評をしゃべるのは問題ないのだが、大賞受賞者へのプレゼンターを務めなければならなかったからである。つまり、賞状を読み上げて授与し、目録も手渡さなければならないのだ。で、実際に緊張のあまり失敗をしてしまった。賞状にはご本人の名前などにルビを書き込んだ付箋が貼ってあったのだが、私の記憶の限りでは、読み上げた後でそれを剥がさずに渡してしまうという失態をしでかしてしまった。いや、本当にお恥ずかしい限りである。「ビショップの射線」で大賞を受賞された綾部卓悦さん、大変失礼いたしました、この場を借りてお詫《わ》び申し上げます。

ともあれ、授賞式が終わって一段落した後、会場となった仙台文学館内のレストランで祝賀パーティー、さらに街中へと移動して2次会とお祝いの席が続いたのだが、その様子を見ているうちに、これはなかなかいい文学賞だなあと思えてきた。とてもアットホームというか、誰もが受賞者を心から祝福している雰囲気に満ちている。こうした温かい雰囲気のお祝いの席になる地方の文学賞は、おそらく他にはないだろう。

この空気をもたらす原因はなんだろうと思いつつお酒をいただいていたところで、いくつか理由に思い当たった。

まずは、主催や運営が実行委員会形式であることだ。仙台短編文学賞は、地元の出版文化を担う、荒蝦夷《あらえみし》、プレスアート、河北新報社の3社で主催、運営されているのであるが、手弁当で手伝ってくれるたくさんの有志の皆さんの力で成り立っている。つまり「やらされている」ものではなく「自らやっている」取り組みなのだ。無事に終わった後の関係者の喜びはひとしおに違いない。

もう一つは「一人選考委員」形式であること。事実、今回の授賞式では、第1回の選考委員を務められた佐伯一麦さんと、次回、第3回の選考委員を務められる柳美里さんも、授賞式から祝賀パーティー、2次会と参加されて、受賞者と一緒に楽しんでおられた。さらには、前回「奥州ゆきを抄」で大賞を受賞された岸ノ里玉夫さん、「あわいの花火」で河北新報社賞を受賞された安堂玲さんのお2人も駆け付けてくれて(岸ノ里さんは、なんと大阪から！)受賞者のみなさんを祝福していた。いくつかの要素がうまく絡み合ってこの場の雰囲気をつくり出しているんだなと、妙に納得しつつ、来年以降がますます楽しみになってきた。多くの人の力に支えられつつ大きく育っていってほしいと心より願う地元仙台発の文学賞である。ほどよい酔いの中で、いつの日か、この賞の出身者が選考委員を務める日がやって来ることを夢見ている私であった。

(2019・5・7)

授賞式のその後

とてもアットホームで温かい雰囲気に満ちた仙台短編文学賞の授賞式と祝賀パーティーの様子を前回書いたのだが、この賞の原点となる選考方法が優れて良いのだと思う。何が良いのかというと、この話題を取り上げるたびに書いているのだが、仙台・宮城・東北となんらかの関連がある作品という緩い制約があるだけでジャンルは不問の「一人選考委員」方式であることだ。

大手出版社の新人賞に限らず地方の文学賞も、たいていの文学賞は、最初からその文学賞のカラーを色濃く持っているものだ。仙台発のまだ生まれて間もない文学賞ということで、今のところ震災をテーマにした作品が多く寄せられているのは事実である。しかしこの傾向も回を重ねるごとに次第に薄まっていくだろう。それは震災からの復興と裏表の関係にあるのだから自然なことだ。さて、その時、この文学賞はどこに向かうのか。

実はどこにも向かわないのである。ジャンル不問と謳《うた》っているのだから当然のことだ。巷《ちまた》で区分されている大衆文学(いわゆるエンタメ)と純文学のくくりもない。恋愛小説だろうとミステリーだろうと、あるいはSFでもファンタジーでも、なんでもありのバトルロイヤルで、それが本来の小説の姿でもある。

とはいえ、それでは何を書いたらよいか応募者が戸惑うのではないかと心配する声も聞こえてきそうだけれど、そこで効いて来るのが「一人選考委員」方式であること。実行委員長を務める荒《あら》蝦夷《えみし》の土方正志さんに聞いたところでは、1回目の佐伯一麦さんのときも、そして今回の私のときも、選考委員を意識したと思われる作品の応募がそこそこの数、あったらしい。今回の例で言えば、もしかしたら私に読んでほしかったのかな、と思われるタイプの作品が、最終候補作品のなかに何編か見られたのも確かである。つまり、その回の選考委員によって寄せられる応募原稿の傾向が変わってくる可能性が大きい。来年、3回目の選考委員は芥川賞作家の柳美里さんが務められるわけだが、柳美里さんの作品の熱心なファンだったり、柳さんに自分の作品を読んでほしいと願ったりする書き手の作品が、数多く寄せられることになるだろう。

それは二つの意味でとても良いことだと思う。まずは読書の原点を思い起こさせてくれる。私たちが小説を好きになるきっかけは、自分が好きだと思える作品に出合うことから始まり、その作品を書いた作家の本を読み漁《あさ》ってみるのが普通のはずだ。私の場合、そうして好きになった作家がどんどん増えていき、気づいてみたら、いつの間にか小説家になっていた。もう一つは、先に述べたように、選考委員によって毎年寄せられる作品の傾向が変わるだろうこと。どんなものごとも、始めるよりも続けるほうが大変だ。そして続かなくなる最大の原因は、マンネリによる硬直化であろう。仙台短編文学賞は、一人選考委員方式を採用していることで、最初から硬直化が避けられる資質を持っている、とも言えそうだ。

（２０１９・５・14）

梅雨空の週末

6月最後の週末は梅雨らしい空模様となった。そんな雨降りの日には、レースやライドイベントの際は別として、基本的には自転車に乗らない。アスファルトが滑りやすくなっていて危ないし、路面が濡《ぬ》れているとパンクしやすくなるし、自転車が汚れて掃除が大変だし、当たり前だが楽しくない。

ニセコで開催されるレースのほぼ1週間前なので、本当はここで一度追い込んで（負荷の大きな高強度のトレーニングをすること）おかなければならないタイミングなのだが、こういうところで無理をするとロクなことにならないのは、そこそこ長い人生経験から承知している。ということで、おとなしく室内で過ごすことにした。

そこでふと気づいたのだが、このところ、自転車のトレーニングはもちろんのこと、レースに遠征したり、チームのライドを開催したり、あるいは、プライベートで旅行に出掛けたりの週末がずっと続いていた。今日の午前中はなにも予定がないなあ、という土曜日は、実に2カ月ぶりくらいである。といっても夕方から仙台文学館を会場に「せんだい文学塾」の講座があるので終日暇なわけではないのだが、それでもこんなのんびりした週末は珍しい。せっかくなので昼までごろごろ寝ていようかと思ったものの、もったいない気がして仕方がない。連載小説の締め切り日が迫っているし、仕事でもしようかとパソコンを開いてみたのだが、さっぱり気分が乗らない。結局、講座で使う資料を作ることにしてパソコンに向き直った。Ａ４用紙１枚の簡単なものなのだが、小説を書く際の視点の決め方と使い方を分かりやすくまとめた表である。

小説に関連して「一人称一視点」や「三人称多視点」という言葉を耳にしたこともあろうかと思う。たとえば「ぼく」や「わたし」という一人称で主人公が物語を語っていく小説は「一人称一視点」の形式である。それに対して「熊谷は○○を××した」というように主人公を名前で書くのが三人称で、この場合は、主人公一人の視点で物語を進めていくと「三人称一視点」、主人公以外にも視点を持つ人物が登場して物語の進行を担う場合は「三人称多視点」の小説となる。

この「視点」の問題はなかなか厄介であるとともに面白く、たとえば「神の視点」というものもある。物語によっては登場人物たちが知り得ない情報を提供しなければ話がうまく進められない場合もあり、その際には小説の物語世界を俯瞰《ふかん》しているような存在、つまり神様的な存在（実際には書き手なのだが）の口を借りてストーリーを展開していく手法で、歴史小説において用いられるケースが多い。などと、あらためて表を作りながらまとめているうちに新しい視点を発見した。いや、新しいわけではないのだが、まだ名前が付けられていない（はずの）視点である。それを私は「幽霊の視点」と名付けることにしたのであった。

（２０１９・７・16）

幽霊の視点

しばらく前から（かれこれ10年以上になる）宮城県の高校生による文芸コンクールで小説部門の審査をさせてもらっているのだが、「ぼく」「わたし」あるいは「おれ」のように、一人称で描かれる主人公が自ら語って物語を進めていく作品が多い。この形式は「一人称一視点」と呼ばれるものだが、書き手と主人公が分離しておらず、常に同じものを見て、聞いて、感じているため、小説を書く入り口としては最も適している。だからといって小説としてのレベルが低かったり幼稚だったりすることは全くない。事実、一人称一視点で書かれた名作はたくさんある。

では、なぜわざわざ三人称で描く必要があるのか。まずは、三人称で描くことで主人公を客観視することができる。たとえば主人公から少し離れたところにカメラを据え、そのカメラでずっと主人公を追っているのが「三人称一視点」だと思ってもらってよい。

三人称を使うことで可能になるもう一つの利点は、複数の語り手を設定できることだ。主人公はあくまでもAだとして、Aではない登場人物Bの視点で物語を語らせることで、Aが知り得ない情報を読者は知ることが可能となる。さらに別の登場人物Cの視点を加えてもいい。この形式を「三人称多視点」というのだが、特にミステリーなどでは有効だ。

つまり、小説世界におけるさまざまな情報を、どこまで登場人物と読者に知らせるかのさじ加減の自由度が、三人称を使うことによって大きくなるのである。

　ところで、作中に登場するどの人物も知り得ない情報を読者にだけは教えておかないと、物語をうまく進めることができない、あるいは、できないことはなくても非常に困難になる場合もある。たとえば、歴史小説などはその典型だ。そのために、小説世界全体を俯瞰《ふかん》している全能の神様のような語り手（実際には作者なのだが）を設定する手法があるのだが、それがいわゆる「神の視点」と呼ばれるものである。

　さて、最後にいよいよ「幽霊の視点」の話になる。実はこの秋に刊行予定の時代小説『我は景祐』を連載（三人称多視点および必要に応じて神の視点を使っている作品）している最中、語り口に変化が欲しくなり、複数名の登場人物の会話のみで進め、描写や説明を一切省いた書き方を所々で取り入れた。この際の視点はいったいどこにあるのだろう？と考えた時に思いついたネーミングが「幽霊の視点」だった。読者が幽霊となって小説世界に存在し、なにもせずに登場人物の声に耳を傾けている状態を想像してもらえばよいだろう。この手法、別に私のオリジナルではない。たとえば山本周五郎が名作『樅の木は残った』で大変効果的に使っているのだが、これまで特別な呼び方がなかった。というわけで、それに私が「幽霊の視点」と勝手に命名しただけなのである。


（２０１９・７・30）

ゲラを読む 1

このところ、今年の秋に刊行予定の、幕末の仙台藩を描いた時代小説『我は景祐』のゲラを読んでチェックする作業をしていた。業界用語で言うところの初校（第1校とも言う）の著者校、つまり著者による1回目の校正作業である。といっても、たいていの人にとってはなじみがない話だろうと思うので、少しばかり解説をしておくと……と書いたところで、そもそも「ゲラ」とは何かから説明したほうがいいような気がしてきた。

ゲラ。妙な言葉だが、簡単に言えば「試し刷り」のことである。たとえば今回の『我は景祐』の単行本の場合、版元となる出版社の小説誌に1年半にわたって連載してきた原稿を、あらためてゲラにして送ってもらうところから作業がスタートする。つまり、実際に本になった時の体裁で紙に印刷されたもの（1枚につき見開き2ページ分）が送られてくるのだが、その紙の束がゲラである。

なぜゲラという呼び方をするかというと、全てがデジタル化されている今とは違って、以前のいわゆる活版印刷の時代には、1文字ずつ合金製の活字を拾って木枠の箱に並べていた。その箱をゲラ箱と呼んでいたのだが、どうやら語源は、その昔、地中海で活躍していたガレー船にあるらしい。

ともあれ、このゲラが出てくるまでには、かなりの労力を要する。まずは担当の編集者が装丁のデザイナーと相談して、基本的な見栄えを決める。具体的には、文字の大きさをどうするかから始まって、１ページ当たり何文字×何行で組むかだとか、章の見出しの大きさや字体はどうするか、あるいはページの割り振りをどうするか等々、なかなか煩雑な仕事がある。そうしてようやくゲラが刷り上がる（素ゲラと呼ばれるもの）わけだが、それがそのまま私の、つまり著者の手元に送られてくるわけではない。出来上がったゲラは、まずは出版社の校閲部に送られることになる。

実は、この校閲作業がしっかりしているかどうかで、本の完成度（信頼性）が大きく左右される。少し前のテレビ番組で、校閲の仕事をする女性が主人公のドラマがあったが、校閲者には大変細かで正確な仕事が要求されるのである。誤字や脱字がないか、平仮名と漢字のどちらに統一するか、といった基本的なチェックから始まって、この単語の使い方は文脈的に違うのではないかだとか、この表現は差別にかかわる問題になるのではないかなど、さまざまな観点から文章を読み込む必要がある。さらに、時代小説や歴史小説の場合は記述が史実と合っているかだとか、ＳＦの場合は科学的に合理性があるかだとかを、あらためて関係資料を独自に漁《あさ》ってひとつひとつ丹念にチェックするのだ。それだけではない。何ページのこの部分の記述が別のページのこの部分と矛盾しているのではないかといった、著者や編集者がうっかり見落としがちな部分も実に入念にチェックする。たとえば今回の私の『我は景祐』の場合はどんなだったか、具体的な話を次回にでも。

2

時代小説『我は景祐』であるが、当初は10月下旬に発刊する予定だった。それが1カ月延びて11月の刊行となってしまった。原因は、ゲラを作る際の校閲作業に時間がかかり、私の手元に送られてくるのがひと月ほど遅れたことによる。

今回の『我は景祐』は、紙のゲラでの著者校を2回行うことにしていた。作品によっては紙での著者校を1度だけで済ませ、2回目の校正作業は、疑問点が出た部分だけメールで（以前はＦＡＸを使っていたが現在は電子メールになっている）やりとりする場合もある。今回は時代小説といっても、戊辰戦争という史実に基づいた小説であり、こうしたタイプの小説を歴史小説と呼ぶ場合もある。つまり、大きな事実誤認があってはさすがにまずい。よって校閲の担当者は、私が参考文献として使った資料や校閲部で独自に手に入れた資料、あるいはインターネットなどを駆使して、およそ全ての部分の事実関係をいちいちチェックするのである。

ところで今回の『我は景祐』の場合、巻末に「参考資料」として掲載することにした本だけでも50冊を優に超えている。しかも、古書店でないと手に入らない専門書はもとより、地元の郷土史家や研究会が出版したものまで含まれている。中央の出版社がどんなに頑張っても入手できない資料を私が持っているわけで、さすがにそうした部分は、校閲者でも調べ切れない。その際は、未確認を示す印がゲラに記入（通常は○のなかに「未」という字が入っている）してある。その意味は「校閲部で確認しようとしましたが、どうしても確認できませんでした。この部分は著者の責任においてよろしくお願いします」といったところだろうか。

　ともあれ、出版社によっても差があるが、校閲者が疑問点として挙げた部分に関しては、何を根拠にしたかの資料がゲラと一緒に送られてくる。今回の『我は景祐』では、その資料の枚数が100枚ほどに達した。これは私の作品の新記録である。いや、私の作品に限ったことではなく、編集者から聞いた話では「長年校閲作業をやってきましたが、これまでで最も大変でした」と漏らしていたそうな。さもありなん、それはそうだろう、と思うと同時に、そこまで丹念にチェックしてくれたと思うと、一度も会ったことのない校閲者に感謝の気持ちでいっぱいになる。

　事実、今回は大事なところで大きく助けられた。物語の各所でわりと大事な役回りをさせた脇役がいる。その脇役、実在の人物をモデルにしていた。当時の仙台藩に但木土佐《ただきとさ》という家老がいたのだが、小島寅之進という家来を持っていた。名前以外は何もわからない下級武士である。小説の中では、密偵として最後まで活躍させたのだが、その小島寅之進、なんと戊辰戦争のさなかで死んでいたのである。私が見落としていたその資料を掘り出してくれたのが今回の校閲者で、それはもう、大変なお手柄であったと言うしかない。

3

本が出来上がる前の校正作業、とりわけ校閲の仕事がいかに大事かということを、このところ2回にわたって書いてきたが、実は単行本ができる前のゲラを読む作業、つまり著者校をしている時間は、実に平和だ。楽しいとか、そういうことではなく、本当に平和なのである。というのも、すでに出来上がっている原稿の手直しだから。それに尽きるとしか言いようがない。

この仕事(小説家)をしていて、最も大変なのは真っ白いディスプレー(昔であれば真っ白い原稿用紙)に向き合っている時なのは間違いない。執筆時間の半分くらいは、一行も、いや、一文字も書かれていないパソコンの前で悶々《もんもん》としている、と言っても過言ではない。決して大げさな話ではなく、それはデビュー当初からこれまで変わっていない。

それが、わずか数行でも冒頭部分を書くことができれば、なんとかなっていくことが経験上わかっている。だから、その日の就寝前、一行も進んでいないのと、数行でも書けた時では、翌日になっての仕事の進み具合には雲泥の差が出る。それでも書き進めているうちに突然筆が(キーボードを叩《たた》く指が)ぴたりと止まり、またしてもブラックホールに捉われてしまうこともしょっちゅうだ。産みの苦しみとはよく言ったもので、小説を書くという仕事は、無から何かを創り出さなければならないので、はたから見るよりはそこそこ大変なのである。そこへいくと、ゲラを読むという作業は、すでに物語は出来上がっているのだから、本当に楽だ。小説家の仕事がこれだけだったらどんなにいいかと思うのだが、よく考えてみれば、ゲラをチェックするのは編集者と校閲者の仕事であった。

ところで、この20年ほどで、送られてくるゲラがずいぶん綺麗《きれい》になった。著者校用に送られてくるゲラには、校閲者や編集者から出された疑問や提案が鉛筆で書き入れてある。そしてたいていの場合、鉛筆が入ったページには付箋が貼ってすぐにわかるようになっているのだが、最初のころは、嘘《うそ》でしょう？というくらい付箋の数が多かった。付箋だらけと言っていい。そしてその80％くらいは、小説の内容やストーリーに関するものというより、文章の妙なところやわかりにくい部分、著者の勘違いについての指摘と代替案である。そして、悔しいことに、そのほとんどは「言われてみれば確かに」と納得するしかない指摘なのである。そんなゲラをせっせと直して送り返すこと20年とちょっと。気づいてみたら、最近では、送られてくるゲラが本当に綺麗になった。つまり、プロアマ問わず、文章というものは書けば書くほど、その分量に比例して自然に上手《うま》くなるものなのだ。

そんな具合でここ数年間、小説を書いてきたものだから、今回の『我は景祐』の鉛筆の分量には、史実に関する指摘がほとんどとはいえ、眩暈《めまい》がした。あまりに多いので付箋を貼るのを編集者が省略したくらいだが、そうして一冊の本は出来上がっていくのである。

（２０１９・９・３～17）

気仙沼図書館

先日、久しぶりに気仙沼に行って来た。今年の7月と9月にも足を運んでいるのだが、7月の時はトヨタ自動車東日本の社長さんに誘われての魚市場と造船所の視察、9月はツール・ド・東北の気仙沼フォンドで一瞬通過しただけだったので、何かとせわしかったのだが、今回は自分の講演会が目的だったため、日帰りではあったけれど、落ち着いて過ごすことができた。

講演会の会場は気仙沼市気仙沼図書館。以前、私が勤務していた気仙沼中学校のお隣である。実はこの図書館、昨年新たに建て替えられたばかりの建物で、オープン1周年記念講演会の講師という大役を仰せ付かったのであった。といっても、実際の講演会は、屋外からの日差しが差し込む心地よい多目的ホールに、50人ほどのお客さんを招いての、アットホームな雰囲気のものとなった。

この仕事をするようになってから、あちこちで話をする機会があり、大きなイベントでは100 0人規模の会場の講演会も経験させてもらっているのだが、最もおしゃべりをしやすいのは、50人前後の会場というのが正直なところ。よく考えてみたら、その数は中学校や高校の1クラスの生徒数に10人程度を足した数で、自分でもなんだか妙に納得してしまった。

今回の演題は「仙河海サーガ制作秘話」。と聞いても何のことだかさっぱり、の方のために少し説明しておくと、東日本大震災の発生後、私が教員時代に暮らしていた気仙沼市がモデルの「仙河海市」という架空の港町を舞台にした小説を、しばらくの間、集中して書いていた。これまでに刊行された本は、２０１３年から17年までの5年間で合計8冊になる。で、これら8冊で描かれているる時代が、震災のあった２０１１年3月11日を挟み、過去は明治の初めまでさかのぼり、未来はというと震災からおよそ50年後の近未来までとなっているせいか、自然発生的に「仙河海サーガ」と呼ばれるようになったようだ。この仙河海サーガだが、残念ながら商業的には成功したとは言えない。私自身はなかなか切迫した状況で使命感に駆られて書いてはいたのだが、冷静に考えてみれば、嫌でも震災を思い出さざるを得ない本を、積極的に読みたいとは誰も思わないに違いない。

ところが、である。リニューアルオープン後、気仙沼図書館が主催して、仙河海サーガを読む読書会を開いているというではないか。数は多くなくとも、それだけ熱心に私の本を読んでくれる読者が気仙沼にいたというのは、新鮮な驚きであるとともに喜びでもあった。また、参加者のアンケートに、今まで読むのをためらっていたけれど、今回の講演会に参加してこれから読んでみようと思った、という内容の回答も複数あり、なんだかじんとくるものがあった。どのような形でかは私にはわからないが、8冊のささやかな本が、私が死んだ後でも気仙沼で長く読み継いでいってもらえるとしたら、それこそ小説家冥利《みょうり》に尽きるというものだ。

（２０１９・11・26）

SFを読む　1

インターネットで簡単に本が買える時代になり、本屋さんに足を運ぶ回数がめっきり減っている。通勤経路に書店があれば立ち寄る機会も多くなると思うのだが、自宅と仕事場が一緒なせいで、本屋さんに行こうと決意（決して大げさではなく）でもしないと、なかなか足が向かない。

これは決してよいことではない。インターネットの通販サイトを使えば確かにさまざまな本を検索して買うことができる（執筆に必要な参考資料を探している時は大変便利だ）し、最近ではご親切に「こんな本はいかがですか？」と、過去の検索結果をもとに、私が好みそうな本をお勧めさえしてくれる。あるいは、書評やレビューのサイトを検索すれば、どんな本が今は読まれているのか、ベストセラーや話題の本が満載である。そうしたインターネットの利便性は否定できないのだが、なんだか、自分の意思ではない何かのアルゴリズムに支配されているような気分になってしまうのは私だけだろうか……。

そんな中で、たまに本屋さんに立ち寄ると、最近の私は、気づけばSFのコーナーに立ち寄って面白そうな本はないかと物色している。三つ子の魂～ではないけれど、少年時代の私の読書体験は、ほぼ100パーセント、SFでつくられたと言っていい。あれから半世紀近くたっての原点回帰と言ったら少々大げさなのだが、このところ、面白いSFを読みたいという欲求が妙に高まっている。

そんな際、本選びに最適なのは、やはりある程度の品ぞろえのある本屋さんのSFコーナーだ。棚の前をうろうろしながら目にとまった一冊に手を伸ばし、表紙や帯をしげしげと眺め、最初の1ページを開いて数行ばかり目で追ってから棚に戻し、横にずれて別の本を引き抜いて、今度はどうしようかと迷った後で思い切って解説のページを開いてふむふむと頷《うなず》き、再び棚に戻してまた別な本を手に……という時間は、考えてみればとても贅沢《ぜいたく》なひとときだ。

それにしても、なにゆえSFなのか。それはたぶん、まったく個人的な感想になってしまうが、これまでの長きにわたる読書体験のなかで、読書の本当の楽しみをもたらしてくれるのは、ビジネス書やノウハウ本、あるいは研究書などではなく小説にほかならないという前提があり、あまたある小説のジャンルでもSFこそが最も小説の持つ魅力や可能性を秘めているという実感があるからだ。

小説がほかの本と根本的に異なるのは、私たちが暮らす現実の世界とは似て異なる「仮想世界」において物語が語られるところだ。つまり、小説を読んでいる間の私たち読者は、想像によって頭のなかに一つの世界を創造している。想像による創造。小説の書き手が行っていることと同じ作業を、少しだけ違う方法で読者はしているわけで、読書(小説の)をしている間、読者は違う世界で生きている。その仮想世界の最たるものがSFなのである。

2

SFに描かれる世界が読者の脳が創り出す「仮想世界」だとして、現実の世界と何が違うのか。実は大きな違いはない、というのが答えだ。たとえばいま、あなたは、この私のコラムを読んでいる。読んでいるあなたを取り巻く現実世界はどこに存在するのか。あなたが「これは現実世界である」と認知していることであなたの頭の中に存在しているにすぎない。だから私たちは、自分の脳が創り出した仮想世界のなかで生きているのであって、その世界は、あなたの父母が、妻や夫や子どもが、あるいは友人や知人が、さらには見知らぬ人々が、自分の脳で創り出しているそれぞれの仮想世界とは、明らかに別物である。すなわち、誰一人として同じ世界を生きていない。私たちはそれぞれが創り出した別々の仮想世界で生きているのであって、誰にも共通した確たる現実世界はどこにも存在していないのである。

という話は、これまで哲学者や心理学者がさんざん論じてきたことなので、いまさら私が説明する必要はないのだが、私たちを取り巻く現実世界（のようなもの）は、私たちそれぞれが生きている仮想世界の最大公約数的なものとして存在していると言っていい。

さて、私たちが小説を読んでいる最中は、自分が創り出したもう一つの仮想世界に身を投じているわけだが、それが、ふだん私たちが生きている仮想世界と、どの程度違った世界なのか、どれくらい乖離《かいり》があるかは、小説が決めることになる。たとえば、東京であろうと仙台であろうと、今現在の日本のどこかが小説の舞台であれば、その乖離の幅は非常に小さいだろう。一方で、描かれる世界が地勢的に同じだとしても、過去や未来に時間を遡《さかのぼ》ったり跳んだりすれば、乖離の幅は大きくなる。ましてや、小説の舞台が遠い未来であるとか太陽系外のどこかの惑星だとかになると、何をかいわんや、である。

という前提のもとにあらためて振り返ってみると、とりわけここ10年くらいだろうか、おそらくはＳＮＳの発達と歩調を合わせてだと思われるのだが「共感できる」ことが小説を評価する際の判断基準として際立ちすぎている傾向が見受けられ、それで本当に大丈夫かいなと、少々疑問を抱いてしまう。

確かに、自分が生きている現実世界（のような仮想世界）と、小説によってもたらされる仮想世界との乖離の幅が小さいほど、小説が創り出す仮想世界に読者自身を投影しやすい。つまり、共感もしやすい。だが、それで満足してしまっては、小説の本当の面白さや豊かさは知らないままで終わってしまう。それって、ひどくもったいないことだ。

乖離の幅がある程度以上に大きくなると、読者側に読み手としての「跳躍力」が求められる。簡単に言えば、小説に描かれる世界を、荒唐無稽だとか、有り得ないだとかで斬り捨てずに、その世界に入り込んでいくための、読者としての基礎体力が必要になってくるのだ。

3

SFの創る仮想世界に入っていくためには、読み手としての「跳躍力」が必要になる。つまり、スポーツと一緒で少しばかり訓練が必要になるのだ。訓練の方法はというと、これまた運動と同じで、反復練習が有効。なんのことはない。SF小説をたくさん読むことに尽きるのだが、たとえば、サッカーのオーバーヘッドシュートのように、いきなり高度な技に挑むのは無謀である。最初に読んだSFがあまりにも難解なせいで、途中で放り出すことになったら、もう二度とSFには手を出さなくなるかもしれない。

じゃあどんな本から、となると、これまた答えるのが難しい。読書という行為にはそもそもスポーツのようなメソッドがないので、10人に聞けば、たぶん10通りの答えが返って来るに違いない。とはいえ、古典として長きにわたって読まれ続けている作品から読み始めれば間違いないだろう。作家名でいえば、アーサー・C・クラーク、アイザック・アシモフ、ロバート・A・ハインライン、レイ・ブラッドベリ、ラリー・ニーブン、J・P・ホーガン、フィリップ・K・ディック、アルフレッド・ベスター、スタニスワフ・レム、カート・ヴォネガット・ジュニア、ウィリアム・ギブスン等々、挙げていくときりがなくなるのでこの辺でやめておくけれど、こうした作家の本をある程度読めば、SFの創る仮想世界に入り込むための跳躍力が自然に身に付いているに違いなく、併せて面白そうなSFを探し出すセンサーもおのずと備わるはずなので、そこから先は自身の好みに合わせてご自由にどうぞ、ということになる。

実は、私自身、今の仕事をするようになってから、しばらくSFから遠ざかっていたのだが、久しぶりに戻って来てみると、新しい作家との出会いがあって新鮮だ。そんな私の最近のお気に入りは、テッド・チャン。1990年のデビュー以来、これまでに刊行されている本が「あなたの人生の物語」と「息吹」の2冊だけ(いずれも中短編集)という、とんでもなく寡作な書き手である。科学の進歩と発達がSF小説を超えているような今の時代、本格的なサイエンス・フィクションを書くのはなかなか困難なのだが、SFの持つ可能性をあらためて示してくれた2冊だ。

こんな具合に、最近になってSFあさりを再開してみてふと思ったのは、そういえばこのところ、小説そのものをあまり読んでいなかったなという反省である。自分の作品を書くために読まなければならない資料が山積みだったということもあるが、よくよく振り返ってみると、東日本大震災以来、私自身が心から面白いと思って没頭できる小説とはなかなか出合えず、結果的に遠ざかっていたというのが本当のところだ。そんな私に読書の楽しさを思い出させてくれたのが、若いころにさんざん読んでいたSFであることには感慨深いものがある。そういえば、小説家になりたいと最初に夢見た時、具体的に思い描いたのはSF作家になることだったっけ……。

4

昨年の暮れに続けて2本、映画を見た。「ターミネーター」シリーズと「スター・ウォーズ」シリーズの最新作である。それぞれの1作目の日本での公開が、『スター・ウォーズ』は1978年、『ターミネーター』は1985年であるから、ずいぶん長いこと楽しませてもらった。この両シリーズだけでなく、ここ数年の間にわざわざ映画館に足を運んで鑑賞した映画となると、新海誠監督の『君の名は。』(2016)と『天気の子』(19)、あるいは『シン・ゴジラ』(16)など、SF作品が多い。私自身がSF好きだからではあるのだが、館内に集まったお客さんを眺めてみる限り、どれも話題の映画だったせいか客層は幅広く、中にはコアなSF小説ファンがいるにしても、多くはふだんSFを読む習慣を持たない皆さんに違いない。

いうまでもなく、映画を見ている際、私たちはスクリーンの助けを受けて脳内に創られた「仮想世界」に入り込んでいる。先に挙げた映画は、私たちが現実のものだと認識している世界から大きくかけ離れているにもかかわらず、その世界に誰もがすんなり入り込めるのだから、やはり映像の力は大きい。

いいなあ映画は、と、自分の仕事を鑑みて嘆いていても仕方ないので、もう少しSF好きから見た分析を進めてみる。するとわかってくるのは、そうしたほとんどの映画やアニメ、あるいはテレビドラマにおいて重視されているのは、SFの要素よりも、ストーリーのほうであることだ。もう少しはっきり述べると、たいていの映像作品にはＳＦとしての目新しさはない。タイムスリップにしても、自我意識を持つＡＩやロボットにしても、宇宙船の超光速航法（ワープ航法）を可能にするワームホールにしても、パラレルワールド（並行宇宙）にしても、ＳＦ小説においてこれまでさんざん使われてきた道具の使い回しや組み合わせだったり、あるいは、サイエンス・フィクションというよりは、サイエンス・ファンタジーとすべきものだったりする。ただしこれは、ＳＦ小説のほうが映像作品よりも優れていると言っているのではない。あくまでもコンテンツの違いによる特性であって、重なり合う部分を持ちつつも、すみ分けがなされているということだ。

さて、そんな中で本格的なＳＦを書こうとすると、現代科学の最新の知見を基礎知識として持っていた上で、どんな道具立て（アイデア）を使い、いかなる切り口（モチーフ）で、どのような物語（ストーリー）をつくりあげるか、ということになる。これまでに誰も書いていないような道具立てが見つかれば、それだけで面白いＳＦが1本書けそうだ。が、前回も触れたように、ＳＦにおける全く新しいアイデアの創出となると、なかなかどころか、極めて困難な時代になっている。とここまで書き進めたところで、自分で気づいたのだが、「ＳＦを読む」というタイトルだったにもかかわらず、いつのまにか「ＳＦを書く」話になってしまっているではありませんか……。

（２０２０・１・14～２・４）

つい最近まで東京オリンピックとパラリンピックの中止や延期はないと断言していたＩＯＣが、ようやく延期を決めた。中止した際の莫大《ばくだい》な経済的損失、とりわけ放送権料がパーになることを考えれば、間違っても中止の選択肢はあり得ないのだろう。

私を含めて一般庶民の多くは、予定通りの開催は無理だろうと、だいぶ前から見ていたと思う。なのに、ＩＯＣが方針を変えるまで、開催国である日本の政府やＪＯＣは中止も延期も考えていないと言い張っていた。その頑迷ぶりにはあきれるばかりだ。２００２年11月から感染拡大が始まった以前のＳＡＲＳコロナウイルスの場合、ＷＨＯが封じ込めに成功したと発表したのは03年7月である。その際の世界での感染者数は、報告によって若干違うものの、８０００～８５００人程度だった。致死率が高かったとはいえ、今回の新型コロナウイルスのほうがパンデミックとしては桁違いに大規模である。どう考えても、封じ込めに成功、あるいは終息するまでには、以前のＳＡＲＳ以上に時間がかかるのは明らかだ。ここで推測するに、よほどの阿呆《あほう》じゃない限り、延期はやむなし、最悪の場合は中止もあり得ると、政府やＪＯＣも内心では思っていたに違いない。だがしかし、「口に出して言ってしまったら現実になってしまう」という、日本古来のいわゆる「言霊《ことだま》信仰」が見えない力となって働いていたのだろうなと、むしろ感心してしまったくらいである。

そういえば、これと同じことが起きたのが原発事故だったはずだ。１０００年に一度の大津波のリスクが指摘されていたにもかかわらず、まともに議論をしなかったのは、お金の問題もさることながら「事故が起きることを想定して話し合ったら、事故が起きちゃう」という言霊信仰に支配されていたに違いない。

そんな具合に、さまざまなところで弊害をもたらす言霊信仰ではあるが、言霊が文学を豊かにするという側面があることも忘れないでおきたい。新型コロナウイルス騒ぎで落ち着かない中ではあるが、3回目となる「仙台短編文学賞」の選考結果が3月7日に発表され、続いて3月18日に河北新報の第2朝刊にて、大賞と河北新報社賞の両作品の全文および各賞の選評や受賞の言葉が掲載された。

今回の大賞の受賞作、佐藤厚志さんの「境界の円居《まどい》」は、選考委員を務めた柳美里さんが、選評において「傑作である」と言い切っていた通り、素晴らしい作品だった。私個人的には、東日本大震災をどう受け止めるか、今の気仙沼を舞台に描いてくれたことに、なんとも言えない親しみを覚えた。河北新報社賞を受賞した柿沼雅美さんの「波打ち際の灯《あか》り」は、また違った形での震災との向き合い方が描かれた作品なのだが、両作品とも、私たちが言霊の国で生きているからこそ生まれた小説かもしれない。今の世の中、声が大きい者が得する傾向が強すぎる。だからこそ、言霊に支えられた文学は、ささやかで小さな声であるがゆえに、かえって価値を持つのである。

（２０２０・３・31）

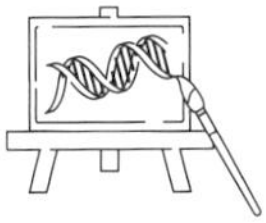

第5章　科学・美術・映画

天気予報と地球温暖化

趣味で自転車（ロードバイク）に乗り始めてから、やたらと天気が気になるようになった。朝起きてまずやることは、パソコンでの天気予報サイトのチェック。ついでにスマホのお天気アプリでも確認し、最後にNHKの天気予報をテレビで見る。そうして今日と明日の天気、さらに週間予報を三重にチェックするのである。そこまでしないと落ち着かない。いや、安心できない。

いやいや、それでも安心できない。あくまでも予報なのだから仕方がないとはいえ、よく外れてくれる。うかつに天気予報を信じるとひどい目にあう。前日にピカピカに磨いたばかりの自転車をまた最初から磨き直さなければならなくなるだとか、お気に入りのウエアがすっぱね（跳ね上がった泥が衣服に付着すること）だらけになるだとか。実際、夕方のテレビの天気予報では、お天気キャスターがまずは朝の予報がなぜ外れたかの解説（言い訳のように聞こえてしまう）をしてからスタート、という日がやたらと多いように思う。

それにしても近年の天候は、異常気象と言ってよいほど普通じゃない。先日、東北と北海道に甚大な被害をもたらした台風10号だったが、直接東北に上陸するなどという、あんな奇妙な進路を取る台風は史上初であったらしい。このところ、気象に関するニュースが報じられる際にアナウンサーや気象予報士が口にするフレーズときたら、観測史上最も○○だとか、50年に1度の△△だとか、あるいは、かつて経験したことのない規模の□□などなど、注意を喚起するというより脅されているような気分になる。もはや夏場のゲリラ豪雨など当たり前で、そういえば、先月の初めに所用があって東京に行った際、道行く人々の多くがビニール傘を携えていた。空は青々と晴れているというのに。

これはやっぱりCO_2の温室効果がもたらす地球温暖化が原因に違いない。誰しもそう思うのが普通だろう。だが、もしかしたら違う可能性もある。最近、週刊誌の書評コーナーの仕事がらみで、地球温暖化に関連する書籍をまとめて10冊以上読んでみた（3冊取り上げればよかったのに、気づいたらその冊数に……）のだが、地球温暖化の原因は人為的CO_2の排出によるものではない、そもそも地球は温暖化していない、今後の地球はむしろ寒冷化に向かう、などといった内容の本が、かなりの数、出版されているのだ。しかも、どの本もなかなか説得力がある。

実は、ずいぶん前から地球温暖化に対する懐疑論が存在しているようだ。この論争、科学的・学術的な議論を超えて政治的な思惑が交錯しているように思えたり、しまいには宗教論争めいた様相を呈したりして、結局何が科学的真実なのかさっぱりわからず、全くもってやれやれ、というのが、にわか勉強をしてみた私の正直な感想である。もとはと言えば、安心して自転車に乗るために正確な天気予報を知りたかっただけなのに。

（2016・10・18）

シャセリオーと暁斎、そして若冲

先日の連休を利用して東京に行き、上野の西洋美術館でシャセリオーの、渋谷の文化村で暁斎の作品をそれぞれ鑑賞してきた。シャセリオーと暁斎、そう聞いてすぐにピンとくる人はあまりいないと思う。かくいう私も、実は最近まで全く名前を知らなかった。

テオドール・シャセリオーは、19世紀のフランス・ロマン主義の画家である。ギュスターブ・モローなどに大きな影響を与えた早熟の天才で、今でこそロマン主義の代表の一人としての扱いを受けているが、正当に評価されるようになったのは、フランス本国でも比較的最近になってのことだという。本人が37歳という若さで没したことや、彼の代表作であるパリ会計検査院の壁画が、１８７１年のパリ・コミューン時代に破壊され、その後、断片的にしか復元されなかったことが、評価の遅れた原因になったらしい。

何かがきっかけになり、後世になってから作品が再評価されることが多いのも、芸術の世界の興味深いところだ。絵画や美術作品を題材やテーマにした小説が時折書かれるのも、そうした部分に意外性や驚き、ミステリー性を見いだすことができるからなのだろう。

偉そうなことを言えるほど詳しくはないのだが、日本の浮世絵の世界にも似たような部分があるようだ。浮世絵といえば、葛飾北斎と歌川広重。ご多分に漏れず、私もこの２人以外の浮世絵師に関しては無頓着というか、とりたてて関心がなかった。それが昨年、歌川国芳の作品に接する機会があって認識を新たにしたのであるが、今回、展覧会に足を運んだ河鍋暁斎もまた良かった。シャセリオーの師であったアングルが「この子はきっと絵のナポレオンになるよ」と言ったというエピソードが残っているのと同様、師から「画鬼」と呼ばれていたという逸話を持つ暁斎の作風は、どこか国芳をほうふつとさせるものがあり、見ていて飽きない。天保２(１８３１)年生まれの暁斎が没したのは明治22(１８８９)年なので、彼は幕末の動乱期を目の当たりにしていることになる。暁斎の作品の随所にみられる皮肉に満ちたユーモアは、そんなところから来ているのかもしれない。

ところで、今回の暁斎の出展作品は、ロンドンの画商、イスラエル・ゴールドマン氏のコレクションだというのも驚きだ。熱狂的な暁斎ファンである彼の存在がなければ、このような展覧会の開催は難しかったことになる。そういえば、昨年、東日本大震災復興支援特別展として、仙台市博物館であった伊藤若冲の展覧会も、展示の目玉となった『鳥獣花木図屏風《びょうぶ》』を所蔵しているアメリカのプライス夫妻(奥さんは日本人)の好意がなければ、開催されることはなかったはずだ。

暁斎にしても若冲にしても、逆輸入の形で再評価されて日本にやって来ることに、誇らしさを感じつつも若干のもどかしさを覚えるのは、たぶん私だけではないだろう。

（２０１７・４・４）

地球は温暖化している？

オートバイでのツーリングを終え、天候不順でいつになく寒い夏の北海道から帰ってきたと思ったら、仙台では北海道以上の長雨が続いていた。テレビのニュースで報じられていたが、仙台市において35日間連続で雨が観測されたのは、東北地方で凶作による飢饉《ききん》が起きた昭和9（1934）年以来のことだという。実際、今年の夏の天気図（気圧配置）は、昭和9年の夏とよく似ていると気象予報士が解説していた。確かにこれでは、お米をはじめとした農作物の生育状況が心配になる。

気になって、農作物の生育に大きく影響を与えるとされる7月と8月の平均気温を気象庁のホームページで調べてみた。すると、今年の7月の仙台市の平均気温は25・1度、8月は23・0度とのこと。昨年はそれぞれ23・0度と25・7度。「あれ？　思ったほど低温ではないようだ」と首をかしげつつ、東日本大震災以降のデータを調べてみると、8月は確かに若干低めではあるものの、7月はむしろ1～2度ほど高いのがわかった。つまり、平均気温に関して言えば例年と大きく変わらない。それに対して、昭和9年の数値は、7月が20・1度、8月が22・1度と出てきた。ヤマセの影響だったのだろう、相当寒冷な夏だったことが推察できる。

こうしてみると、お米自体の品種改良が進み、ハウス栽培などの農業技術が格段に進歩している現在、極端な凶作の心配はなさそうにも思えるのだが、実際にどうなるかは、もう少し様子を見てみる必要があるかもしれない。

ところで、今年のように真夏（8月）の気温が低めで推移すると、本当に地球は温暖化しているんだろうか？　などと疑念を覚えてしまう。とはいえ、西日本は東北とは打って変わって連日の猛暑だったようだし、東京も毎日のようにゲリラ豪雨に見舞われていたようだ。そういえば、温暖化により大気中の水蒸気量が増えるとこうした突発的な豪雨が発生しやすくなると、これもいつだったか、気象予報士が解説していた。

確かにそれは当たっているかもしれない。私が北海道ツーリングを始めたころは、いかにも北海道といった、からりと晴れた空の下を走るのが普通だった。ところが、10年くらい前からだろうか、ゲリラ豪雨的な雨に遭遇する機会が確実に多くなっている。やはり温室効果ガスの人為的排出によって、確実に地球は温暖化しているのだろう。

ではあるのだが「CO_2の排出によって地球が温暖化しているというのは事実ではなく、幻想にすぎない」あるいは「今後の地球は、むしろ寒冷化に向かう」など、真っ向から対立する意見を主張している科学者がいるのも事実である。以前の京都議定書をアメリカが批准しなかったり、先のパリ協定からの離脱をトランプ政権が表明していたりすることとまったく無関係とは言えなさそうだ。

それにしても最近の天気予報、長期予報を含めてさっぱり当たらない気がするのだが……。

（2017・9・12）

ゴッホと北斎

先日、久しぶりに映画館に足を運んで『ゴッホ　最期の手紙』を観《み》てきた。タイトルの通り、ポスト印象派(後期印象派)を代表する画家、フィンセント・ファン・ゴッホを題材にした映画である。ゴッホといえば『ひまわり』や『夜のカフェテラス』あるいは『日没の種まく人』など、独特の色彩とタッチの絵が思い浮かぶと同時に、37歳で拳銃自殺を図った悲劇の天才として記憶している方も多いだろう。で、ご存じの向きもあるかと思うのだが、全く売れない画家だった。８００点あまり描いた絵のうち、生前に売れたのはたった1枚だけだったという。そのゴッホの生活を支えていたのは、弟のテオであったこともよく知られている。

そのテオ宛てにゴッホが書いた「最期の手紙」を軸として、ゴッホの死の謎(実は他殺説もある)に迫ろうとするミステリー仕立てのストーリーであるのだが、それ以上にこの映画の最大の特色は、ゴッホの絵のタッチをリアルに再現した油絵が、アニメーションのように動いて全編が制作されていることだ。といっても、文章だけではなかなか伝わらなくてもどかしいのだが、ゴッホや絵画に少しでも興味のある方ならば、一見の価値のある映画に仕上がっていることは請け合える。

実は、この映画を観ようと思い立ったきっかけは、その2週間ばかり前に足を運んだ展覧会だった。上野の国立西洋美術館で開催(２０１7年10月21日〜２０１8年1月28日)されている『北斎とジャポニスム』という絵画展がそれである。

最近になって知られるようになってきたのではないかと思うのだが、日本の浮世絵が19世紀のヨーロッパの画家たちに与えた影響は大きい。特にゴッホはかなり熱心に研究していたようだ。実際に北斎の浮世絵を模写した作品も描いているし、あえて影を描かない平板な色使いが特徴のゴッホの作品は、明らかに浮世絵を意識したものだといわれている。

『北斎とジャポニスム』は、ゴッホをはじめとしたヨーロッパの画家たちが描いた絵と、それに影響を与えたと思われる浮世絵を並べて展示しているという構成になっていて、なかなか興味深くて面白いものだった。で、その展覧会の一角で控えめにＰＲしていたのが、今回、映画館で観た『ゴッホ　最期の手紙』であったという次第である。

ところで、何かのきっかけでゴッホの生涯に思いをはせるたびに重く沈んだ気分に陥ってしまうのは、ゴッホが生きている間に彼の絵を理解できる人がいなかった（一部、絶賛していた画家や批評家はいたのだが）という寂しさと悲しさが、しつこいくらいにまつわりつくからだろう。一方で、同じ天才でも葛飾北斎は、自身の中での苦悩や葛藤はあったにせよ、浮世絵という、現代で言えば商業出版の世界で成功を収めていたわけであるから、おそらくゴッホのような悲劇とは無縁であったに違いなく、その事実もまた面白い。

（２０１７・11・28）

ゴジラ

ふだんは映画館に足を運ぶ習慣がなくても、何かのきっかけで一度映画を見ると連続して映画館に通いたくなるものである。実際、家庭用のテレビがいくら大型化しても映画館にはかなわない。スクリーンの大きさや音質はもちろんだが、やはり、日常から切り離された特殊な空間であることが映画館の最大の魅力だ。最近の映画館（シネマコンプレックス）は、座席や足元がゆったり作られていて座り心地が良く、しかも、インターネットであらかじめ座席指定ができるので大変便利。ということで『ゴッホ　最期の手紙』を観《み》た翌週、予告編でやっていた『ＧＯＤＺＩＬＬＡ　怪獣惑星』を同じ映画館で観てきた。

いわゆる「ゴジラ」シリーズの最新作であるのだが、これまでのゴジラと違うのは、実写版ではなくアニメーションで制作されていること。最近のゴジラはＣＧを駆使して作られているとはいえ、あくまでも実写版であるからこそゴジラなのだと思い込んでいる世代（最初の『ゴジラ』は１９５４年の封切りなので私が生まれる４年前）なものだから、アニメだと果たしてどうだろう、と若干の不安を抱きながらスクリーンを前にしたのだが、それは私の杞憂《きゆう》にすぎなかった。この原稿が掲載されている時点でもまだ上映されていると思うので、詳細については一切触れないけれど「破壊神」としてのゴジラは、さらに一層進化していた。

ところで、このゴジラシリーズ、モチーフを変えながら半世紀以上も制作され続けているのだが、ハリウッド版1作目の『ＧＯＤＺＩＬＬＡ』（１９９８年封切りで、ティラノサウルス風の容姿であった）を間に挟み、ゴジラ誕生50周年の２００４年に封切られた『ゴジラ　ＦＩＮＡＬ　ＷＡＲＳ』によって、日本版のゴジラはとりあえず終了したはずだった。確か、これが最後のゴジラだとのキャッチコピーで宣伝されていた記憶がある。子供のころからゴジラと一緒に育ってきた私としては寂しさが拭えなかったものの、さすがに今後のゴジラは新鮮味に欠けて制作は難しいだろうと諦めていた。

と思いきや、2度目のハリウッド版『ＧＯＤＺＩＬＬＡ　ゴジラ』（２０１４年公開）でゴジラは復活した。そして、アメリカからやって来た2度目のゴジラに少々悔しい思い（なかなか良い出来であった）をしていたところで制作されたのが、記憶に新しい昨年夏の『シン・ゴジラ』である。

日米でゴジラが復活した背景には、明らかに東日本大震災が横たわっていると思われる。ハリウッド版においては原発事故の影響が如実に見られるし、一方の『シン・ゴジラ』では、それにプラスして大津波のモチーフが明確に採用されている。そういう意味では、2作とも「災後のゴジラ」という見方ができるかもしれない。そして今回のアニメ版ゴジラであるが、さらにもう一段階進化して、破壊神としてのゴジラがもたらす終末観が、一層色濃く漂っているのであった。

（２０１７・12・５）

ボヘミアン・ラプソディ

昨年の年末の話になってしまうのだが、ちまたで話題になっていた映画『ボヘミアン・ラプソディ』を仙台駅前の映画館で観《み》た。上映開始が20時30分だったので、映画館の入っているビルでまずは夕食を済ませた、というか、天ぷらを食べながらお酒をおいしくいただき、ほろ酔い気分で映画館へ。飲んでしまったので途中で寝てしまわないかと心配だったのだが、全く眠気に襲われることもなく、最後まで真剣に見入ってしまった。

ご存じのように、イギリスのロックバンド「クイーン」を、とりわけボーカルのフレディ・マーキュリーを主人公にして作られた伝記仕立ての映画だ。実は、全く予備知識なしで観に行ったので、ドキュメンタリー映画だと思い込んでいた。よくまあ昔の映像を撮りためていたものだと感心しながら。

しかし違っていた。フレディ・マーキュリーの壮絶な人生を描いた通常の映画であった。つまり、4人のメンバーを演じる俳優さんがそれぞれいて、脚本に基づいて制作された映画であり、バンドの本人たちが出演しているわけではなかったのだ。ところが、である。メークや役作りの賜物《たまもの》だとは思うのだが、観ているうちに本物のフレディ・マーキュリーやブライアン・メイを見ているような錯覚に陥っていた。それほど良くできた映画だった。

ところで、映画館に足を運んでいたお客さんの多くは、日本で売れ出したころのクイーンをリアルタイムでは聴いていないに違いない。私がクイーンの曲を初めて聴いたのは、ハードロックに興味を持ち始めた高校2年生の時だったと思う。レコード盤（懐かしい！）を買ったわけではなく、FMラジオで聴いたのが最初だった。曲は「キラー・クイーン」だったはず。調べてみると、この曲が収録されているアルバム「シアー・ハート・アタック」が日本で発売されたのは１９７４年12月21日なので、もしかしたら、高校1年生の終わり頃だったかもしれない。いずれにしても、最初はたいして興味を抱かなかった。どちらかというと、レッド・ツェッペリンやディープ・パープルなど、典型的なブリティッシュ・ハードロックが好みだったので、やけにコーラスが綺麗《きれい》なクイーンは、系統的にちょっと違っていた。

だが結局、ファーストアルバムの「戦慄《せんりつ》の王女」（すごい邦題だ）までさかのぼり、「クイーンⅡ」「シアー・ハート・アタック」「オペラ座の夜」「華麗なるレース」まで、初期のころのアルバムを5枚も買って聴いていた。とはいえ、やっぱり特別に好きなバンドだったわけでもないので、高校生が少ない小遣いを費やしてまでなぜ買ったのか、振り返ってみると不思議である。たぶん、洋楽好きの高校生である以上、クイーンは聴いておかなければならないバンドという、たとえば小説の世界だと、ヘルマン・ヘッセや太宰治のような位置付けに、私の中ではあったに違いない。

（２０１９・１・８）

ムンク展

1

自転車の実業団登録チームを作ることになり、成人の日の連休を利用して、ＪＢＣＦ（全日本自転車競技連盟）主催の講習会を受けるために東京へ行った。

前回のコラム（80ページ）、要約するとたったこれだけの説明で事足りることに気づいて、我ながら驚いた。ものを書くのが職業とはいえ、どうでもいいような話をよくまああれこれ膨らませることができるものだと、半ばあきれ、半ば感心してしまった。

ともあれ、その講習会、午前10時から始まって終了するのは午後の7時半という長丁場であった。その日のうちに仙台に帰って来られる時刻ではあるのだが、せっかく東京に行くのに日帰りではもったいない。ということで、講習会が終わってから妻と合流して食事に行き、一泊して翌日帰ることにした。

妻のほうは別の新幹線で昼頃に着いて、私が講習会で睡魔と闘っている間、東京に住んでいる友達と一緒に新宿ルミネで吉本新喜劇を見てからのんびりお茶するという、かなり羨《うらや》ましい一日を過ごしていたようだ。

羨んでいても仕方がないので、翌日は気分を一新して、上野の東京都美術館で開催されている「ムンク展」を観《み》に行った。そう、おそらく誰でも知っているあの『叫び』を描いたノルウェーの画家、ムンクの特別展である。

実はちょうど1カ月ほど前の12月半ばにも東京に出かけ、同じ上野公園の一角にある上野の森美術館で「フェルメール展」を観ていたのだが、その際には時間がなくてムンクのほうは観ていなかった。というより、一日のうちに、まったく作風の違うフェルメールとムンクの両方を観るのは、時間的にというより、気分的に無理である。できれば避けたほうがいい。

ということで、いそいそと出かけて行ったのだがびっくりした。いや、びっくりするようなことではないのだが、さすがにムンクだ。入場を待つ大行列ができていた。最後尾は入場まで90分待ちだという。まるでディズニーランドの人気アトラクションのような状況である。といっても、東京の人にとってはごく当たり前の光景なのだろう。誰も文句を言わずに粛々と待ち続けている。

思わず腕時計で時刻を確認した。絵を観終わったあと、いつものように上野の蕎麦屋《そばや》でゆっくりお酒を飲んで帰ろうと思っていたのだが、楽しみにしていたその時間が削られてしまう。いや、蕎麦屋が第一の目的ではないのだぞ、と自分に言い聞かせ、おとなしく行列に並び、きっかり90分待ってようやく館内に入れた。入ったら入ったで、これまた館内は大混雑で大変である。

ではあるのだが、やはり観てよかった。100点以上のムンクの作品が一度に鑑賞できる機会は、めったにあるものではない。今回来日した『叫び』は、4枚現存しているうちで最も後に描かれた、ムンクが47歳ごろの作品なのだが、本物を実際に観られたという満足感は、やっぱりなにものにも代え難かった。

2

今回の「ムンク展」のために来日している『叫び』は、4枚現存しているうちで最も後に描かれたものである、などと偉そうに述べたが、実は白状すると『叫び』が4枚もあるなんて知らなかった。展覧会に足を運んでみて初めて知って驚いたのであった。ああ、恥ずかしい……。

それはさておき、ムンクという人、同じモチーフの作品を、手法を変えて何度も制作するタイプの画家だったようだ。最初に『叫び』を描いたのは30歳の時で、厚紙にクレヨンで描いている。確かに、クレヨンで描くのであれば、布のカンバスではなく紙に描くのは理にかなっている。面白いのは4枚とも段ボールのような厚紙に描かれているところ。2枚目も最初と同じ30歳の時の作品なのだが、テンペラ絵の具(卵黄で顔料を練って作った絵の具)の上にクレヨンを重ねている。3枚目を描いたのは32歳の時で、クレヨンよりもやわらかいパステルで描いている。そして今回来日した4枚目の『叫び』は、テンペラ絵の具と油絵の具を使って描かれている。記憶にある方もいると思うが、2004年にムンク美術館から盗まれてニュースになった作品である。幸い2年後にオスロ市内で発見されたものの、損傷が激しく完全な修復は不可能だったという。実際、間近で観てみると、ひび割れや剝離のあるのが分かり、なるほどと妙な感心をしてしまった。

ところで、ムンクにはこの『叫び』と同じ構図で人物だけを置き換えた『憂鬱』という作品があって、これも今回来日していて興味深く鑑賞できたのだが、面白いことに、厚紙ではなくカンバスに油絵の具で描かれているのである。描かれたのはムンクが31歳の時なので、初期の3枚の『叫び』と同じ時期に描かれていることになる。なのになぜ画材が違うのだろうという疑念が尽きないところも、ムンクの絵を観る際の楽しみのひとつだ。

などと、またしても偉そうにうんちくを並べてしまったが、ネタ本なしには無理な話である。絵の展覧会に行くと、展覧した作品を詳しく解説した図録を売っているのが普通だが、立派なつくりであるため、なかなかいいお値段だったり重量があったりして、容易には手が出ないことも多い。ところが今回のムンク展では、公式ガイドブックなるものが売られており、いわゆるムック本の体裁をとっていて値段もお手頃。

これはいいかも、と思って買って帰ったのだが、実際になかなかの優れものである。なにせ今回のコラムのネタ本になってくれた。執筆の際の資料としては、対費用効果抜群である。いや、そんな下世話な話ではなく『叫び』にまつわるエピソードのみならず、これ1冊に目を通せば、ムンクについての基本的なあれこれが楽しみながら学べるのである。

実は、最近の展覧会ではこうしたガイドブックが売られていることが多い。何事も創意工夫は大事だと、つくづく思った次第であった。

（2019・2・5〜12）

統計学

このところ、連日のようにテレビのニュースでは「統計」のオンパレードである。

国会中継がある際は、基本的にテレビをつけっぱなしにして仕事をしているのだが、予算委員会の質疑でも、統計、統計、統計……で、いやもう、煩《うるさ》いくらいに統計一色だ。

と、ここでふと思う理科系人間の私である。国会で質疑をしている議員さんや、答弁をしている閣僚のみなさん、統計って何なのか、本当に分かっていらっしゃるんだろうかと、ものすごく懐疑的になってしまうのだ、というか、たぶん統計とは何かなどてんで分かっていないで、単なる雰囲気でしゃべっているんじゃなかろうか。それを報じているニュースキャスターも、あるいはコメンテーターも、実際には何も分からないまま適当なことをしゃべっているに違いない。

これでも一応、理学部の数理学科を卒業しているので、学生時代に統計学の基礎は学んでいる。もちろん、細かい部分は忘れてしまっているのだが、統計学を勉強してみて、なるほどと思ったことが三つある。

一つ目は、相当広範な勉強をしないと、統計学の全貌はつかめないということ。いやほんと、確率論に始まって多変量解析の実際まで、覚えなくてはならない基本的な項目が、眩暈《めまい》がするほどたくさんあるのだ。

二つ目は、統計計算によって出てくる結果は、嘘《うそ》みたいに信頼性が高いこと。これはもう、数学という論理学の極致によって保証されているので疑いようがない。たとえば、サンプリング調査と全数調査の関係のように、ちゃんとしたサンプリングさえすれば、全数調査をする必要がない(全数調査をしたときと結果はほぼ一緒)ことが数学的に証明されている。

そして三つ目。これが一番大切なのだが、統計結果は、いくらでも恣意《しい》的に算出し、導き出せること。どういうことかというと、サンプリングの仕方、もう少し具体的に言えば、アンケートをする際、質問次第で、結果がころりと変わってしまうのである。あるいは、グラフのスケールの取り方一つで、それを目にした人間の印象が、これまたがらりと変わってしまう。

したがって、ひと口に「○○の統計」と言っても、どのような方法でどのようなサンプルを集めたかに始まって、どのような分析手法を使って何を目的に統計結果を算出したかなど、一つ一つ検証したうえで概観しないと、そのデータが正しいかどうかなど、わかりゃしないのである。その検証、はっきり言って、統計学の基礎を学んだ程度の私には無理である。学生時代、卒論(量子力学であった)のために、変微分方程式やらテンソル解析やら、数理物理学を勉強した私だが、統計に関するあれこれは、煩雑すぎて無理。一つだけ確実に言えることは、どんな統計データも、そもそも安易に信じちゃいけないということで、そういう危うい数字の上で私たちの社会はかろうじて維持されているのである。

(2019・3・5)

写実主義

ホキ美術館。そう聞いて何のことか了解できる人は、そう多くないと思う。実は私もそうだった。千葉市にある美術館なのだが、大変失礼ながら存在そのものをこれまで知らなかった。その美術館のコレクションを、つい先日、盛岡の岩手県立美術館で鑑賞することができた。

毎夏、1週間から長い時では2週間程度の休みを取って北海道に渡っているのだが、今年は帰り道に岩手県立美術館に立ち寄った。特別展として「ホキ美術館展」が開催されていたからだ。もちろん、私の発案ではなく、美術の教員をしている妻の希望であった。美術館に足を運んで絵を鑑賞するのは好きなのだが、美術そのものについては門外漢の私である。こんな機会がなかったら、今回の特別展に来ていた絵を、おそらくは一度も観《み》ることなく人生を終えていただろう。そう思うと、妙に得した気分になると同時に、空恐ろしくもなる。空恐ろしい、と言うと少々おおげさかもしれないが、「今回の特別展を鑑賞した自分」と「今回の特別展を鑑賞しなかった自分」を比べてみると、確実に差がある。いったい、どんな差があるのか？　具体的に言うのは難しいが、心が少しでも豊かになった自分がいるかいないかの違いであるような気がする。

さて、今回岩手県立美術館で開催された特別展であるが、日本の写実絵画専門のホキ美術館が所蔵している作品のうち64点がやって来ていた。つまり、展示されている全ての絵が、国内の写実主義の作家(多くは現存の作家)の手になる作品なのである。

ここ最近、印象派や後期印象派、キュービスムやシュールレアリスム、でなければ、浮世絵や屏風《びょうぶ》絵などの日本画を観る機会が多かったので、今回の展覧会は逆に新鮮であった。どういうことかというと、人物画にせよ風景画にせよ、あるいは静物画にせよ、全ての絵がまるで写真のように写実的なのだ。写実主義といえばアメリカのワイエスが有名だが、以前「アンドリュー・ワイエス展」を観に行った際以上に驚いた。どの絵もあまりに精緻で精密に描かれていて、写真と区別がつかないのである。

ところが、展示してある絵をしばらく観ていると、不思議なことに、写真とは違う何かを感じることができるのだ。いや、感じられるような気がすると言った程度なのだが、確かに何かが違う。そしてまた、60年代後半にアメリカで起こったスーパーリアリズム(写真をキャンバスに投影してエアブラシなどで転写する技法)の作品ともまた違う雰囲気だ。

現代の写実主義の作家たちは、余計な道具を使わずに、基本的に筆のみで描いていくという。それでこうした作品を仕上げるのかと思うと、ちょっと考えただけでも想像を絶するような労力である。実際、1年で数点の作品を完成させるのがせいぜいで、時には何年もかけてようやく1枚の絵が出来上がるらしい。その濃密な時間が写真のような絵の中に閉じ込められている、ということなのだろう。

(2019・8・27)

ウイルスと進化論

1

巷《ちまた》には新型コロナウイルスの話題があふれている。実際、たまたま立ち寄ったドラッグストアには「マスク入荷待ち」のお知らせが貼られていた。それを見て、はるか昔のオイルショックの際のトイレットペーパー買いだめ騒ぎを思い出してしまうのだから、自分の年齢を感じざるを得ない。

新型ウイルスの話題で持ち切りなせいか、ニュースではあまり見聞きしていないのだが、この冬の通常のインフルエンザの流行はどうなっているのだろう？　疑問に思ってインターネットで調べてみたら、ほとんどの都道府県が警報または注意報レベルにあるようで、医療機関での受診者数も５００万人を大きく超えているようだ。

感染リスクを低減させる対策は、手洗いやうがい、そしてマスクの着用と、新型コロナウイルスもインフルエンザも同じである。現状、日本国内ではインフルエンザのほうがはるかに猛威を振るっているわけだが、新型コロナウイルスの報道がされる前は、マスクの品切れのニュースはなかった。ＳＮＳの時代になったとはいえ、大衆心理に及ぼすマスコミ、とりわけテレビの影響は相変わらず大きいようだ。

今回の新型ウイルス騒ぎがどこで収束するのかは、この原稿を書いている段階では不明だ。思ったよりも早めに収束するかもしれないし、感染者が5億人以上、死者が５０００万人から1億人とも言われているスペイン風邪のように、世界的に甚大な被害をもたらすものになるかもしれない。インフルエンザウイルスやコロナウイルスが厄介なのは、たとえば有効なワクチンや治療薬が開発されたとしても、突然変異によって遺伝子が変容して、ワクチンが効かなくなったり治療薬の効果が薄れたりすることだ。

ダーウィンの進化論（正確にはダーウィンの自然選択説とメンデルの遺伝の法則に突然変異説が融合したネオダーウィニズム）においては、突然変異はあくまでもランダムに発生するものであって、たまたま環境によりよく適応できたものが生き延びる。つまり自然選択（淘汰《とうた》）が行われて、生物は漸進的に進化する。これは私たちが中学校の理科や高校の生物で学んだ知識で、進化に関する常識でもあった。ところが、である。獲得形質が遺伝するというラマルクの進化説が亡霊のように甦《よみがえ》りつつあることを最近になって知り、マイブームというか、個人的なトピックスになっている。ダーウィンより少し前のフランスの生物学者、ラマルクが唱えた進化説というのは、簡単に言えば、生物は生きているうちに環境に合わせて自身の身体を変化させることができ、そうして獲得した形質は子孫にも遺伝するというものだ。

ところで、突然変異を引き起こす原因は、ＤＮＡがコピーされる際のエラーであることが、今では分かっている。ネオダーウィニズムの立場では、そのエラー自体があくまでも偶然の産物でしかないのだが、どうもそれだけではないらしい。

2

突然変異はあくまでもランダムに発生するものであり、自然選択によってより環境に適応した者が生き残り、それが積み重なってゆっくりと進化は進む。それがこれまでの現代科学における常識（ネオダーウィニズム）だったのだが、一度は葬られたはずのラマルクの進化説が復活しつつあるようなので、これは一大事！というところまで前回は書いた。

ラマルクの進化説の例としてよく使われるのがキリンの首。ラマルクによれば、架空のレイヨウ（進化する前のキリン）が木のてっぺんにある葉を食べようとして首を伸ばしているうちに少し首が伸びた。そのレイヨウの子孫には、少し伸びた首という獲得形質が遺伝した。その子孫の首がまた少し伸びて、ということを繰り返しているうちに、やがてキリンに進化した、というわけだ。

ところで、自然科学の世界では、全ての仮設は実験や観察によって検証される必要がある。もちろんのこと、ダーウィンとラマルクのどちらが正しいかを、実験で検証した科学者たちがいる。その際に使われたのが、細菌とウイルス。ウイルスに繰り返し感染させると、ウイルス感染に耐性を持つ細菌が出現することはだいぶ前から知られていた。その耐性菌の出現率は、ウイルスがいてもいなくても変わらない、つまり突然変異の発生率は環境（細菌にとって致死性のウイルスがいるかいないか）に左右されないことを、実験によって検証した研究者（調べればすぐにわかるので、ここでは誰とは明かさないでおく）が、１９６９年にノーベル賞を受賞している。

ところが、である。1990年代になって、その実験自体に欠陥があると考え、少し違った方法で実験を行った研究者がいる。具体的に説明しているとあっという間に枚数が尽きてしまうので省略するが、その実験結果はラマルクの進化説を支持するようなものとなった。環境的困難(この実験の場合は、致死性のウイルスではなく飢餓)に直面すると、それを克服するような突然変異が誘発されて、それが子孫に遺伝するという結果が出たのである。しかも、その実験は他の複数の研究者によっても追認された。当然ながら、生物学の世界では大騒ぎとなった。コペルニクスやガリレオから始まり、ケプラーとニュートンによって決定的となった地動説により、いったんは完全に否定されたはずの天動説が、突如として甦《よみがえ》ったようなものである。

なぜそんな結果が出るのかさまざまな仮説が出されているのだが、そのなかに量子力学によってこの現象を説明できる、つまりDNAの複製には量子力学が働いているという説があり、それなりの説得力を持っているのである。どうも最近の生物学の世界では「量子生物学」という分野がトレンドになりつつあるらしい。まだまだ議論の余地がある研究分野のようではあるが、そういえば、私の大学時代の卒業論文は量子力学だったな……。

(2020・2・18～25)

量子力学と三つの謎

量子生物学という分野が最近の生物学の世界ではトレンドになりつつある、という話を前回書いた。ところで「誕生」がキーワードになる三大謎というものがあるのだが、いったい何かご存じだろうか。

「宇宙誕生の謎」「生命誕生の謎」「意識誕生の謎」がそれである。そして、この三つの謎を解明するのに、量子力学が有効なのだそうだ。なのだそうだ、などとわざわざ人ごとみたいに書いたのには、とりあえず理由がある。ここから先は、私の個人的な感想になるのだが、一つ目の「宇宙誕生の謎」の解明は、量子力学抜きには成し得ないだろう。というより、量子力学の知見によって、かなりの部分まで解明されつつあるのが事実のようだ。

次の「生命誕生の謎」に関しては、最近までは量子力学とは無縁だと思っていたのだが、もしかしたら違うかも、つまり、量子力学によって解明が可能かも、と思い始めている。というのは、先日読んだ本に、ヨーロッパコマドリの渡り（北欧のコマドリは、越冬のために地中海、さらには北アフリカまで移動する）の仕組みが量子力学によって解明された、という記述があったのである。

コマドリが地磁気を感知できることは、すでに1976年に確認されていた。その能力をコンパスに使うことで、コマドリは方角を間違えずに正しい渡りができるのだ。そこまではよいのだが、その原理が長い間謎だった。それが「量子もつれ」という量子力学に特有の不思議な、そしてちょっと不気味な現象(あたかも光の速さを超えて通信し合っているように思える量子間の現象)によって解明できるという説が２０００年になって発表され、04年に実験で裏付けられたのである。と書いても、なんのこっちゃ？　と首をかしげる向きも多いと思うのだが、私にとってはびっくり仰天の事実であった。そうした量子力学的な効果がＤＮＡのコピーの際にも働いているとなると、「生命誕生の謎」も量子力学によって解明される可能性が極めて高そうに思えるのだ。

問題なのは「意識誕生の謎」である。意識はどのようにして発生するのかという問題については、さまざまな説があっていまだに全く決着がついていないのだが、ここにもやはり量子力学が入り込んでいる。脳のニューロンのとある部分における量子力学的な振る舞いが意識を生んでいるという説である。

これには私自身は懐疑的だし、実際、疑問を呈している研究者が多いようだ。多くの科学者はニューロンの電気的な発火の仕組みが完全に解明されれば謎は解けるはずだと考えているようだが、そう簡単な話ではないような気もする。というのも、前の二つの謎と違って、意識の問題となると、科学者だけでなく哲学者もこぞって議論に加わり始めるからである。それはなぜだろうと考えているうちに、なんと！　面白いＳＦになりそうな、いいアイデアを思いついてしまった。どんなアイデアかはもちろん秘密です。

（２０２０・３・３）

ウイルスの戦略

年度末は何かとせわしなくなるものだが、今年度は新型コロナウイルス騒ぎのおかげで、世の中は妙なざわつき方をしている。この原稿が掲載される翌日には、東日本大震災からちょうど9年という大切な節目を迎えているわけだが、予定されていたもろもろの催しも中止になりそうな気配だし、私たちがどれだけ心を静めて慰霊に向き合えるか、少々微妙なところだ。

ともあれ、今回の感染拡大が今月中に収束に向かう兆候が見られないようであれば「肺炎を引き起こしやすいので注意が必要な風邪」として、しばらくのあいだ新型コロナウイルスとつきあっていくしかないだろう。実際、いわゆる「風邪」は、原因のほとんどはウイルスであり、ライノウイルス(100種類以上と種類が多すぎるのでワクチンや特効薬が作れない)に次いで多いのがコロナウイルスだとされている。つまり私たちの多くは、これまでもそれとは知らずにコロナウイルスに感染して「風邪をひいちゃった」と言っては、市販薬を服用したり病院にかかったりしてきたわけで、無用に恐怖に駆られる必要はないようにも思う。政府が小・中・高等学校の休校を要請するなど、ここまでやっきになっているのを見ていると、一般国民に知られたくない何かがあるのかも、などと勘繰りたくなってしまうのも否めないけれど……。

ところで、ウイルス側にしてみれば、感染した宿主が免疫を獲得すると(免疫の仕組みにも何種類かあって、それを説明しているとなかなか終わらなくなるので、詳しい話は省略）種としての生き残りが難しくなってくる。それに対抗するために時折、突然変異で自身を変容させて免疫を無効にしては自己増殖を図るという、なかなか巧妙な戦略を取っていることになる。結局のところ私たちはウイルスとの間でいたちごっこを繰り広げるしかないのだが、ここで幸いなのは、ウイルスには雌雄の別がないことだ。

タンパク質の殻が核酸（ＤＮＡまたはＲＮＡ）を覆っているだけの構造をしているウイルスは、宿主の体内で増殖する際、まったく同じ塩基配列（遺伝情報）を持ったウイルスが複製される。だが、仮にウイルスにも雌雄があり、減数分裂（精子や卵子など、いわゆる配偶子が作られる際の分裂方法）でも増殖が可能だとしたら、突然変異を待たずにちょっとずつ違ったウイルスが次々と出現することになり、我々の免疫機構が追い付けなくなって、あっという間に人類は絶滅してしまうかもしれない。とはいえ、そういうウイルスが存在しないのは、宿主を死に絶えさせてしまっては、寄生することでしか増殖ができないウイルス自身も絶滅するしかないからだとも言える。

なんだかＳＦみたいな話になってしまったが、現代のバイオテクノロジーを使えば、そんな凶悪なウイルス（もはやウイルスとは呼べないニュータイプ）を人工的に作ることも不可能ではないだろう。くわばらくわばら……。

（２０２０・３・10）

第6章　物書きの日常

紙の本と電子の本

読書の秋にちなんでか、最近、本に関する話題に触れる機会が多い。電子書籍の読み放題サービスが一部配信停止になったニュースは記憶に新しいが、議論の論点がどこかずれているように思えて隔靴掻痒《かっかそうよう》感が増すばかりである。いつから本は、経済効率優先の対象に組み込まれるようになったのだろう。以前は、作り手にも読み手にも、もっと精神的な余裕があったように思うのだが。

ともあれ、物書きとしての私自身は、おそらく、最後の紙本の世代であると同時に、電子化の洗礼を受けている最初の世代なのだろう。思い出せば、保険代理店をしながら出版社の新人賞に応募していたころ、すでに手書きではなかった。保険の仕事で使っていたワープロ専用機で原稿を書いていた。デビュー後間もなくウィンドウズ98が発売され、それと同時にパソコンに変わった。パソコンで原稿を書くようになったとはいえ、最初の2〜3年ほどは、書き上げた原稿を紙に印刷して、宅配便で編集部に送っていた。それがいつの間にか原稿はメールで送るようになっていた。それでもゲラ（原稿を校正用に印刷したもの）だけはＦＡＸを使い、とりあえず紙でのやりとりをしていた。ところが最近、固定電話兼用のＦＡＸ機が故障した。ローラーが摩耗したらしい。紙が真っすぐ入っていかず、紙詰まりを起こすようになった。それがきっかけで、今はゲラのやりとりもＰＤＦファイルに変わり、雑誌や新聞（このコラムもそう）での仕事に、紙は介在しなくなった。最後まで紙の砦《とりで》を守っているのは、紙の本（単行本および文庫本）を作る前のゲラのやりとりだけになっている。そのうち、その作業さえも電子化されるのだろう。

そんな時代の流れで、書く作業はほとんど電子化されているのだが、読み手としての私は、紙の本でないとどうにも落ち着かない。一過性のニュースなどはインターネットで問題ないのだが、きちんとした読書となると紙でないとダメ。という段階ですでに時代から取り残されつつあるのだろうが、紙の本の手触りから得られる、モノとしての完成品がもたらす存在感が好きなのである。

だが、一度だけ、紙の本は要らないと思ったことがある。言うまでもない。東日本大震災の時だ。あの震度６強の揺れで自宅の２部屋で本棚が倒壊した。とりあえずの復旧まで一週間を要した。と思ったら、４月初旬の大きな余震で再び全面倒壊した。その時私は「もう嫌だっ、紙の本はもう要らない！」と心の中で叫んでいた。いや、実際に声に出したかもしれない。その後、その２部屋は完全には復旧しきれない状態で現在に至っている。なので「あの本、どこかにあったはずだな」と思っても、探し出すのは極めて困難だ。

ところが喉元過ぎればなんとやらの通り、その後も順調に紙の本は増殖し続けた。いまや、わが家の生活空間の半分以上が、本という愛《いと》しき怪物に浸食されている。

（２０１６・11・８）

蕎麦とお酒

もうじき今年も終わる。大晦日《おおみそか》の年越し蕎麦《そば》が今から楽しみである。蕎麦アレルギーを持っている方には申し訳ないが、蕎麦をすすりながらお酒(日本酒に限る)を飲むのが特に好きだ。蕎麦とお酒の組み合わせを楽しむようになってから、かれこれ20年近くになるだろうか。

以前の私は、蕎麦は食事だと思っていた。つまり、酒の肴《さかな》だとは考えていなかった。たぶん、ここ東北では、私に限ったことではないと思う。寒冷な気候に弱い稲の代わりに、蕎麦などの雑穀を栽培して食べていた歴史的な背景があるからだろう。美味《おい》しい蕎麦を出す蕎麦屋はそこそこあるのだが、お酒を飲みに行く場所としての認識は、客側にも店側にもあまりないようだ。

そんな私であったので、新人賞をもらってデビューしてまだ間もないころ、初めて神田淡路町にある老舗「かんだやぶそば」の暖簾《のれん》をくぐった時、ごく当たり前に、「せいろうそば」(普通に言うところのもりそば)を1枚注文した。出版社のパーティーに出席した翌日だった。仙台に帰る前の昼食である。確か、600円くらいだったと思う。早速運ばれてきたせいろうそばを見て、目が点になった。3度ばかり箸を運べば消えてなくなるような量の少なさだったのである。実際、1分とかからずに食べ終えてしまった。当然、お腹《なか》なんか満たされない。追加を頼もうかとも思ったが、この量では3枚食べても足りないじゃないかと、値段を考えてやめた。東京って恐ろしいと思った。なんだか場違いな店に入ってしまったようで恥ずかしかった。結局、東京駅で駅弁を買って空腹をしのいだのだが、新幹線の車中で駅弁を食べながら、もう二度と東京で蕎麦は食べない、と心に誓っていた。

その私が、今は東京に行った帰り、新幹線に乗る前の昼食時、必ず目当ての蕎麦屋(どこでもよいというわけではない)に立ち寄る。立ち寄るというよりは、居座る。まずは日本酒をお銚子《ちょうし》で1本頼み、お通しとして付いてくる蕎麦味噌《みそ》を舐《な》めながらお猪口《ちょこ》を傾ける。で、必ずかまぼこと玉子焼きを注文するのだが、その2品を食べ終えたころにはお銚子が空になっている。そこでもう1本追加して、その日の気分で、あと1品、好みのつまみを注文する。やがて気付くと、2本目のお銚子も空いている。いくらなんでも昼間から飲みすぎであるなあ、と思いつつも、そのころには冷静な判断能力が失《う》せている。結局、3本目のお銚子とせいろうそばを注文して締めくくるという、実に幸福なひとときを蕎麦屋で過ごしてから仙台に帰って来る。いつのころからか、それが東京に行った際の大きな楽しみになってしまった。

そんな具合にお酒を飲みながらゆっくりできる蕎麦屋が、仙台にも少数ながらあるにはある。しかし、暖簾をくぐるとしても夜になる。地元の仙台では、真っ昼間から蕎麦屋で酔っぱらう勇気が、どうしても出てこないのだ。

（2016・12・20）

仙台雑煮

年の瀬に焼きハゼを買いに行くようになってから、かれこれ7〜8年になるだろうか。もちろん、お正月の雑煮に欠かせない食材だからだ。それぞれの家庭で若干レシピは違うと思うが、ダシを取った立派な焼きハゼが、イクラやセリと一緒におわんの中央に堂々と横たわっている目にも鮮やかな仙台雑煮は、おそらく全国で最も豪華なものであろう。

とはいえ、子どものころは見たことも聞いたこともなかった。仙台で生まれたものの、物心がつく前に父の実家がある登米市(当時は登米郡)に引っ越しをして田園地帯の真っただ中で育ったため、仙台雑煮の存在自体を知らなかった。米どころであるから、お正月といえばあらゆる種類のお餅(あんこ餅を筆頭に、ずんだ餅、ゴマ餅、くるみ餅、納豆餅、エビ餅などというのもあった)攻めになるのだが、雑煮そのものは、大根やニンジンのひき菜、そして凍《し》み豆腐が主体となる、ボリュームはあるけれど、比較的簡素なものだった。結婚を機に仙台で暮らし始めてからも、妻の出身地が函館ということもあり、いっそうシンプルな雑煮になっていた。ところがある時、何かの雑誌を見ていた妻が、突然「何これ!」と驚きの声を上げた。ページいっぱいに掲載されていた仙台雑煮の写真に、こんなお雑煮は見たことがない!とすっかり仰天していたのである。

それ以来、毎年、クリスマスが終わったあたりで焼きハゼを求めにデパートやスーパーへと繰り出すのだが、その焼きハゼを作り続けているのが（ご承知の方も多いと思うが）石巻の長面地区だ。東日本大震災直後の半年あまり、小説を書く人間としてこの惨状を目に焼き付けておかなくては、と自分に言い聞かせ、毎週のようにあちこちの沿岸部に足を運んでいた。長面地区は、見ていて最も心が痛んだ場所の一つだった。周辺がほとんど水没し、完全に孤立して人気《ひとけ》の失《う》せた集落を前に、呆然《ぼうぜん》と立ち尽くすしかなかった。それだけに、震災の年、まさか焼きハゼが店頭に並ぶとは思ってもいなかった。あの状況下で漁をして焼きハゼを作り、いつものように私たちの食卓に届けてもらえたことには、今なお感謝の気持ちでいっぱいだ。

毎年この季節がやって来るたびに、焼きハゼを変わらず作り続けている長面地区に思いを馳《は》せて雑煮を前にするのだが、前々から疑問に思っていたことがある。仙台市内で（あるいは近郊で）どれくらいの家庭が焼きハゼ入りの雑煮を食べているのだろう？　実は、仙台雑煮がお正月の定番になっているという知り合いが、実際には少数派なのか、私の周辺にはいないのである。仙台市民といえども、私のように他の地域で育った人間が多いせい（説得力はありそう）なのか、それとも、よほど私の交際範囲が狭い（十分にあり得る）のか。はたまた、何か隠された真の理由が他にあるのか、謎はいっそう深まるばかりである。

（2016・12・27）

本を買う

ここ数年、いや、かれこれ10年余り、インターネットで本を買うことが多くなった。確かに便利ではある。特に、小説を書くという仕事をしていると、参考資料としてどうしても緊急に必要な本が出てくる。その際、ネット書店の検索サイトでとりあえずキーワードを打ち込めば、それに関連した本がずらりとピックアップされる。しかも、たいていの本は翌日に配達されるという迅速さで、これにはかなり助かる。時折、新刊では売っていない古本が必要になることもあるのだが、そんな場合には古書専門のサイトが利用できる。小説家としてデビューした20年前は、こんな便利な世の中になるとは思ってもいなかった。

ではあるのだが、パソコンのディスプレー上に表示された注文ボタンをクリックする際、ちらりと罪悪感を覚えるのも事実だ。自分の本を売ってくれている地元の本屋さんに申し訳ないなと考えてしまうのである。だから本当は、インターネットで本は買いたくない。それにネット書店はおせっかい過ぎる。サーバー内に蓄積されているこれまでの購入や閲覧の履歴から、サイトにアクセスしただけで、あなた(ようするに私)へのお薦め本なるものが何冊も表示されるので、うっかりすると必要のない本まで買いそうになってしまう。そこまではまだいい。許せる範囲だ。ところが時に、「熊谷達也さんへのおすすめ本」などと称して熊谷達也著の本、つまり自分で書いた本を紹介されたり、「熊谷達也の新刊が出ました」などとわざわざ電子メールでお知らせが届いたりする。こうなると、おせっかいというより余計なお世話だ。なので最近は、趣味として普通に読みたい本を探す時には、できるだけ本屋さんに足を運ぶようにしている。

思えば中学生のころから本屋さんが好きだった。当時の私は登米郡登米町（現登米市）の中学校に通っていたのだが、学校の帰りに、町で唯一の本屋さんにほとんど毎日立ち寄っていた。そして小一時間あまり、隅から隅まで本棚を眺めてから家に帰るのが常だった。ドン引きされてしまいそうな中学生である。

三つ子の魂何とやらの言葉通り、やっぱり今でも本屋さんに満ちているあの独特の空気感が好きだ。リアルな本屋さんには思いがけない出会いがある。あらかじめネット情報で評判をチェックし、外れのない本を買うのは悪いことではない。しかし、効率優先で選択ばかりしていると、本との出会いの感動がどんどん薄れていくようで、何やら寂しい。

寂しいといえば、講演会やトークショーの会場で「熊谷さんの新刊、とても良かったです」などというお褒めの言葉を、たまにではあるものの頂戴することがある。大変うれしいのだが「早速図書館で借りたんです！」だとか「友達に貸してもらって」と何の悪気もなさそうに付け加えられると、愛想笑いを浮かべながらも、少々、いや、かなり寂しい思いをする私であった。

（２０１７・２・21）

本を作る 1

少し前、出版社の校閲者が主人公のテレビドラマが放映されていて、自分の仕事にも深く関わる内容なものだから、ついつい毎回見入ってしまった。ドラマの中に、小説家と校閲者が直接会って話をする場面が出てくるのだが、それって本当にあることなんだろうか？と興味津々で見ている（私はそうしたことがない）自分自身に失笑してしまった。

仕事の打ち合わせでとある出版社の担当編集者に会った際、「ああいうことってあるの？」と尋ねてみた。「うちの会社では聞いたことがないですねぇ。他社さんのことは分からないですが」という返事であったため、何となくすっきりしないまま今に至っている。

ところでこの前、広告代理店をやっている友人と飲んでいた時にもそのドラマの話が出たのだが、「じゃあ、編集者って何やってんの？」と真顔で尋ねられた。その友人、仕事柄自分でも校正作業（簡単に述べれば、文字や文章に誤りがないかのチェックと修正）をしているのだが、文章の細かなチェックや事実関係の確認が校閲の仕事だとすると、編集者の仕事がなくなるじゃないか、と思ったらしい。なるほど。その疑問も、もっともではある。広告制作の仕事をしている彼にしてそうなのだから、一般の人たちにとってはブラックボックスのようなもの（ここまで書いた段階で、この原稿、一回では終わらない予感が……）かもしれない。

本（小説）を作る際の編集者の仕事はプロデューサーに近い。作家との原稿のやりとりの他に、装丁を担当するデザイナーやイラストレーターの選定や打ち合わせ、全体のスケジュール管理などの仕事をこなしつつ、作家をアテンドして取材先に出向くこともあれば、参考資料の収集のために国会図書館や古書店に足を運んだり、あるいは、新刊のサイン会や書店回りで作家に同行したりもする。

ではあるのだが、本づくりには家内工業的なところが多分に残っていて、編集者自身も原稿に直接手を入れる。その際の校閲者との違いは、グレーゾーン的な部分があってなかなかややこしい。実際私も、デビューしてから数年くらいは、どれが編集者でどれが校閲者からの指摘なのか、さっぱり区別がつかなかった。いや、本当に駆け出しのころは、全て編集者がチェックしているのだと思い込んでいた。

というのも、編集者から送られてくる校正用のゲラには、あちこちに付箋が貼ってあり、そのページには、これは間違いなのでは？　だとか、ここは別な表現のほうが良いのでは？　だとか、ここがちょっとわかりにくいかも、などといった指摘が、疑問点として鉛筆書きで入っているのだが、編集者の多く（全員ではない）は、校閲者からの指摘部分も自分で再度書き写して校正ゲラを作るので、見た目だけでは、編集者からの指摘なのか校閲者からの指摘なのか区別がつかないのである。

2

編集者から送られてきた校正用のゲラ（元々は活字組み版を収めた木箱をそう呼んだ）には、疑問点が出たページに、色とりどりの付箋（どの色が何を意味するかは出版社や編集者によってまちまち）が貼られてくる。新人の頃は、それはもう眩暈《めまい》がするほど大量に貼られてきた。少なくとも4～5ジペー《ページ》に1枚の割合で貼られていたのは確かだ。

その指摘が、明確な間違いに対するものだったり、言葉の誤用だったりした場合は、なるほど、とか、うっかりしていた、と思いつつ素直に手直しをするのだが、そうはならない時もある。微妙な言い回しや文章の組み立てなど、表現方法そのものに関して注文が付くことがあるのだ。小説家という人種は、新人、中堅、ベテランを問わず、自意識過剰の権化みたいなものである。そして、表現方法や技巧自体を問われるところに小説の特殊性がある。極端な話、どう読んでも妙な文章が作中にあったとしても、とりあえず論理的な破綻をしていなければ、明らかな事実誤認や差別用語がない限り、書き手がそれでいいのだと言い張れば、それがまかり通る世界だ。よって、単純なミスや勘違い、あるいは、勉強不足だった部分以外に付箋が貼られてくると、まずはムカつくのである。自分そのものが否定されたような気分になってしまうのだ。担当の編集者の首を絞めてやりたくなることもしばしば……。

とはいえ、たいていの場合、指摘された通り書き手が未熟だっただけなのである。なので、付箋だらけのゲラを見てカッカした翌日には、せっせと手直しをしているのがいつものことだ。というような生活を続けているうちに、次第に付箋の数が少なくなってくる。書けば書くほど、書いた分量に比例して文章はうまくなる。その点は運動や手仕事と一緒で、文章力は決して特殊な才能ではない。

というわけで、気付いてみたらここ数年、送られてくるゲラに付箋が少なくなってきて、今度は逆に寂しさを感じるのだから、人間とはわがままなものである。あまりに付箋が少ないと、編集者も校閲者も私の原稿をちゃんと読んでいないんじゃないか？　などとあらぬ疑いが頭をもたげてくるのだから始末に負えない。

と思いきや、この前送られてきた新刊のゲラに、目が点になるほど大量の付箋が貼られてきた。いったい何事かと思ったら、校閲のほうで漢字にルビを振った箇所にことごとく、つまり著者にお伺いを立てる必要のないものまで、全部律義に付箋を貼って確認を促していたのであった。自覚のないまま、急に文章が下手くそになってしまったのかとかなり焦ったのだが、次の瞬間にはそうじゃなくてよかったと安堵《あんど》しているのだから、小説家はやっぱりわがまま、というより、扱いにくい存在に違いない。

（2017・2・28〜3・7）

辞書で遊ぶ

国会の証人喚問で飛び出した「忖度《そんたく》」という言葉が、妙に話題になっているようだ。もしかしたら、今年の流行語大賞の候補になりそうな人気ぶり(この原稿が掲載されるころにはすっかり下火になっているかもしれないが)である。忖度の意味を辞書で調べたり、インターネットで検索したりした人は、相当な数に上るに違いない。

実は私も辞書を引いた。小説家としては誠に恥ずべきことなのだが、この忖度という言葉、これまで目にしたり耳にしたりした記憶がないのである。手元の辞書で調べてみると「人の気持ちや考えをおしはかること。察すること」とあり、類語として「推量」と「推察」が挙げられていた。

なるほど、とうなずきつつ「推量」を引いてみると、意味の解説の後に類語として「推測・推定・推察・推理」と載っている。ならば「推察」のほうは? とさらに調べてみると、「推測・推量・推理・推定」が類語に。同様にしてここまでに類語として出てきた「推測」「推察」「推理」の類語をそれぞれチェックすると、新たに登場した類語は「推論」だった。この「推論」の類語として記載されているのは「推理」のみ。この段階で「忖度」からスタートした類語の、閉じたループが成立したことになる。面白いことに、このグループの中に、類語として「忖度」が記載されている単語は(少なくとも私が引いた辞書には)存在しなかった。余談になるが、私が手元に置いて愛用している辞書は、今回のように類語が多い言葉に関して、どのように使い分けをすればよいかがコラムとしてまとめてあり、これには大変助かっている。

ともあれ、今回の類語の検討の結果、「忖度」とは、使われる頻度が極端に少ないか、限られた場面や環境でしか使われないような、極めて珍しい言葉である、と結論づけることができそうだ。つまり、私が知らなくても無理がない（それほど恥ずかしいことではない）言葉だったのである。

などとほっとするのが目的ではなかった。紙の辞書の良さを再確認したかったというのが、この原稿を書こうとした最初の動機だった。最近ではパソコンやスマホの辞書アプリを使うのが普通になっていて、紙の辞書に手を伸ばす機会が減ってきているようだ。だが、いまだに紙の辞書の方が優れていると私は思っている。電子辞書の場合、ピンポイントでの検索になるので、目的の単語の周辺に載っている言葉に目が向くことはない。紙の辞書の場合、調べたついでに無意識にその周辺にも視線が行くので、そんな時にこそ思わぬ発見がある。あるいは、今回の忖度の類語のように、ぱらぱらとあちこちのページをめくる気になる（キーボードだとなかなかそんな気にはなれない）のも、紙の辞書のいいところだ。そんな悠長なことをしている暇などないと言われればそれまでだが、辞書で遊ぶ余裕すらない世の中の先に待っているのは、言葉の貧困化かもしれない。

（2017・4・18）

辞書を買う

私が手元に置いて愛用している辞書は「広辞苑」や「大辞林」といった大仰なものではなく「角川必携国語辞典」という、重さ820グラム《グラム》（実際に量ってみた）のコンパクトな辞書だ。どうしても必要な際には広辞苑や大辞林にも手を伸ばすが、小説を書く仕事をしていても、そんな機会はめったにない。あの図体《ずうたい》のでかさと重量は、日常使いには正直言って向いていない。

私が日常的に使っている辞書は、今使っているもので4冊目になるはずだ。表紙が取れてボロボロになるたびに買い替えているのだが、常に同じ辞書を購入している。使い慣れている、というのが一番の理由ではあるのだが、小説を書く仕事を始めたころ、数ある辞書の中からそもそも最初に選んだのは、井上ひさしさんが何かのエッセーで薦めていたのがきっかけだった。日本を代表する国語学者で、個人的に尊敬してやまない故大野晋氏が編者の一人になっていることも大きい。この辞書の特に気に入っている点は、前回も書いたように「つかいわけ」というコラムが随所にあって、似たような言葉の微妙な違いがわかりやすく解説されているところだ。

ともあれ、どこの出版社のものでも構わないから、自分が気に入った辞書をいつも手元に置いておくのは大切なこと。というのも、私たち人間は、言葉によってものを考え、言葉によって意思の疎通をしているわけだが、同じ言葉の意味を、AさんとBさんが同じように認識しているとは限らないからだ。いや、異なるニュアンスで捉えているのはむしろ普通で、時には「その捉え方って一般的には珍しいですよね」という独自の認識をしていたり、「それって完全に勘違いですよね？」と、明らかな誤認をしていたりすることもある。

実は私も、大いなる勘違いを（というより完璧に間違って覚えていた）していた単語がある。「旬《しゅん》」という言葉があるが、いわゆる「初物」と勘違いをしていたのだ。わが家の食卓にその年最初のカツオ（初ガツオ）の刺し身が載った際、「やっぱり旬のカツオはおいしいねえ」とのたまって、妻から怪訝《けげん》な顔をされた（かろうじて小説家としてデビューする前の話ではあるが）のである。

これは極端な例ではあるものの、年に一度ほど講師として招かれている小説講座（せんだい文学塾）で提出されるテキスト作品を読んでいても「あれ？」と首をかしげることがたまにある。客観的に見てそこそこ文章を書ける生徒さんにしてそうなのだから、ましてや……というわけだ。

決して出版社の回し者ではないのだが、職場や家庭に日常使いの辞書が置いていないのであれば、すぐに書店さんに走ることをお勧めする。インターネットはやめておいたほうがいい。紙の辞書の使い勝手は、実際に手にしてみないと分からない。

そうしてお気に入りの辞書がいつも手元にあることで、あなたの言葉の世界がいっそう豊かになることは間違いない、はずである。

（2017・4・25）

喪主体験

先日、母の葬儀を出し終えた。行年90歳であった。父は存命なので、本来であれば配偶者の父が喪主を務めるところなのだが、高齢な上に認知症でグループホームにお世話になっているため、通夜から告別式が終了するまでのあいだ体力が持つか、かなり微妙に思われた。そこで長男である私が喪主を務めることになった。

私くらいの年齢になってくると、お祝いの席よりも告別式への参列の機会の方が圧倒的に多くなってくる。変な言い方ではあるが、葬式慣れしていると言ってもよい。

だがやはり、自分の母親となると違った。といっても、悲嘆に暮れるだとか、呆然《ぼうぜん》自失になるだとか、そうしたものがあったわけではない。

実家に近い登米市のグループホームに預けてから(そのころは父もまだ元気で1人暮らしをしていた)既に7年が経過して認知症がかなり進行し、体も衰えて、ここ2年ほどは、ほぼ寝たきりの状態になっていた。そんな中で体調を崩して緊急入院し、点滴のみで命をつないでいる状態であった。それから10日余りでの訃報であったので、いつ死んでもおかしくないと覚悟はできていた。というより、一度危なくなって入院が必要となった2年前から、心構えはできていた。なので、病院から連絡があった時には「あー、やっぱり」と、淡々と思っただけであるのだが、そこから先が慌ただしかった。仙台から登米市内の病院まで駆けつけて死亡診断書を受け取り、まずは葬儀社を選ぶところから始まった。その葬儀社に連絡を取って母を搬送、葬儀までの段取りを決め、納棺、通夜、葬儀、火葬(事情があって火葬を葬儀の後にした)そして法要と近親者での会食。それを4日間で行ったのであるから、やらなければならないことが多くて、なかなか大変であった。

ではあるのだが、あっという間に過ぎ去ったという感じは、なぜかしない。やけに時間がゆっくり進んでいる奇妙な4日間であった。実際、母が息を引き取った翌日の昼、昼食を取りながらふと思い浮かんだのは「あれ？　おふくろが死んだのは昨日だっけか？」という驚きだった。もう何日もたっているような錯覚を覚えたのである。時間が引き伸ばされているような奇妙な時間感覚は、4日間のあいだ、ずっと続いていた。この原稿を書いている今現在、その妙な感覚は消えている。

一体あの不思議な時間感覚は何だったのだろう、とあらためて考えるに、忙しかったとはいえ、実際にはさほど忙しくなく、何もせずに待っている時間の方が圧倒的に長かったのである。それを可能にし、母との静かな別れの時間を十分に確保してくれたのが、依頼した葬儀社、そして担当のスタッフさん(とてもいい方に恵まれた)であった。

昔は当たり前に(特に田舎では)こなしていたこととはいえ、自分で全てをやらなければならなかったとしたら、それを考えただけで眩暈《めまい》がするのであった。

(2017・10・31)

お墓の問題

先に取り上げた空き家問題（262ページ）ほど深刻ではないと思うのだが、お墓をどうする？という問題も、これからは避けて通れない時代になってくるかもしれない。実は、私たち夫婦がそうであった。

混乱しないように簡単に背景を述べておくと、私の父は長男ではあったのだが、農家を継ぐのが嫌で妹に土地と田んぼを譲って独立した。状況的には農家の次男坊みたいなものである。で、認知症になる前の元気なころは「おれは墓など要らん、適当に散骨してくれ」などと偉そうにのたまっていたのであるが、実際に母の葬儀を出した長男（私のこと）としては、さすがにそうもいかない。というか、適当に散骨では寝覚めが悪いし、近しい親戚を納得させるのも難儀する。

ここでもう一つ問題になるのは、私たち夫婦には後継ぎがいないことである。つまり、今回他界した母や、いずれは後を追うであろう父のために墓地を新たに求めたとしても、半世紀もしないうちに無縁墓となるのは目に見えている。それがわかっていてわざわざ墓を建てるのはさすがに……。

きっと、私と同じような状況にある方々も少なくないに違いない。それもあって最近では、樹木葬やら永代供養の納骨堂なるものが都市部では人気なのだろう。

実は、母が息を引き取った時、まずは考えたのが、墓をどうするか、もっと正確に述べれば遺骨をどうするかであった。

うーん、どうしよう、としばし考えたところで「なんだ、墓はあるじゃないか」と思い当たった。妻の両親とご先祖様が眠っている（といっても北海道なのでせいぜい3代）函館の墓である。市営の共同墓地なので、面倒なあれこれがない。しかも、函館湾を一望の下に見渡せる場所にあり、自分が墓に入るなら絶対にここがいい、と思うくらいのすてきな立地なのである。それに加えて、お世話になっているお寺さんの住職が、若い割には（たぶん40代半ばくらい）なかなかの人徳者なのである。親身になってあれこれ相談に乗ってくれるのはもとより、お経が素晴らしく良いのだ。お経に聞きほれる経験などしたことがなかった私であるが、その住職のお経を拝聴した途端、変な言い方であるがすっかりファンになってしまったくらい、ありがたさを感じるお経なのである。

もうこれしかないでしょ、という条件がそろっているのは明らか。函館のお墓はどうだろう、という私の提案に、妻も一も二もなく賛成してくれ、その旨を親戚にお伺いを立てて（実際には宣言したようなもの）みたところ、反対の声が上がることもなく（上げようがなかったのだろう）それを可能にするために、葬儀社に手配をしてもらって○○宗から△△宗に宗派を変えて葬儀を執り行い、そうしてお骨になった母は、４００キロ近く旅をして津軽海峡を渡り、つい先日、妻の両親のお住まいに同居させてもらうことになったのであった。

（２０１７・11・21）

お墓のあれこれ

12月の最初の土日を使って函館に行き、母の四十九日法要を無事に済ませてきた。

今回、函館への往復には新幹線を使った。いや、それにしても便利になったものである。北海道新幹線の運行が始まる前は、途中で在来線に乗り換えて海峡トンネルをくぐったわけだが、仙台を出発して函館に着くまで、乗り継ぎを含めて確か4時間半くらいかかったはずだ。それが今では3時間ちょっとで到着してしまうのだから、その気になれば日帰りも可能。事実、今回乗った新幹線も、函館観光とおぼしき乗客で大変なにぎわいであった。

ところで、前回11月の初めに函館に行った際に納骨は済ませていたのだが、北海道では冬場に人が亡くなった場合、翌春の雪解けを待って納骨をするのが普通である。雪と寒さで納骨どころではないからだ。事実、妻の両親の場合も、12月と1月の他界だったため、どちらも冬の間はお寺さんに遺骨を預かってもらい、暖かくなってからの納骨だった。

その納骨であるが、地域によって方法がさまざまなようだ。お墓の構造そのものも違っていて、例えば、沖縄でよく見られる亀甲墓と呼ばれるお墓はかなりの大きさである。見た目もミニチュアの家のようにとても立派だ。そんなふうに沖縄のお墓が大きいのは、風葬の風習があったかららしい。

北海道のお墓の多くは、外見は本州のものと大差はないのだが、お墓の前面にある線香台になっている石をどかすと、納骨するための直径が10チセン程度の丸い穴が開いて（一応、ふたは付いている）いる。最初見た時には驚いたというか、戸惑ったのだが、その穴からお墓の中に、骨箱から取り出したお骨を、流し込むようにして手づかみでどんどん放り入れていくのである。なので、火葬の時から陶器製の骨つぼは使わない。最近の墓はどうなのかはわからないが、先日の納骨の時、住職がこちらから持って行った立派な骨つぼを見てびっくりしていたから、たぶん北海道では、その納骨方法が今も一般的なのだろう。

そういえば若いころに親戚の不幸があった際、墓石の下のそこそこ広い空間に、骨つぼごと納めた記憶がある。並んでいる骨つぼの幾つかが倒れていて、誰かが「宮城県沖地震（1978年の）でひっくり返ったんだな」と言っていた。だが、同じ宮城県内でも、骨つぼと布の袋がセットになっていて、骨つぼごとではなく、遺骨が入った袋を納める方法（骨が土に還《かえ》るように）で納骨する場合もあるようだ。よく考えてみれば、大昔には火葬ではなく土葬が普通だったのだから「遺骨は土に還す」というほうがノーマルだったに違いない。

いや、大昔と書いたが、それほど昔の話ではなかった。私が小学校に上がる前に経験した親戚（誰かは覚えていない）の葬儀の際、大人の男たちが担ぐ棺おけ（文字通りの丸いおけ）と一緒に、山に登った記憶がある。どう埋葬したのかは覚えていない（子どもには見せなかったのかも）のだが、あれは間違いなく土葬であったはずだから、割と最近の話である。

（2017・12・26）

戊年生まれ

今年、2018年は戊年《いぬ》だそうな。そういえば、私の干支《えと》は戊だった。ということは年男ではないか。つまり還暦である。いやあ、めでたいめでたい、などと他人事《ひとごと》のように思うのは、還暦になった実感がさっぱり湧かないからかもしれない。

それはたぶん、私に限ったことではないだろう。一昔前であれば、定年退職(自営業は除いて)の年齢であり、長かったサラリーマン生活にピリオドを打って、年金をもらいながら悠々自適に第二の人生を楽しもうか、などとのんびり構えていられたのだろうが、今は年金の支給が65歳から(その前からもらうと給付額が減らされる)になってしまったし、そもそも国を挙げて65歳定年制を推奨しながら、その実、60歳からの5年間はがくんと給料が減ったり契約社員扱いになったりと、つまり労働力不足解消のための、有事の際に動員される予備役扱いみたいなもので、まったくひどい世の中になったものである。

ともあれ、還暦を過ぎてもまだまだ元気な人がたくさんいるのも事実で、私も一応その一人だと思ってはいるのだが、その一方で体はやっぱり正直だ。体力や運動能力が衰えるのは当たり前だから別として、特に大きな病気をしているわけではないものの、この5〜6年間で、年齢のせいだと思われる体調不良に、3度ほど見舞われている。

一つ目は、6年ほど前だろうか。一時期、不整脈に悩まされた。循環器系の病院で診てもらったのだが、特に心配はないとのことで放り置かれた。結局、半年くらいでいつの間にか消えていたので、今回、この原稿を書き始めるまではすっかり忘れていた。二つ目は、4年前の帯状疱疹《ほうしん》である。私の場合、右側のこめかみから頭頂部にかけて発症したため、最初は白髪染めでかぶれたのかと思い、病院に行くのが遅れて、しばらくの間大変な思い（本当に痛かった）をした。三つ目はじんましん。これも最初はじんましんとは思わずにダニにでも咬《か》まれたのかと思って、またしても病院で診てもらうのが遅れて慢性化してしまい、1年半以上悩まされて、最近になってようやく治まってきた。

いずれの場合も「何か大きなストレスがかかるようなことはありませんでしたか」と医者から聞かれたが、思い当たる節はなかったので、やっぱり単純に加齢によるものかと、少々寂しい思いをしつつも納得していた。だが、よく思い起こしてみると、三つのケースとも、発症した時期、確かにそこそこ大きなストレスがあった。不整脈の時は東日本大震災だったのだと思う。震災後1年が経過したあたりで体調を崩す人が多かったというから、たぶん私もそうだったのだろう。

そして、二つめと三つめは明らかに自転車だ。帯状疱疹の時は、自転車に乗り始めた時期と一致している。じんましんの際は、本格的にトレーニングをし始めたころと重なっている。おそらく、精神的なものではなく、突然の肉体的なストレスで体がびっくりしたのに違いない。

（2018・1・9）

高齢者ドライバー

しばらく前から、高齢者ドライバーによる事故の話題が頻繁に報じられるようになっているが、物損事故ならまだしも、つい最近ニュースになった前橋市での事故（高校生が被害者だった）のように、深刻な人身事故となると他人事《ひとごと》とは思えず、本当に身につまされる。一歩間違えれば、私自身が加害者の家族になっていた可能性があるからだ。

大正15（1926）年生まれの父が、昨年逝去した母と同様に認知症となり、田舎での独り暮らしが難しくなってきたのは2年ほど前のことだった。幸いにも実家近くのグループホームに入所することができて家族としては一安心だったのだが、当時、最も困ったのは、車の運転をしたがることだった。

グループホームにお世話になる前、認知症の診断を受ける（正確には受けさせる）きっかけとなったのは、やはり車がらみの問題だった。定年退職後、車でのキャンプを趣味にし始めた父は、ハイエースを改造したキャンピングカーに乗っていたのだが、年をとるにつれ、さすがに大きな車の運転は大変そうになってきていた。そんな時期に母の方が先に認知症になり、グループホームでお世話になり始めたことで、キャンプからも遠ざかることになった。

なにせ田舎での独り暮らしである。車がないとどうしようもない場面も多い。ということで、当時私が乗っていた1000ccのコンパクトカーを父に預けて、キャンピングカーの方は処分した。それからしばらくは問題なく過ごしていたはずなのだが、実はその頃から認知症が進行していたようだ。私も気にはなっていたものの、両親そろって立て続けに認知症という現実から目をそむけたいのが人情というもの。あまり深く考えないようにしていたのだが、ある日、これはもう絶対にまずいという時がやってきた。

父の様子を見に、久しぶりに実家に行ってみたところ、私が貸している車のフロントフェンダーが派手にへこんでいるではないか。当然ながら「どこにぶつけたの？」と聞いたのであるが、返ってきた答えは「あんだがぶつけたんでしょ」であった。はあ?と思いながら車をあらためて見てみると、あちこち傷だらけである。で、どれを聞いても、自分ではぶつけていないの一点張り。

母での経験があったので、認知症に特有の「作話」であることがわかり、いやまあ、それからがあれこれ大変だったのであるが、なんとかグループホームの入所までこぎつけ、やれやれ、と安堵《あんど》していたところで、そのグループホームから電話があった。なんと、タクシーを使って脱走した父が、ディーラーに行って中古の軽自動車の購入手続きをしてしまったというではないか。もちろん慌ててディーラーに連絡し、事情を話して解約をしたのだが、それから半年あまり、同様の事件が頻発した。おかげで、そのころの私の父は、町の自動車屋さんの間では、要注意人物としてかなり有名な存在になったのであった。

（2018・2・6）

塾頭ですと?

塾長ならぬ塾頭に就任することになった。他ならぬ私のことである。さっぱり売れない小説で食い詰め、やむなく学習塾を開くに至った。ということもありそうな話ではあるのだが、残念ながら(?)そういうことではない。どういうことだか説明しようとすると、少々ややこしい。ややこしくはあるのだが、簡単に説明すると以下のごとしである。

私が以前、損害保険代理店をしていたころにお世話になった会社の社長さんが、今は会長職に退き、自分が暮らしている街を活性化するためにさまざまな取り組みをしていらっしゃるのだが、先日その一環として、多世代交流施設のオープンにこぎ着けた。場所は仙台市青葉区中山5丁目で名称は「とびのこハウス」。その昔、中山地区は「鳶巣山《とびのす》」と呼ばれていたそうで、往時の地名にちなんでつけた名前だとのこと。実はわりと近所に住んでいるので、オープン前の内覧会にも足を運ばせてもらったのだが、なかなか使い勝手のよさそうな空間であった。

木造2階、延べ床面積300平方《メートル》の建物で、1階がランチやディナーを提供するカフェレストラン(夜は「ナイトクラブ」に変身するらしい)で、2階が多目的に使えるホールを中心に和洋3室。1階のカフェは、ホテルの料理長をしていたシェフさんが厨房に立っているだけあって、ランチタイムにはだいぶ賑《にぎ》わっているようだ。

そんな中で、これはいい取り組みだなと思ったのが、2階のホールが、小学生が下校後に集える児童クラブになっているところだ。こうした施設、ともすれば、作ったはいいがさっぱり活用されていなくていつもガランとしている、などということになりがちなのだが、常に子どもたちで賑わい、それを地域の大人たちが見守るという仕組みが自然にできているわけで、いろいろな地域でのこれからの街づくりのモデルケースの一つになりそうだ。

で、その「とびのこハウス」において、寺子屋風の「街ゼミ」を企画していたらしいのだが、くだんの会長から「古代史を中心に東北の歴史を学ぶゼミをやってはもらえまいか」と連絡が来たのであった。還暦を迎え、そろそろ私も何かの形で地域貢献をすべき年齢になってきたかなあ、などとなんとなく考えていたところなので、タイミングが合い、このたびお引き受けすることになった次第。

ゼミの名称は「くまがい塾」。講座のタイトルは「東北の光と影〜私たちのリトル・ビッグヒストリー」。第4土曜日の夕方を基本に、とりあえず今年度は全10回ほど開くことになった。具体的な内容はお任せとのことなので、塾生の皆さんとディスカッションをしながら楽しく学べる場にしていきたいなと、塾頭を仰せ付かった身としてあれこれ考えているところだ。教員をリタイアしてからかれこれ四半世紀になる私だが、再び教壇に立つことになるとは思ってもいなかったので、少々（本当はかなり）不安ではあるのだが……。

（2018・6・19）

終末期

2年ほど前からグループホームでお世話になっている父(91歳)が、先日、病院に救急搬送された。数日前から呼吸の際にぜいぜいしていて、在宅診療の医師が診ていてくれたものの症状が改善されず、入院が必要となったのだが、検査の結果は心不全が原因の肺水腫という診断であった。

主治医からの説明の際、年齢も年齢なので、いざという時にどうするか、ご家族で話し合っておいてくださいと言われた。つまり、いよいよという状態になった際、人工心肺やらなにやらを使ってでも可能な限りの延命治療を希望するのか、それとも、そこまではせずに緩和ケアに切り替えて本人の寿命に任せるのか、だとしても、病院に入院した状況で看取《みと》るのか、あるいは、慣れ親しんだ自宅(今回の場合はグループホーム)での看取りを希望するのか、家族としてどういう選択をするのか、今のうちに考えておいてくださいという話である。

選択肢はそれだけではなかった。症状が改善されて退院ができる見込みがないではないものの、心臓自体が弱ってきているため再び肺水腫を引き起こす可能性は大で、その際に今回と同じように救急搬送して治療を試みるか、それとも、グループホームで可能な範囲で対応することにするのか、それも考えておく必要があるとの話であった。

いや、それでもまだ終わりではなかった。父の場合、心拍数が1分間に40回ちょっととかなり低くなっている状態なので、それへの対応策として心臓ペースメーカーを入れる手術が考えられるものの、やはり高齢なのでその辺をどう判断するかも考えなければならないという。あれこれ並べてみると、いったいどうすりゃいいの？と、家族としては大変困難な判断を迫られる状況になっているのである。

こうした話がしょせんは他人事《ひとごと》だったころには、無理な延命治療などはせずに本人の寿命に任せるのが一番だろう、と疑いなく思っていたのであるが、いざ現実問題として突き付けられると、なかなかそう簡単には割り切れないものである。

たとえば、救急搬送や延命治療は望まないという判断を下した場合、それはある意味、父に対して「あなたはもう死になさい」と引導を渡すのと同じである。うーむ、これはかなり寝覚めの悪い話ではないか……。

医療の発達によって、昔であればあっけなく命を落としていたはずの病人も、簡単には死なずに済むようになった。それはそれで喜ばしいことではあるのだが、それと同時に、人間の意思（本人や家族）で死期を選択できるようになったという事実が、私たちには突き付けられている。

あれこれ考えてたどり着いたのは、事前にどうこう決めるのは無理、その時になって判断するしかないという、結論先送りのどこかの国の政治のようなものであるのだが、案外それは自然な落ち着き先なのかもしれない。

（２０１８・７・17）

終末期のその後

北海道のニセコ周辺で開催されるサイクルロードレース「ニセコクラシック」に参加した帰路の話である。

往路と同様、フェリーを使っての移動だったのだが、仙台港に到着する直前の午前9時半ごろ、肺水腫を発症して父が入院している築館の病院から電話があった。こんな場合、真っ先に頭に浮かぶのは、昨年旅立った母の時もそうだったが「いよいよ危ないのか」あるいは「とうとうか……」である。だが、違った。家に帰りたい(この場合はグループホーム)と言ってベッドから下りようとするので申し訳ないですが拘束してもかまいませんか、という看護師からの問い合わせだった。入院時、やむを得ない場合の身体拘束には同意していたのでお願いすることにして、その夜、仕事を終えてから面会に行ってみた。午後になって落ち着いてきたということで拘束は解かれていた。酸素マスクはまだ必要だが状態はよくなってきているとの話であった。

その翌々日の朝、またしても同様の電話があった。家に帰ると言い張って担当の看護師をずいぶん困らせている様子だ。息子さんと話をすると落ち着くと思うので取りあえず電話に出てほしいとのこと。果たしてどうだかと思いつつ電話に出てみると、案の定、こちらの話など一切聞かず「あんだの世話になんかならなくても、俺は自分で家に帰るから」と、少々文脈が変なのだが、なかなか憎たらしいことを言ってくれる。

そうなのである。高齢者が認知症を抱えた状態で入院した場合、状態が少しでも良くなってくると帰宅願望が強く出てきて、それはもう大変なのだ。とりわけ私の父は、もともとの性格がきわめて頑固で短気と、全く穏やかではない人なので、認知症によってそれがいっそう顕著に表れるようになって、ほんとに「困ったちゃん」なのである。

ともあれ、この日の夕方、主治医の先生と面談する予定だったので再び拘束をお願いして、まずは登米市のグループホームに向かった。これは早々に退院だな、と思ったからだ。

私の父の場合、電動のこぎりやら電動ドリルをホームセンターから買ってきて（どうも携帯電話でタクシーを呼んで出掛けるらしい）、その辺から廃材を拾い集めては、本人は生活の利便性を求めているのだろうが、わけのわからないオブジェを部屋の中でせっせとこしらえるという、グループホームの入所者にはあるまじき行為をしてはばからず、ついにはホームのほうでも諦めて本人の好きにさせているという、家族としてはものすごく申し訳ない状況で、それでも置いてもらえているのだから感謝するしかないのだが、そこから推して知るべし。とてもじゃないが介護ベッドや車椅子を部屋に入れられる状態ではないのである。まずはその部屋をなんとかしなくてはということで、病院に面談に行く前に、駆け付けてくれた弟と2人がかりで3時間あまりをかけ、父が戻ってくるであろう部屋の片付けに汗を流したのであった。

（2018・7・31）

その後のその後

心不全から肺水腫を引き起こして緊急入院していた父が、いつ退院してもいいように、まずはお世話になっているグループホームの部屋を片付けに行った、という話の続きが今回の話題。

部屋の片付けが一段落した後で、グループホームのケアマネージャーさんと一緒に主治医との面談に臨んだ。まずは病状の説明を受けたのだが、とりあえず退院しても大丈夫なくらいには回復しているとのこと。本当であればリハビリにもっと時間をかけ、運動機能が少しでも改善された状態で退院させたいのだが、認知症を抱えている父の場合、それがストレスになってかえって逆効果になると思われる、とのことであった。

この点に関して迷いはなかった。翌日退院させ、グループホームに戻すことにした。

問題はその後だ。入院した際にも一通り説明を受けていたのだが、高齢のため心臓が弱ってきているのが元々の原因なので、いずれまた同じ症状(肺水腫)に陥るのは確実とのこと。その時になったらどうするか、つまり今回と同じように救急搬送して集中治療を施すか否か、認知症の本人が判断するのは無理なので家族が決断するしかないのである。

それに加えて、グループホームでの食事をどうするかも決めなければならない。心不全に対しては塩分と水分の摂取量を厳しく制限するのが基本的な食事療法なのだが、毎日我慢を強いての生活を送らせるか、それとも特別な食事制限はせず、できるだけストレスのない毎日を送らせるのか、という選択である。

もうじき満で92歳になる父である。晩年に認知症にはなったものの、大病もせずによくまあここまで長生きしたものだと思う。

最初に主治医から説明を受けた10日ほど前は、事前に決めるのは無理、その時になったら判断するしかないと、そう思った。だが、それから少し時間が経過したこともあるのだろう。とりあえず助けてもらえた、しかし残り少ない命を、今後は自分の好きに使ってもらうのが一番かもしれないと考えが変わってきた。実際、救急搬送で集中治療を繰り返すたびに、本人は相当苦しまなければならない。それでも可能な限り長生きを、というのは、心情的には無理のないことだとしても、突き詰めれば本人ではなく周囲（家族）のエゴのような気もする。

主治医と話をしているうちに、気づくといつの間にか気持ちが固まっていた。この先同じ状態になっても救急搬送はせずに、在宅診療で可能な範囲の治療を試み、最終的にはグループホームで看取《みと》って（看取りを行わないグループホームもあるので要確認）もらうことにした。併せて食事も普通のものでよいとケアマネさんにお願いした。実際、退院してグループホームに帰った時の父のうれしそうな顔を見ると、これで正解だったのだなと、私自身もだいぶ気分が軽くなっていた。

（２０１８・８・７）

なるほど

江戸時代中期の仙台藩の儒学者、芦東山《あしとうざん》を主人公とした小説の連載が始まったのを機会に、先日、出版社主催の講演会で話をさせていただいた。場所は芦東山生誕の地に近い一関市大東町摺沢の市民センターのホールで、収容能力は６００人ほどもある。ではあるのだが、なぜか依頼を受けた際、私の頭の中では「地元の公民館かなにかで50〜60人程度のお客さんを前にしての講演会」というイメージが勝手にインプットされていた。なもんで、小さな会場でのリラックスしたおしゃべり、というつもりで出向いてみたら、1桁違うキャパシティーのホールであった。あとで編集者とのメールのやりとりをチェックしてみたら、そこには６００人の文字があった。どうやら私が勝手にゼロを一つ減らしていただけのようだ。そのホールが当日はほぼ満席という盛況で、現地のスタッフさんが、オープンして以来最多の入場者数だと言っていた。

ともあれ、せっかく足を運んでいただけたのだから、満足して帰ってもらわなければと、精いっぱい頑張って話をさせていただいたのだが、実際には主催者と地元の書店さん、そして地元の新聞社が集客に尽力してくれて、それだけのお客さんを集めてくれたのであった。

それから4日後、私は東京でのトークイベントに出演していた。「出演」と、わざわざ言うのには理由があるのだが、それはさておき、どんなトークイベントだったかというと、最新刊『エスケープ・トレイン』のパブリシティーを兼ねたもので、自転車用ウエアのポップアップストア(臨時にギャラリースペースを借りての出張販売)が会場であった。事前に主催者から、最多でも20人も入れば満杯の小さなギャラリーですが、と連絡を受けていた。その際「アットホームなトークができるでしょうから、かえっていいですよ」と言って出掛けてみたのだが、現地に着いてみたら本当に小さかった。20人も入ったら全員が立ち見席である。まあなんとかなるかと思ったら、今度はお客さんが来ない。定刻を過ぎても誰も来ない。しかし、このイベントの発案者である私のトークのお相手(20代の若者)はたいして焦っていない様子である。いや、少々焦ってはいたようだ。といっても「いやあ、やっぱり春分の日はまずかったかなあ」などと、苦笑いをしている程度。結局、定刻の20分遅れでスタートしたものの、純粋なお客さんは5人のみで、ストアのスタッフが2人、編集者が2人の計9人の皆さんの前でおしゃべりをすることになったのであった。

が、これが楽しかったのである。実にアットホームな雰囲気で、お客さんの数など気にならなかった。そして、なるほど、と思ったのは、トークイベントの様子をタブレットで録画し、ネット配信するのを前提として企画されていたのであった。確かにそれなら集客状況は大きな問題にならないので焦る必要はないだろう。ともあれ、若い世代の感覚についていけなくなりつつある自分を知ることができ、これはこれでよい経験になったのであった。

（2019・4・9）

介護の10年

認知症でグループホームにお世話になっていた父が、一昨年の母に続いて他界し、ついこの間、とりあえず葬儀も済ませた。気分的には悲しいとか寂しいよりも、やれやれと肩の荷を下ろせてほっとしているというのが正直なところ。この「やれやれ感」はどこから来るのだろうとしばし考えてみたのだが、今から10年ほど前、２００９年の年明け直後、父よりも先に認知症を発症した母の介護でバタバタした時期にまでさかのぼる。ちょうどそのとき、函館で1人暮らしをしていた義父が他界して、私たち夫婦は葬儀のために函館市内にいた。その数日間、葬儀の最中だというのに、私の父から窮状を訴える電話が頻繁にかかってきて、かなり大変であった。

その当時は、父が母の介護をしながら登米市の実家で生活(老夫婦の2人暮らし)をしていた。認知症が判明したとはいえ、そのころの母は、まだまだ身体は元気であった。どうしたものかと思いつつも、しばらくは父が母の面倒を見られるだろうと思っていたのだが、どうもそれが怪しくなってきた。詳細は省くものの、認知症の母が亭主に、つまり父に暴力を振るい始めたのである。後で母に聞いてみると「成敗してくれた」などと嬉々《きき》としてのたまっていたのであるが、それはさておき、さすがに2人だけで実家に置いておくことができない状況になった。かといって、仙台に2人を連れてきて在宅介護をするのも現実的に不可能。ということで、函館から仙台に帰った後、あれやこれやと駆け回って、幸いにも比較的早い時期にグループホームを見つけることができた。

どこのグループホームにするか迷ったのだが、結局、登米市のグループホームでお世話になることにした。当時は父も元気で車の運転もしていた。母にいつでも面会に行けるようにと配慮してのことであった。その後、震災を挟んでしばらくは落ち着いた状況だったのだが、母がグループホームに入所してから5年後、今度は母に続いて父も認知症になった。ダブルの認知症である。ダブルでとなると、これは結構大変である。介護認定を受けたりグループホーム探しをしたりするための労力もさることながら、経済的にもずしりと負担が増す。幸い私の父は公立高校の教員をしていたおかげで、そこそこの額の年金をもらっていた。よって、私と弟で母にかかる費用を負担すれば、父のほうは自身の年金で賄えた。これがもし、父が加入していたのが国民年金で預貯金もなかったとしたら(実際ほとんどなかった)、とてもじゃないが2人ともグループホームにというわけにはいかなかったはずだ。

もしそうだったらと考えると、私の場合、両親2人が同時に認知症といっても、だいぶ楽をさせてもらっていたことになる。それでも介護の10年間は決して短いものではなかった。そこであらためて気づいたのだが、私自身の50代は親の介護問題が常につきまとっていたわけで、なんだか妙に感慨深いものがある。


（2019・4・23）

儒教と葬式

1

高校時代に日本史が赤点だった私が幕末の仙台藩の小説『我は景祐』を書いたのは自分でも驚きであったのだが、そのゲラのチェックと並行して、別の時代小説を連載している。以前にこのコラムでも紹介したが、江戸時代中期の仙台藩で活躍した儒学者をモデルにした小説『芦東山《あしとうざん》』である。

ところで「儒教」と「儒学」はどう違うの？　と疑問に思われる方がいるかもしれないが、物の本によると、もともとは「儒」の1文字だけで「教」や「学」の文字がくっつき始めるのは、中国においても近代以降のことらしい。いずれにしても、孔子が祖となる儒教や、宋代になって朱熹《しゅき》が構築した朱子学、あるいは明代の王陽明の陽明学などの基礎知識が、この小説を書くにあたって必要になったのだが、日本史だけでなく古文と漢文も赤点だった私である。というか、追試での一夜漬け以外、まったく勉強しなかった。興味がゼロだったのである。なにせ、大学の卒業論文が量子力学の私だ。小説家にさえならなければ、一生無縁でいられた分野である。

いまさら後悔しても始まらないので、四苦八苦して勉強をしながら原稿を書いているのだが、そんな私でさえ、これはちょっと面白いなと思う発見があった。儒教の勉強をしているうちに、仏壇にある位牌《いはい》の起源を知ることができたのだ。

位牌に向かって手を合わせるという行為は、先祖の霊が宿っている、あるいは降りてくる、いわゆる憑代《よりしろ》としての機能が位牌にあるからに違いないということは、なんとなく想像できる。しかしよく考えてみると、仏教の教義としてはおかしな話だ。人が死んだら輪廻《りんね》転生するのが仏教の基本的な考え方である。死後しばらくは中陰の状態でいるものの、その後は次の命を生きる（人間とは限らない）か、あるいは解脱によって輪廻転生のくびきから逃れることができて成仏する。だから、いくら拝んでも先祖の霊が戻ってくることはないのである。

また、私たち日本人は遺骨を大変大事にする。東日本大震災の行方不明者の捜索は、ほんのわずかな遺骨でも収拾できることを願って続けられている。しかし本来の仏教から見ると、これも不思議な話なのだ。仏教においては、魂が抜けた後の遺体は単なる物体でしかない。したがって骨に執着する必要はないはずなのだ。

他にも奇妙な習慣がある。たとえばお葬式の際、私たちは当たり前のように祭壇に飾られている遺影や棺《ひつぎ》に手を合わせて拝んでいるけれど、仏教において本当に拝むべき対象はご本尊なのである。祭壇には必ずその宗派のご本尊が祭られているのだが、たいていの人はそれにすら気づかず、遺影に向かって手を合わせているはずだ。というか、かくいう私も、これまではそうだった。

いったいこれらはどういうことか。よく考えてみると不思議だ。まったくもって謎である。その謎が、儒教の勉強をすることで解けたのである。

2

儒教と聞いた時、私たちは漠然とではあるが、宗教としてではなく「倫理道徳の教え」というイメージを抱くのが普通だと思う。それはおそらく、宗教であるための必須の条件として「死」とどう向き合うか、「死」に対する儀礼があるか否かを、当然のこととして思い浮かべるからに違いない。簡単に言えば葬式をどうするかの問題である。となると、たいていの日本人は仏教にのっとった葬式を挙げるのが普通で、たまにキリスト教、極めてまれに神道で、というのが実際のところ。誰かが儒教で葬式をしたという話は、私自身、60年以上生きていて聞いたことがない。では、儒教は宗教なのか宗教ではないのかとなると、その議論は学者さんの間でもいまだに続いているらしい。興味がわいた方には、加地伸行氏の「儒教とは何か」(中公新書)の一読をお勧めしたい。加地氏によると、儒教が宗教であることをわかっていない研究者がそもそも多いのだという。

孔子の登場によって儒教は成立することになるのだが、その母体となった集団が孔子以前より存在しており、加地氏はその職能集団を「原儒」と名付けている。その原儒の本質はシャーマンであるという。さまざまな祈禱《きとう》を請け負う職業的シャーマンである。

さて、そのころの中国において、人の死はどのように考えられ、どんな葬送儀礼が行われていたかであるが、これが大変興味深い。

まずは人間を精神と肉体とに分けた上で、精神の主宰者を「魂《こん》」、肉体の主宰者を「魄《はく》」とし、魂と魄が一致して融合している時を生きている状態とする。そして、人間が死ぬと、魂と魄が分離し、魂は天上に、魄は地下に行くのだという。逆に言えば、分離していた魂と魄をこの世に呼び戻し、融合一致させれば生き返ることになる。その際、魂のほうは元々が物体ではない（目に見えない）ので問題ないが、魄のほうが問題になる。死者の肉体がそのまま保存されていればよいが、さすがにそうはいかない。そこで大事になるのが白骨なのである。大昔には風葬の習慣があり、完全に白骨化するのに2〜3年はかかったらしい。儒教の最も大切な教義に「3年の喪」があるのだが、これは風葬に必要な時間から来ているのだ。白骨のなかでも特別に大切な意味を持つのが頭蓋骨で、これを廟《みたまや》に残しておき、残りの骨は土中に埋葬するそうだが、これが後に墓となる。そして、命日になると廟から頭蓋骨を取り出して子どもの頭にかぶせ、死者になぞらえて憑代《よりしろ》とする。その際、香り高い酒を土に注いで魄を、匂いのよい香を焚《た》いて魂をそれぞれ呼び寄せるのだが、葬式の時の御焼香はその名残とのこと。想像するとかなりおどろおどろしい儀式で死者の再生が図られるわけだが、時代が下るうちに頭蓋骨が木の板に変わり、木の板に文字を書いて死者を表現するようになった。それが位牌《いはい》の起源だそうな。そうしたさまざまな儒教の風習が仏教に取り入れられ、今に至っているらしい。

（2019・10・1〜8）

第7章　世相を読む

Jアラート

先日、自転車で森の中を走っていた時のこと。突然、耳をつんざく爆音が空から聞こえてきた。ぎょっとしつつもペダルを踏み続けて(上り坂の途中なので止まりたくなかった)いると、爆音はますます大きくなり、周囲の空気をびりびりと震わせ始めた。そのころには、訓練か何かで(もしかしてスクランブルだったのかも)自衛隊の戦闘機がかなりの低空飛行で通過しているらしいことはわかっていたのだが、形容しがたい本能的な恐怖に襲われて(出来の悪い小説の文章のようでたいへん恐縮)とにかく怖くて仕方がなかった。頭上の木々に遮られ、機影を確認できなかったことも怖さを助長した。

その後、未確認の航空機はどこかに飛び去り何事もなかったのであるが、つい数日前の朝に鳴ったJアラート(全国瞬時警報システム)のことを思い出していた。さっきの爆音が飛行機のものではなく、落ちてくるミサイルのものだったらどうなっていただろう、と想像しながら……。

Jアラートなどと洒落《しゃれ》た横文字を使ってはいるが、まぎれもなく空襲警報だ。しかも、超高速で飛来して来るミサイルに対しての警報である。どこかに隠れろ、だとか、避難しろ、だとか言われても、正直なところ避難のしようがない。というより、私たちが何かの行動を起こし始めた時にはすでに着弾している(本当に可能なのか疑念がぬぐえない迎撃が成功していない限りは)はずだ。それに、冷静になって考えてみれば、日本のどこかにミサイルが落ちて自分が死ぬ確率は、交通事故に遭って死ぬ確率よりも限りなく低い。人騒がせなＪアラートなど無意味なんじゃないかとも思ったのだが、そこでふと気付いた。Ｊアラートが想定しているミサイルとは、ただのミサイルではなく核弾頭を搭載した核ミサイルなのである、たぶん。であれば、緊急の避難行動にも少しは意味がありそうだ。強烈な熱線や放射線を浴びての即死だけは免れるかもしれないという意味で……。

妙にマスコミが騒ぐ（核ミサイル云々《うんぬん》とはなかなか言えない）のはそのせいか、と納得していたら、数日後に、今度は北朝鮮が核実験を行ったというニュースが駆け巡った。物騒なことこの上ない今日このごろである。それにしても北朝鮮という国は何を目的にここまで執拗《しつよう》に……と眉をひそめたところで、そういえば、とまたも思い出した。

ともすると忘れそうになるのだが、朝鮮戦争はまだ終わっておらず、休戦状態にあるにすぎなかった（元はと言えば、東西冷戦下での代理戦争）のだった。であれば、誰が何と言おうと耳を貸そうとしない北朝鮮の強硬な態度も、理解できないことはない。

ということは、本当に必要なのは、これまでさっぱり効果を上げてこなかった圧力でも対話でもなく、水面下でのしたたかで実効性のある和平交渉（工作）という理屈になるのだが、それが可能なネゴシエーターがいまだに出現していない、あるいは、買って出る者が誰もいない、ということなのかもしれない。

（２０１７・９・19）

空き家問題

私の実家は登米市の中田町にあるのだが、先日他界した母が7年前から認知症でグループホームに入所していたのに続き、父の方も3年ほど前からグループホームでお世話になっている。

つまり、空き家が1軒、出現した。

仙台暮らしの子ども(私と私の兄弟)は、誰も田舎に戻るつもりがない。となると、日を重ねるにつれて徐々に問題が表面化してくる。家が傷み始めるのはもちろんだが、庭木がジャングルに変容し始めるのだ。最初のうちは見て見ぬふりをしていたのだが、次第にそれもできなくなってくる。

実は同じ経験を以前にもしていた。函館にある妻の実家である。いや、正確に言うと、実家の実家、妻の祖父母が暮らしていた家なのだが、ずいぶん長いこと(たぶん20年以上も)空き家になっていた。その間、まったく手をかけずにいられたのは、町場の家のため、庭がなかったからである。

で、8年前に義父が他界(そのさらに1年前に義母が他界していた)した際、相続やら何やらの手続きをしていた時に「そういえば祖母《ばあ》ちゃんが住んでた家、最近見に行っていない」と妻が言うので、それではと一緒に見に行った。

あぜんとした。2階建ての家なのだが、2階部分の外壁が一部吹き飛び、内部が丸見えになっているではないか。残骸は付近に見当たらない。「まったくもう、仕方ないなあ」などとぼやきながら、近所の人が何とかしてくれたに違いない。このままじゃ周囲に迷惑をかけまくるということで急きょ解体したのであるが、相当お金がかかった。しかも、更地になると固定資産税が何倍にも跳ね上がるというおまけ付き……。

これからの少子高齢化の時代、これはゆゆしき大問題である。最近、空き家問題がマスコミで取り上げられる機会も増えてきたが、税制から始まって、住宅事情の根本的な仕組みを変えていかないとまずいんじゃないか、いや、絶対にまずい。

そういえば、しばらく前から、仙台市中心部のあちこちでコインパーキングが目につくようになっているが、駐車場にできるような土地であればまだいい。田舎に行くと、どうにもならないケースのほうが圧倒的に多いのである。やがては所有者不明のまま幽霊屋敷と化していく家の候補が、全国至る所にかなりの数、存在しているに違いない。

ところで、函館の更地となった土地は、立地が良かったせいか運よく売却することができたのだが、実は、妻の両親が最初に建てた家が別に1軒あって、いや、それだけじゃなく、老後に畑でもやるつもりだったらしく、いったいどこにあるのか不明な土地(たぶん原野)が存在しており、毎年、固定資産税の請求が来る。それに加え、今度は私の側の空き家も抱えることになるのだから、いったいこの先どうしたらいいことやら。家や土地が財産だなんて話は、とっくの昔に遺物になっている。

（2017・11・14）

株やら為替やら

このところ、アメリカがくしゃみをしたせいで、株価が乱高下しているらしい。資産らしきものを持っていない私には、直接は関係ない話であるのだが、世の中の景気が極端に悪くなったり、以前のバブル景気の崩壊のような事態が起きたりすれば、結局は玉突き事故で被害を受けかねない（例えば出版社がばたばた倒産して原稿依頼が来なくなるとか）ので、やっぱり他人事《ひとごと》とは言えない。

その乱高下している株式であるが、もともとは、金融機関に頼らずに世間から広く資金を調達するために発明されたもの（高校の政経の授業でそう習った）だったはずだ。つまり、この企業は成長すると見込んだり、会社の経営理念に共鳴したり、あるいはその会社が造る製品が好きだったりと、そうした先へ投資をして成長を助け、その見返りに配当金を受け取るという仕組みであった。ではあるのだが、金融資本主義がまん延している今の社会では、株の売り買いでもうけることが目的となり、投資先の会社が何をしているかなど、どうでもいいのである。さらに為替取引ともなると、もはや実態などどこにもなく、お金の売り買いでお金を生み出すという、意味不明な世界で一喜一憂しているわけで、いったいそれの何がそんなに楽しいいんだか……。

そういえばしばらく前に、相当場違いだったと思うのだが、資産形成フォーラムのような催しに、パネリストの一人として呼ばれたことがあった。老後の暮らしを豊かにするためには、○○

（何だかは忘れてしまった）による資産形成がとても役立つそうなのだ。

で、どうしても疑問だったことを最後に質問してみた。「全体のお金の量が決まっている中で、誰かがもうかるということは、誰かが損をするということになりますよね」という質問である。そしたら、専門の先生から「確かに国内市場だけで考えればそうなりますが、今はグローバルな世界でやりとりをするわけですから、決してそんなことはありませんよ」という内容の、わかったようなわからないようなお答えが返って来た。それでも何だかわからないなあ、どこかおかしいのじゃないかなあ、などと考え込んでしまう私のような人間は、結局時勢に乗り遅れ、悲惨な老後を送ってしまうに違いない。

しかし、やっぱり何かが間違っているような気がして仕方がないのである。誰かが損をすることを前提にしてもうかるような世界、あるいは、他人を出し抜くことによって懐が潤うような世界は、あまりに下品で見苦しい。

そんなお金の世界で生きている、見た目だけは大変スタイリッシュな方々よりも、一本の大根を精魂込めて育てている農家の方や、油汚れで手を真っ黒にして小さな部品を作っている職人さんのほうが、ずっと素晴らしい生き方をしているように思えてならない。

じゃあお前はいったい何なのだと問われると、時にはどうでもいいような文章をつらつら書いて生活させてもらっているという、あまり威張れた存在ではないのであった。（２０１８・２・20）

国会中継

自宅と仕事場が一緒なので、私の普段の仕事風景はというと、朝食を済ませた後の食卓にノートパソコンを置いてスタートするという、ちょっと残念な光景である。残念というのは、書斎にこもって執筆を、などと言えれば、いかにも小説家らしくて格好もつくのだが、残念ながらわが家には書斎がない。いや、最初はそれらしきものがあったのだが、いつの間にか本に占拠され、気付いたら書庫兼物置になっていた。

本の奴《やつ》ら、それでも満足ができないらしい。アメーバみたいに増殖して、いまや廊下は以前の半分の広さしかない。それだけじゃなく、リビングも同様で、テーブルのみならず、ソファの上まで奴らに占領されている始末である。とても人間が落ち着いて暮らせる状況ではなく、今度大きな地震が来たら、本に埋もれて圧死するに違いない。

話が脱線した。国会中継の話を書こうとしていたのだった。

デビューしてから十数年の間、無音でないと執筆ができなかった。BGMの音楽も気が散って駄目なくらいだった。ところが、ある時を境に変わった。そのきっかけとなったのが東日本大震災だった。最初のころは緊急地震速報が発令された時のためにテレビをつけっぱなしにしていたのだが、いつの間にか、テレビの音が気にならなくなった。なので、今では、BGMに音楽(ヘビメタかハードロックである）を流すか、テレビをつけっぱなしにして仕事をしていることが多い。人間、何事も慣れなのである。

ただし、テレビといっても、さすがにバラエティーは駄目だ。何でまたあんなに騒々しいしゃべり方をしなくちゃならないんだろうと、出演者の（テレビ関係者の）感性を疑ってしまう。結局、録画しておいたツール・ド・フランスの実況中継をＢＧＭ代わりに再生していることが多い（これがなかなかＢＧＭとして優れもの）のだが、国会中継があるときは、ほぼ必ずチャンネルを合わせている。真剣に視聴しているわけではないのだが、本会議ではなく予算委員会の中継は、なかなか面白い。ニュースでは、会議がもめている場面だとかを中心に断片的にしか取り上げないのでご存じない方が多いかもしれないが、案外、真面目に議論しているのである。

そういえば、ついこの間、質問時間の配分ですったもんだがあったが、野党の質問時間の比重を大きくするというのは、基本的には賛成である。だが、与党議員の質問も議員によっては悪くない。ニュースだけではよくわからない法案の勘所を、政府側がわかりやすく説明するように仕向ける質問が、たまにあるからだ。とはいえ、圧倒的多数の与党議員の質問は、お互いに褒め合っているような、少々気持ちの悪い、最初からしなくてもいいようなものが多く、この人たちが日本の政治を動かしているのかと思うと、とてもがっかりすることが多いのである。もう少し頭を使ったしゃれた質問ができないものだろうかね。

（２０１８・２・27）

五輪とナショナリズム

1

開催前はさほど騒がれていなかったと記憶しているのだが、いざ始まってみれば、なかなかの盛り上がりのうちに平昌での冬季オリンピックが閉幕した。ここまで盛り上がったのは、過去最多のメダルを獲得した日本選手団の活躍が大きかったのは言うまでもないだろう。

ということで、日本選手の活躍ぶりを素直にたたえていればよいはずなのだが、ここで余計なことを考えてしまうのが小説家である。もはや職業病と言ってもかまわないのだが、オリンピックの中継を見ていると、なぜ日本選手を、つまり自国の選手を応援したくなるのだろうと、とても不思議な気分になるのだ。そんなのは当たり前だろう、と言われればそれまでだが、なぜ当たり前なのか、その理由を明らかにしたいのである。

ここで思い浮かぶのはナショナリズムという言葉だ。今回の北朝鮮の応援団がどうのという話ではなくもっと根源的なことだ。オリンピックはもちろんのこと、サッカーのワールドカップでの熱狂ぶりなどを見ていると、ナショナリズムという言葉が妙にぴったりくるように思えてしまうのはなぜなのか。

ところで、私たちがナショナリズムという単語を口にする際、どれくらい共通の認識を持っているかとなると、少々疑問だ。例えば、他人の書くブログやエッセーを読んでいてもそうだ。書き手によってかなり否定的に捉えている場合もあれば、案外そうでもないケースもありで、どうも使われる際の文脈が一定していない。

困ったときは辞書である。とりあえずいつも使っている辞書で「ナショナリズム」の項を引いてみると、「外国や他民族からの干渉を除いて、民族や国家の統一や独立、発展を推しすすめようとする思想や運動。国家主義。国粋主義。民族主義」との記述で、何やら少々危険な香りがする。うーむ、と考え込むことになり、別の辞書も引いてみたところ、「一つの文化的共同体（国家・民族など）が、自己の統一・発展、他からの独立を目指す思想または運動。国家・民族の置かれている歴史的位置の多様性を反映して、国家主義・民族主義・国民主義などと訳される」とあった。最初の辞書とは微妙にニュアンスが違う。

いずれにしても、個人の権利を主軸に世界の平和をうたうオリンピック憲章（詳しく解説しようとすると大変過ぎるので割愛しておく）とはなかなかなじまないのがナショナリズムであるのだが、実際に起きていることといえば、オリンピックやワールドカップの会場で、あるいはテレビの前で、われわれを忘れて自国の選手を応援しているわけで、思想や理屈以前の何かが、私たちの気分や行動を支配しているような気がしてならない。

ここで浅薄な政治家なんかは、それこそが愛国心なのです、などとまったく説明になっていない説明で済ませようとするのだろうが、そうは問屋が……。

オリンピックやサッカーのワールドカップを見ていると、なにゆえ私たちはナショナリズムよろしく、自国の選手をこれほど熱心に応援したくなるのか。

前回の宿題となった問題を、この1週間ずっと考え続けてきたのであるが、結論から言うと、結局のところよくわからん、というのが、残念ながら本音である。

それはたぶん、ナショナリズムという言葉の元になったネーション(またはネイション)という言葉自体が「国家。国民。民族。」(大辞林より)と訳されているように、最初から曖昧さを持っているからかもしれない。そもそも、国とは何だろう? という問いに対して、私自身が明確な答を持てないでいることもある。

話はそれるが、現在の私たちが「わが国」と言ったらイコール「日本国」であるが、つい150年前には「国」というのは、それぞれの「藩」を指しているのが普通であった。よって、今の私たちがわざわざ「日本国」とは言わずに「日本」と言うのと同じように、「仙台藩」と呼ぶ習慣は一般的にはなくて、単に「仙台」と呼んでいたようだ。実際、他国(他藩)から仙台に訪れた使節が滞在する宿が今の国分町界隈《かいわい》にあったのだが、その宿の通称は「外人屋」であった。

話を戻そう。辞書だけではよくわからんということで、とりあえずネーションをグーグルで検索してみたところ、こんな記述があった――本来「生まれ故郷を同じくする人の集団」を意味し、そこから、文化、言語、宗教や歴史を共有する人びと、つまり「民族」という意味が派生している――だとのこと。

これを読んで、あ、なるほど、と思った。生まれ故郷を同じくする人、ということは、ずーっと先祖をたどっていけば、互いに親戚関係にあるという話になってくる。

そこに思いが至った時に思い出したのが、著名な生物学者、リチャード・ドーキンス博士の著書『利己的な遺伝子』であった。この本の要点をものすごく簡単に要約すると、私たち人間は、自己増幅を唯一の目的とする遺伝子の乗り物にすぎず、私たちのおよそほとんどの行動は遺伝子に支配されている、ということである。つまり、これをオリンピックに当てはめてみると、私たちはより遺伝子が近い(はずの)自国の選手を応援しているにすぎないということになる。例えば小学校の運動会で、人目もはばからず一心不乱にわが子を応援している親の姿を想像すれば、この遺伝子支配説は妙に納得できてしまう。

だがここで、アメリカみたいな典型的な多民族国家の場合はどうなの？　という反論が聞こえてくるのは想像に難くない。実は、世界中でいっかな収まりそうもない民族紛争の本当の原因は、ここにあるのかもしれないと私は考えている。近代以降の国家という人間の知恵(頭脳)がつくり出したシステムと、遺伝子に支配される生物としての私たちとの間の溝が、いまだに埋まっていないのに違いない。

（2018・3・6〜13）

ネットニュース

毎朝のことだが、さあ仕事を始めようかとパソコンを立ち上げると、私も大抵の人と同様（あくまでも推測だが）に、まずはメールのチェックをする。急ぎの返信が必要なメールがあれば（めったなことではないのだが）返信した後、本当はその必要も必然性もないのだが、とりあえずＧｏｏｇｌｅ ＣｈｒｏｍｅだとかＭｉｃｒｏｓｏｆｔ Ｅｄｇｅなどのブラウザに接続する。一応、最初に出てくるニュースサイトに目を通してから仕事を始めるためだ。

だが、これがかなりのくせ者で、うっかりすると、あっという間に30分やら1時間やらの時間がたっている。それだけ仕事の開始時刻が遅れるわけで、悪くすると、その日の予定に玉突き事故を起こしてしまう。その代わり何か有益な情報が得られたかとなると、案外そうでもない。ニュースサイトによっては、芸能ネタを中心に多くの人が気になって仕方がないであろう話題がランダムに表示されていて、ついつい次々にクリックしているという、巧妙に張り巡らされたわなにかかったような状態になってしまうのである。

で、われに返ってブラウザを閉じた後の「ああ、時間を無駄にしてしまった」というむなしさには相当なものがある。冷静に考えてみれば、自分の人生において知らなくてもどうということのない断片的、カオス的な情報の海に溺れかけているようなもので、それに時間を費やしてしまったことに対して自己嫌悪に陥ってしまう、と言ったら大げさか……。ネットニュースやＳＮＳを否定しているわけではなく「○○とハサミは使いよう」の言葉通り、たぶん、大人になってからネットの世界に接することになった世代の私には、インターネットをきちんと使いこなせていないのだと思う。おそらく、生まれたときからインターネットが存在している今の若者たちは、私などよりはるかに効率的に使いこなし、生活の一部として親和性をもって向き合って（向き合って、などという表現を使うこと自体、ついていけていない証拠に違いない）いるのだろう。

だがしかし……と、ここでやっぱり声を大にして言いたくなるのだが、クリック、クリックであらゆる情報が得られる世界に生きていると、立ち止まってじっくりものごとを考えるという機会が、いや応なしに奪われているのではないかと危惧してしまう。

というのも、小説を書くという私自身の仕事が、立ち止まって物事を考える、いや、もっと正確に言えば、立ちすくんで物事に思い悩むことでしか成立しないものだからである。まあ、思い悩んだ結果、大したものが出来上がるわけではないのだが、この仕事をしていて良かったと思うのは、普通であれば見逃したり聞き逃したりしてしまうものごとに、時間をかけて向き合うことができるところだ。

とはいえ、現代のネット社会において、立ち止まってゆっくり考える時間を持つことは、極めて大きな勇気と努力を要する行為なのかもしれない。

（２０１８・３・27）

激しい論戦

なにやら国会が荒れている。この原稿が掲載されるころには、なにかの進展があったり決着がついていたりするかもしれないし、相変わらずごたごたが続いているかもしれない。いわゆる「森友・加計問題」に関しての審議のことだ。

問題の詳細についてはマスコミがさんざん報道をしているのでわざわざ触れないが、ニュースで報じられる「国会で激しい論戦が繰り広げられた」というのは、少し言い換えると「やじや怒号が飛び交って議場が混乱した」ということなのだなと、その時の国会中継をたまたまテレビで見ていて、妙に納得した。さすがにつかみ合いの乱闘騒ぎにこそならなかったものの、これほど頻繁に「速記を止めてください!」の声で議事が中断するのも珍しいし、議長を務めている委員長を、野党議員が質問の形で直接非難している場面は、これまで目にした記憶がない。

そんな国会中継を見ていて、その昔、中学校の教員をしていたころ、学級会などの場で、話し合いのルールやマナーを指導していた経験のある私としては、国の最も重要な話し合いの場がこの修羅場では、とてもじゃないが子どもには見せられないなあと、深く嘆息するしかなかった。

その一方で、今回の問題が論じられている国会の場で、やじも怒号もなく、淡々と質疑応答が進んでいくようだとしたら、それもどこか違うような気がする。そういえば「やじは議会の華」あるいは「やじ将軍」という言葉があるが、やじを飛ばすことによって、水面下に隠れていた（隠蔽《いんぺい》されていた）なにか大事なものが、ふいに浮かび上がる場合もあるので、一概に否定されるようなものでもない気がする。

ある意味、政治家とは言葉を商売道具にしている存在だ。聞く人々に言葉によって夢や希望を与え、よりよき未来を示し、民衆の支持を得ることで、自身の存在が意味あるものとして肯定されるのである。まあ、たまには言葉を使わずに、お金を使ったり人脈なるものを使ったりするほうに熱心な御仁《ごじん》もいらっしゃるようだが、本質からは外れた話だ。どんな場合でも、なにかが大きく変わる時には、それをなしうるだけの力を内包した言葉が、その社会なり時代なりを牽引《けんいん》しているのが普通である。

そこに言葉の難しさと怖さがある。人から発せられる言葉は、その人間の人となりを端的に伝える場合もあれば、実際の本人を巧妙にカムフラージュすることもあるからだ。言葉を駆使する典型ともいえる小説は、その作品と書き手の人間性が一致している場合もあるが、乖離《かいり》しているケース（私も実際に会った人からよく言われる）も実に多い。

それが、へえ、と面白がられたり、あはは、と笑ってすませられたりするだけなら何の問題もない。しかし、それではすませられないこともあるので怖い。たとえば、アドルフ・ヒトラーは天才的な言葉の使い手であった。

（２０１８・４・24）

体育会系ってなに？

最初は健康の改善が目的で乗り始めた自転車だったのが、いつの間にかレースに出始め、レースに出るからにはと、自転車に乗る行為が楽しみを超えて日々のトレーニングと化しつつある私であるが、よく考えてみれば、動物の一員である私たちにとって、スポーツという行為は本来ならばエネルギーを無駄に消費するだけの無意味な行為なのである。

それでも私たちがスポーツにひかれるのは、おそらくは、狩猟採集民として20万年あまりも生きてきたホモ・サピエンスのDNAが、文明という名の下に抑圧されているものを開放しようとする、何かの代償行為なのではないかと思う。つまり基本的にスポーツは、食うか食われるかの命の瀬戸際にあるところの恍惚《こうこつ》であるとか充足感であるとかカタルシスを、人間社会のルールの中であらわにすることを許される貴重な機会であると言えるのかもしれない。

最近、国内のスポーツ界でさまざまな問題が起きて世間を騒がせているが、スポーツとはそもそも何かという意味をきちんと認識できていない（考えもしていないのだろう）ところに問題があるのだと思う。

ここで話は50年近く前にさかのぼるのだが、中学校に入学した時、何の部活に入るかで、一応人並みに悩んだ。その結果、入部しようと思ったのは陸上競技部だった。理由は唯一、個人競技であるからだ。かなりわがままな性格であることは、幼いなりに自分でもわかっていた。集団競技は向いていない、というより、相当に生意気な小学生であったので、先輩という存在がいて、ああだこうだと指図され、それに従わなくてはならないことが、そもそも我慢できそうになかったのである。

今振り返ると、ものすごくひねくれた子どもだったのは間違いないのだが、だからこそ小説家なんぞになったのだろう。結局、私が入学した時には陸上部は廃部になっていて、その後の３年間、学校でただ一人の、いわゆる帰宅部員として過ごしたのだが、それはそれでなかなか充実した日々であった。

話はずれたが、今の日本の体育会系と呼ばれる世界を考えた時、どうしても肯定的になれないのも事実だ。最近ではあまり見られなくなってはいるものの、小中学校の運動会で行われている組み体操だとか、運動部における上下関係だとか、あるいは、生徒指導や人格形成のために部活動は必要だとか、そうした類いの事象や主張は、歴史をさかのぼってみると、戦前の軍隊、たとえば予科練で行われていたような、精神論を振りかざした一種の洗脳行為に端を発する（やっていることが本当に似ている）ように思えるのである。

さまざまなスポーツ界で、最近になってそうした非合理的な部分が改善されつつあるのは事実だ。けれど、指導層のトップに居座っている世代（若いころに根性論で育った世代）が一掃されないうちは、日本のスポーツ界の本当の改革は難しいのかもしれない。

（２０１８・６・12）

いわゆる自由業を、気づいたら20年以上続けている私であるが、自分の社会保険が国民健康保険と国民年金に移行してから、毎月1回、保険料を納めに銀行まで足を運んでいる。口座からの自動引き落としにすれば手間はかからないのだが、買い物をしたわけでもないのに勝手に預金が引き落とされるのが何となく嫌で(単なる気分の問題だが)、比較的時間が自由になる身だしということで、毎月律義に銀行の窓口へ出掛けている。

年度が替わると、5月から6月にかけ、集中して税金関係と社会保険料の払込票が送られてくるので、いつものようにそれを待っていた。ところが、なぜか国民年金保険料の払込票が送られてこない。なにせ、しょっちゅうドタバタがある年金機構のこと。何かのミスか手違いで発送が滞っているに違いない。放っておくのも落ち着かないので直接電話してみるか、と考えたところで、もしかして、と思い当たった。

調べてみるとやっぱり。国民年金保険料の払込期間は、満60歳の誕生日の前月で終了となるのであった。私の誕生日は4月なので、今後は保険料を払わなくて済むのである。

そう判明した瞬間、なんとなく寂しい気分になった。この寂しい気分はなんだろうと、しばらく考え込んだ。仕事が仕事なので、還暦を迎えても自分の生活には変化がなかったため、まるで実感がなかったのだが、こんなところで実感することになるとは……。

ともあれ、還暦と定年退職をほぼイコールで捉えてよい時代がしばらく続いてきたが、さらに５年間頑張りましょう、という掛け声が聞かれる昨今、人口減少社会に突入しつつあるこの国は、やっぱり深刻な労働力不足に陥って……と、そこまで考えた時、ちょっと待てよ、と思った。定年前の早期退職が盛んに奨励されていたのは、わりと最近のことではなかったか、と思い出したのである。

そこであらためて調べてみると、定年制のもとになっているのは１９７１年に制定された、通称「高年齢者雇用安定法」であるようだが、この法律ができた時の高齢者とは55歳以上の者を指していた。ということは、当時は55歳の定年が当たり前だったことになる。それが１９８６年に60歳の定年が努力義務化され、１９９４年になって60歳未満の定年制禁止へと改正されて、実際には４年後の１９９８年に施行された。

つまり、ずいぶん長いこと馴染《なじ》んできたように思っていた60歳の定年というのは、わりと最近の話なのである。そして現在は、希望者全員の65歳までの雇用が義務化されているわけだが、希望者全員の、というところがなんだかうさんくさい。定年制やら雇用形態やらの実際は、どう考えても大企業の都合によって決定されているとしか思えないのである。もう少し突っ込んで言うと、大企業の都合を後押しするような法律を、国を挙げて次々と作っているという構図であり、これはちょっと、いや、はなはだ困ったものである。

（２０１８・６・26）

観光客で閉店?

先日テレビのニュースを見ていて、うーむ、と思わず考え込んでしまった。函館のラーメン屋さんが店じまいをしたというニュースだったのだが、インタビューをされていた店主の話を聞いていて、ああ、同じだ……と、残念な気分に陥ったのである。何が同じかというと、話は半年ばかり前にさかのぼる。

函館駅前にあるなじみの寿司屋《すし》で飲んでいた際、常連さんから「○○軒」が休業中だと聞いて驚いた。寿司屋からほど近い場所にあるラーメン屋のことだ。函館でラーメンといえば塩ラーメンである。○○軒は古くからやっている「スープがなくなり次第終了」のただし書きが出ている人気のラーメン屋で、昼どきにはいつも行列ができるほどにぎわっていた。「それなのになぜ休業を？もしかしておやじさんが倒れたとか?」

そう聞いてみると「疲れたんでないの、観光客が来すぎて」という答えが返って来て、寿司屋のカウンターに居合わせた一同は、さもありなん、と気の毒そうにうなずいた。

テレビのニュースで話題になっていた「△△軒」というラーメン屋も、函館駅の近くにある老舗の店だった。透き通ったスープの塩ラーメンが大変美味で、私も函館に行った際には、妻と一緒に必ず寄っていた。ところが、ここ2、3年は足が遠のいていた。いや、足は運ぶのである。ところが、いつ行っても店舗の外は大行列なのだ。以前はそんなことはなかったのだが、いつのころからか、そうなった。行列をつくっているお客さんは、どう見ても地元民ではない。明らかに国内外の観光客である。

函館市民には、わざわざ行列をつくり、30分も1時間も待ってラーメンを食べるという習慣はない。なので行列を見た瞬間、こりゃだめだとあっさりあきらめて(その時だけは函館市民になったつもり)違うお店に向かうのがいつものことだったのだが、そうしているうちに閉店のニュースである。閉店した理由は、インタビューを受けていたご主人によると「観光客が来すぎて地元のお客さんにうちのラーメンを食べてもらえなくなったから」とのこと。結局、○○軒も△△軒も、閉店や休業の理由は同じなのである。商売自体は繁盛しているのに、地元のお客さんが離れてしまって嫌になったり疲れてしまったりという理由は、本末転倒というか、あまりにもやるせないではないか。本当においしい塩ラーメンだったのに……。

そこでふとカウンターの向こうの寿司屋の大将を見やってしまった。心配しなくても大丈夫、うちは余計な観光客は入れないから、と大将の目は言っていた。私の行きつけのその寿司屋、別に観光客をお断りしているわけではない。ただ、取材は一切お断りの上、初めてのお客を明らかに見定めている。で、この客は2度目はなしだと判断すると、それなりの扱いをしているだけなのだ。地元民に愛される函館の寿司屋、おそるべし……。

(2018・8・21)

バブル世代

もうじき終わる平成に生まれた若者にとってはおとぎ話になっていると思うのだが、かつてのバブル景気のころは、やはり異常な時代だった。なにせ「貯蓄なんてアホらしい、不動産を買っておいたほうがよほどいい」という当時としては確かにそうではあったのだが、永遠に続くわけがない神話を、誰もが普通に信じていた時代であった。

ところで、バブルというと、テレビドラマなどでは「ジュリアナ東京」のお立ち台でパラパラダンス(懐かしい)を披露しているボディコン(懐かしい、というより、もはや化石か?)のお姉さんたちの映像がお約束的に使われるが、「ジュリアナ東京」が芝浦ベイサイドに開店したのは1991年の5月で、実際には、バブル景気崩壊の梯子《はしご》を真っ逆さまに転落し始めていた時期であったことを覚えておいでの方も多い(いや、あまりいないかも)だろう。で、そのバブル景気そのものは、景気動向指数から見ると、1986(昭和61)年の暮れごろから始まったとされているようだが、当時の私は28歳で、埼玉県の中学校で教員をしていた。公立中学校の教員という立場にあったので、バブル景気の恩恵にはまったくあずかれずに日々の暮らしを送っていたものの、確かに世の中全体が浮かれていた。

あらためて自分が生まれ育った時代を振り返ってみると、もの心ついたころにはテレビがあり、戦後の暗い側面を象徴する集団就職列車は終焉《しゅうえん》を迎え、前回の東京オリンピックと歩調を合わせて高度経済成長が始まり、やがてモータリゼーションの波がやってきて、明日は今日よりも豊かになるという、実はたいした根拠のない神話を疑うことなく信じていた、今の若者から見たら、羨《うらや》ましさを通り越して、まったくもって能天気なまま大人になって社会に出た、どうしようもなくお気楽な人々の集団が、私の世代だと言って間違いなさそうだ。

そのお気楽な時代に育った私たちは、なにかにつけ、ちょっと上の団塊の世代を鬱陶《うっとう》しく思い、敵視してきた傾向にあるけれど、今の日本のダメな部分は、自分たちにも相当部分責任があることを忘れがちだ。そのお気楽世代が今、定年を迎える時期となり、もらえる年金が少なくなったと嘆いたり、定年延長でまだまだこき使われるのかと憂えたりしているのだが、そのような恨み節は、本末転倒かもしれない。定年を迎えて嘆かざるを得ないような国づくりに、直接的、間接的に自分も加担してきた事実を忘れてはいけない。

事実、マスコミをにぎわしている不正や疑惑、あるいはパワハラ問題の中心となっているのは、バブル時代に社会人になった私と同世代の人々が多いような気がしてならない。社会の中で権力を握れる年齢になったことで今の日本をいっそう悪くしているとしか思えず、だから私は、その世代の一人として、未来が不透明な時代に生きる若者たちに、ごめんなさいと謝らなければならないのである。

（2019・4・2）

庶民の本音

昨年末、地球の反対側、イギリスで総選挙が実施された。予想を上回る保守党の大勝によって、イギリスのEUからの離脱がいよいよ確実となったようだ。一方、アメリカの次期大統領選でも、あれだけ叩《たた》かれているにもかかわらず、トランプさんが有利と見られているとかなんとか……。どこの国だって自国ファーストなのが当たり前なので、私なんかがとやかく言う筋合いではないのだが、新自由主義(ネオリベラリズム)を掲げ、さんざんグローバル化を進めてきた国の変節ぶりには、驚きを通り越して呆《あき》れるしかない。

とはいえ、今回のイギリスの騒動を見ていて感心するのは、EUからの離脱が是か非か、その一点を争点に掲げて総選挙ができる国なのだなということ。法的な手続きは違うといえども、これはもう、再度国民投票を実施したのと同様だろう。民主主義はともすればポピュリズムに陥る可能性があるとはいえ、これに代わる(さらによい)社会システムがいまだに発見(発明)されていない以上、選挙結果は尊重されなければならない。そのためには、つまり、有権者が公正な判断を下すためには、何よりも情報公開が大切であり、メディアの果たす役割は重要で……と書き始めると、あまりに当然すぎてつまらない話になってしまうのでやめておく。

アメリカの大統領選の時もそうだったが、今回のイギリスの総選挙の際も、少々気になったのは、いわゆる識者と呼ばれる方々の、テレビを中心としたメディアでのコメントだった。どちらの結果に対しても否定的なコメントばかりで、なかには「間違った選択」とまで言い切る方もおいでだった。まあ、司会者から感想を求められての個人的な意見であるから、倫理的に問題がない発言であれば、なにをしゃべろうとかまわない。かまわないのだが、聞いていてあまりよい気分がしなかったのはなぜなのか。

現代社会における最も大きな力が情報であるのは間違いない。あらゆる分野において、より多くの情報を持っている者が最終的には「勝ち組」になる。メディア関係者やメディアに登場するコメンテーターなる有識者たちは、私たち庶民（一般人）には知り得ない情報をつかんでいるに違いないという、確証はないもののきっとそうに違いないという臆測、いや、推測のもと、自身でもうまく言い表せないもやもやしたものをかなり多くの人々が抱えているのは確かで、それがおそらく、アメリカやイギリスの選挙結果に表れているのではないか。

さて、ひるがえって私たちの暮らすこの国はどうか。さまざまな状況や環境が重なって、欧米の一部先進国に見られるような移民問題で右往左往してはいないものの、多くの場面で貧富の格差が進んでいるのは事実だろう。そして、その現実を深刻そうにメディアは伝えているわけだが「あんたたちエリート層は何も困っていないでしょ」というのが、多くの人々の偽りない本音なのだと思う。

（２０２０・１・７）

中止が止まらない

新型コロナウイルスの感染拡大が止まらない気配がある。高齢者や基礎疾患を持っている方以外は感染しても比較的軽症であるのに加えて、妙に潜伏期間と治癒までの日数が長い印象がある。結果、感染者が、自分が感染しているのに気づかずに動き回る確率が増すわけで、政府の思惑通りには収束しないかもしれない。

とはいっても、通常のインフルエンザでは毎年国内で1000万人程度の罹患《りかん》者があることを考えれば、なにゆえここまで大騒ぎしなければならないのか、その理由について明確な説明を耳にした記憶はないのだが、私が知らないだけなのか、それとも……と考え始めると、ネットで飛び交っているさまざまな臆測の渦に巻き込まれてしまうのでやめておくけれど、ひとつ言えるのは、日本政府(と東京都とIOCとJOC)は、なんとしても東京オリンピックを予定通りの日程で開催したいのに違いない。まあ、それは当然だとは思うのだが、仮に東京オリンピックが中止となったら、選手は別として、いったい誰が困るのだろう、困るとしたらその理由は何だろう、自分自身は本当に困るのだろうかと、私たちひとりひとりがあらためて冷静に考えてみるとよいかもしれない。

実際のところ、屋内のイベントのみならず、比較的感染リスクが低いはずの屋外でのスポーツ関連のイベントも、ほとんどが中止となっているようだ。試しにとあるエントリーサイト(最近のスポーツイベントはインターネットでの申し込みが普通になっている)をチェックしてみたら、自転車とラン(マラソンなど)関連の大会だけでも、150件以上の中止のアナウンスがされており、中には5月に開催予定だったものまである。そのサイトを調べるついでにニュースをチェックしていたら、あらあら、WHOが、パンデミックが現実味を帯びてきたとかなんとか……。

こんな状況で、今月末からスタートする聖火リレーができるのかいな？　というより、していいんだろうか？　と首をかしげてしまう。いくつかのプロスポーツが無観客試合を実施している状況下、沿道での応援なら密集していても問題ないとは言えないと思うのだが。あるいは、応援そのものを制限や禁止するのだろうか。しかもアナウンスされたばかりの専門家会議の所見では、インフルエンザと違い、今回のコロナウイルスは夏になっても消えないらしい。だとしたら無観客でオリンピックもやるのだろうか、などと考え始めるときりがないが、どうしても開催したいのであれば、無理に予定通りの日程で開催せずに、昔の東京オリンピックのように、秋に延期してもよいのじゃないかと思う。スーパー台風に直撃されるかもしれないけれど。

いや、それ以上に深刻なのは景気の悪化のほうだ。相当の数の中小企業や飲食店を中心に、大打撃を受けるのは必至だろう。見えないものに対する不安や恐怖の連鎖は恐ろしい。この原稿が掲載されるころにはもう少し先が見えているとよいのだが……。

(2020・3・17)

アフター&ウィズコロナ

この原稿を書いているのは2020年7月の上旬。新型コロナウイルス禍が、まったく収束していないさなかである。

しかしこの半年間、これだけ毎日のようにトップニュースになり、ワイドショーを騒がせた話題は他にない。これは東日本大震災以来のことだろう。自分が生きている間に、しかも小説家として暮らしている期間に、千年に一度の大津波と百年に一度のパンデミックに立ち会うことになるとは、なんともはや運が悪いというか、貴重な体験をさせてもらっているというか、なかなか適当な言葉が見つからない。

そんな中で個人的には、新型コロナウイルス感染拡大の防止策として急速に広まったテレワーク(リモートワーク)によって、仕事とはなにか、働くとはどういうことか、あらためて考えさせられた。どこでも仕事ができる(場所の制約を受けない)という側面がクローズアップされているテレワークであるが、いつでも仕事ができる(時間の制約を受けない)こととセットであってこそ成立する労働形態だ。つまり、労務管理に対する柔軟な発想が必要になってくるわけで、そこが整わないと、スタンダードな働き方にはなかなかなっていかないような気がする。それに、人間はもともと群れるのが好きな(群れることで進化し、生き延びてきた)動物だし。

もう一つ、今回の新型コロナウイルス禍で、もろに影響を被ったのが、演劇や音楽、そしてプロスポーツという、観客にライブで提供されるエンターテインメントであることだ。どれも人間が生存するためには、なくても何とかなるものばかりである。しかし、実際になくなってみると、人々の心に寂しさや貧しさをもたらすことを、あらためて知らされた。これは震災のときも同様だったが、こうしたエンターテインメントが成立するのは、社会が豊かで平和である証拠だ。

さらにもう一つ、どうしても気になって仕方がないのが、いわゆる「自粛警察」という言葉に象徴されるように、見えないウイルスへの恐怖から、差別や排他的偏見、あるいは社会的制裁などが、頻繁に誘発されたことである。構造的には人々の無知(間違った情報を信じることも含めて)から引き起こされた、中世の魔女狩りと一緒だ。平和な時には顔を出さない人間の醜い側面を、誰もが心の奥底に抱えていることを忘れてはいけない。

さて、それにしても新型コロナウイルスの今後である。感染症の専門家でも研究者でもないので、なんとなくのあてずっぽうで述べるしかないのだが、このウイルスはインフルエンザと同様、消滅することはないと思う。タンパク質の外殻の形状が違うものの、ともに一本鎖のＲＮＡウイルスであり、大きさも１００ナノメートル前後とほぼ同じだ。そしてどちらも、口や鼻、目などの粘膜から侵入するようなので、感染の仕組みもおおむね一緒だと考えるのが妥当だろう。

さらに、ＲＮＡウイルスは変異しやすいので、たとえワクチンができたとしても、毎年型が変わったり、一度得られた抗体が消えやすかったりするのも、おそらく一緒なのではないかと思う。実際、人類が克服できた(とされている)病原性のウイルスは、天然痘ウイルスだけだ。

結局のところ、インフルエンザより危険なウイルスかどうかは、重症化率と致死率のデータが確定してみないとわからない。全世界的には、感染者数に対する死者数が、今のところ5％前後(インフルエンザは0・05％程度)であるから、かなり危険なウイルスのように思えるが、市中感染がどれだけ広がっているかの分母によって変わってくるので、今の段階ではやはり何とも言えない。

ともあれ、インフルエンザウイルスのように、有効な治療薬とワクチンが実用化された段階(そう簡単にはいかない可能性もあるが)で、わたしたちはアフターコロナの時代をウィズコロナの時代として生きていくことになるのだろう。それまでは、しばらく時間がかかりそうではあるが。

最後に一つ。ウイルスは実はとても弱っちい生き物(生物ではないとする学者さんもいるが)だ。なにせ、自分で動くことはできないし、自力で繁殖することもできない。感染という形で人などの動物に頼って増殖するしか、生きる術《すべ》を持たないのである。それを考えると、ウイルスはウイルスで、我々人類以上に相当必死になって生き延びようとしているに違いない。別な見方をすれば、寄生から共生へという生命の進化の途中過程を、わたしたちは目の当たりにしているのかもしれないのである。

2020年7月6日

熊谷達也（くまがいたつや）

1958年仙台市生まれ。「ウエンカムイの爪」で小説すばる新人賞。「漂泊の牙」で新田次郎文学賞。「邂逅の森」で直木賞、山本周五郎賞。震災後は気仙沼をモデルとした「仙河海シリーズ」に取り組む。仙台市青葉区在住。

いつもの明日

発　行　　2020年10月14日　第1刷
著　者　　熊谷達也
発行者　　佐藤　純
発行所　　河北新報出版センター
〒980-0022
仙台市青葉区五橋一丁目2-28
河北新報総合サービス内
TEL　022（214）3811
FAX　022（227）7666
https://kahoku-ss.co.jp/
印刷所　　山口北州印刷株式会社

定価は表紙に表示してあります。
乱丁、落丁本はお取り替えいたします。

ISBN　978-4-87341-405-8